für die Olivencrew

VANESSA RAPPA, geboren in Stuttgart, arbeitet als freiberufliche Kolumnistin und Content Creator. Auf ihrem Instagram Account @vany.schreibt setzt sie sich vor allem mit Fernsehformaten kritisch und gleichzeitig humorvoll auseinander. Außerdem nimmt sie ihre Community mit durch ihren Alltag, ihre Reisen und ihr Dating-Leben.

VANY.SCHREIBT

GANZ *schön* OKAY

NEU ANFANGEN FÜR ANFÄNGER

LINDEMANNS

INHALT

Vorwort ... 7

WIR ... 9
Letzte Male ... 10
Level Up ... 16
10 Jahre + 1 ... 27
Und so zerbröselt der Keks nun mal ... 33
Was ist eigentlich so schlecht an okay? ... 41
Alles auf Anfang ... 47
Reue ist ein Arschloch ... 55
Der Eremit ... 63
Trautes Heim, Glück allein ... 69
Freiheit ... 81
Generation Beziehungsunfähig? ... 91
Scheitern braucht Mut ... 102
Das Ende ... 107
Der Anfang ... 111
Erste Male ... 112

DIE ANDEREN ... 117
Dream Life loading ... 118
Flucht nach New York ... 126
Javier ... 134
Ego-Kummer ... 141
Was ist dieser Funke, von dem alle reden? ... 146
Hot Girl Summer ... 151
„Ja"-sagen really is taking you places ... 156
Das Date mit dem BWL-Justus ... 160
Barcelona ... 165

Die Schattenseiten meines Single-Lebens 168
Adam 172
Der Zauber eines Flirts in einer Bar 176
Das perfekte erste Date... 180
Die wichtigste Regel beim Daten 185
Ruben... 190
Huidhonger... 194
Lorenzo... 197
Putivuelta.. 201
Kinder? Nein, danke!.. 204
It's all good.. 209

ICH 211
Neu anfangen für Anfänger 212
Solo-Silvester 213
Hey TV-Welt! Hier bin ich!................................. 221
Die schmallippige Zipfelnase................................ 226
Guter Single vs. schlechter Single......................... 231
The letter to myself.. 239
Barcelona 246
Happily ever after.. 252
Ganz schön okay dieses Leben............................... 254

Mein „Soundtrack zum Buch" 258
Feel the pain oder tanz mit mir durch Barcelona.

VORWORT

Mit fast 30 war ich an einem Punkt, um den mich viele Menschen beneiden könnten. In einer stabilen Beziehung, kein Drama, eine klare Richtung, in die es gehen sollte, eine schöne Wohnung in einer Kleinstadt und vor allem eins: Ganz viel Sicherheit, was den nächsten Schritt in meinem Leben angeht. Ich war da, wo eine Frau Ende 20 am besten sein sollte: „aufgeräumt". Wie meine Mutter so schön zu sagen pflegte. Und trotzdem war ich nicht glücklich damit. Mir fehlte etwas, das ich gar nicht in Worte fassen konnte. Bis ich ausgebrochen bin und mich auf die Suche danach gemacht habe.

In diesem Buch erzähle ich nicht meine Geschichte, sondern viele. In meinem Leben gibt es keine Lola. Lola könnte ich sein, meine Freundinnen, meine Familie – Lola ist ein Sammelsurium aus Geschichten, die man aus dem Umfeld immer wieder hört. Sie verbindet alles, was viele von uns kennen. Auch die Geschichte um Jonas ist nicht nur meine Geschichte mit einem Jonas, sondern unterschiedlichste Erfahrungen von Freundinnen, die in einer ähnlichen Situation waren und verschiedene Ansätze probierten, um ihre Beziehung zu retten (oder eben nicht). Ähnlichkeiten mit real existierenden Personen und Gegebenheiten sind demnach rein zufällig. Vieles habe ich verändert, manches dazugedichtet und andere Teile weggelassen. All das findet sich nun in einer weitestgehend fiktiven und doch persönlichen Geschichte wieder.

Der wichtigste Punkt für mich: So viele von uns strugglen mit dem Bild, wie eine Frau mit 30 sein sollte, und deswegen bleiben auch nicht wenige von uns in Beziehungen, die uns nicht wirklich erfüllen, aus Angst, etwas, das ganz in Ordnung ist, für etwas Unbekanntes (vielleicht Schlechteres?) aufzugeben. Aber: Es kann sich lohnen auszubrechen und nochmal neu anzufangen. Und vielleicht ist dieses Buch der erste Schritt für dich.

WIR

LETZTE MALE

Komischerweise erinnere ich mich noch genau an den Moment, als ich zum letzten Mal über den Pausenhof meiner Grundschule rannte. Es war ein heißer Sommertag und die langen Ferien waren endlich zum Greifen nah. An diesem Tag trug ich die von mir so sehr verhassten schwarzen Riemensandalen mit hochgekrempelten, weißen Spitzensöckchen (zu denen meine Mutter mich gezwungen hatte) und dazu ein kurzes, blau gepunktetes Kleid. Kampflos hatte ich diesen Mode-Fauxpas an diesem Morgen natürlich nicht hingenommen, aber meine Mutter ließ nicht mit sich diskutieren. An diesem letzten Schultag vor den Ferien wurde nämlich wie jedes Jahr ein Klassenfoto gemacht. Schon bald würde ein neuer Lebensabschnitt für mich und meine 21 Klassenkameraden und -kameradinnen beginnen und viele unserer Wege würden sich trennen. Dieser Tatsache geschuldet, wollten unsere Eltern wahrscheinlich alle, dass ihre Sprösslinge einen besonders guten Eindruck auf dem Klassenfoto hinterlassen.

Wenn ich mir das Foto heute ansehe, ist nicht zu übersehen, dass ich nicht die Einzige bin, die an diesem Tag anders als sonst – sagen wir ein bisschen peinlich – aussieht. Das schicke Outfit hält mich und meine Freunde aber zum Glück nicht davon ab, an diesem letzten Tag vor den Sommerferien das gesamte Angebot, das unser Pausenhof zu bieten hat, auszunutzen: Ich spiele Fangen mit meinen Freundinnen, verstecke mich hinter der dicken Eiche, die Pausenhof und angrenzende Wiesen voneinander trennt, klettere auf einen Felsenberg, spiele „Schere, Stein, Papier" und lerne auf die Schnelle noch ein ganz neues Klatschspiel. Ich erinnere mich an diese letzte, lebhafte Pause auf dem Schulhof meiner Grundschule wahrscheinlich deshalb so gut, weil besagtes Klassenfoto von diesem Tag Bände spricht: Meine Spitzensöckchen sind nicht mehr ganz auf Wadenhöhe. Eines hängt unten an der Sandalette und das andere hält sich gerade so auf halbem Wege. Mein zuvor streng geflochtener französischer Zopf ist inzwischen durchgewuschelt und ein Träger meines blau gepunkteten Kleides hängt auf Schulterhöhe. Meine Wangen sind vom vielen Rennen an diesem Tag (und von der Hitze) leicht gerötet. Und ich sehe glücklich aus.

Ich weiß noch, dass ich aufgeregt und gleichzeitig voller Vorfreude darauf war, was mich und meine beste Freundin Lola auf der weiterführenden Schule erwarten würde. Angst vor dem Unbekannten hatte ich nicht. Ich war bereit. In den buntesten Farben malten wir uns schon Wochen vorher die Abenteuer aus, die wir gemeinsam erleben würden. Wir waren noch nicht mal dort, aber lebten schon unsere Highschool Fantasy mit Jungs aus der Oberstufe und mit Fotos beklebten Spinten und allem was sonst so dazu gehörte.

Für mich war es damals fast so, als würde ich mir noch einen letzten Tag erlauben, voll und ganz Kind zu sein und auf dem Schulhof hin und her zu rennen, wohlwissend, dass ich schon bald zu den „Großen" gehören würde, die sowas nicht mehr machen. Aber heute war nochmal alles erlaubt. Und das habe ich vollkommen ausgekostet.

Nicht jedes letzte Mal ist so offensichtlich wie an diesem Tag. Manchmal passiert ein Abschied still und heimlich und wir hinterfragen ihn gar nicht. Ich weiß zum Beispiel nicht mehr, wann meine Mutter mich das letzte Mal auf ihren Schoß nahm, als ich hingefallen bin und sanft auf meine Wunde gepustet hat, damit der Schmerz verfliegt. Irgendwann wurde ich wohl zu alt dafür. Natürlich könnte man nun sagen: Das muss ja nicht das letzte Mal gewesen sein ... Aber, man muss ehrlich sagen, dass das heute – mit meinen fast 30 Jahren – ein komisches Bild wäre. Ich weiß auch nicht mehr, wann ich das letzte Mal jung genug war, eine Scheibe Lyoner an der Fleischtheke geschenkt zu bekommen. Irgendwann hat mich die nette Wurstverkäuferin wohl angesehen und sich gedacht: Nah – zu alt! Und mir ist es nicht mal aufgefallen.

Die Frage, die sich mir dadurch stellt: Würden wir die letzten Male, die uns das Leben bietet, mehr genießen, wenn wir wüssten, dass wir von nun an lange nicht mehr oder vielleicht sogar nie wieder in ihren Genuss kommen werden? Würden wir sie bewusster erleben? Mehr wertschätzen? Vielleicht sogar die schmerzhaften letzten Male? Hätte mir die letzte Scheibe Wurst besser geschmeckt und hätte ich meine Mama vielleicht ein bisschen länger gedrückt, als ich das letzte Mal auf ihrem Schoß saß?

An diesem Tag in der Grundschule wusste ich eines noch nicht: Auf mich warten noch so viele erste Male in meinem Leben und wahrscheinlich genauso viele letzte. Und rückblickend waren die schmerzhaftesten letzten Male die, wenn eine Beziehung sich dem Ende neigte. Gerade mit diesen stillen, heimlichen letzten Momenten, die sich in den Alltag einschleichen ... Irgendwann hat man sich zum letzten Mal verliebt in die Augen gesehen, irgendwann hat man zum letzten Mal dieses Kribbeln im Bauch gespürt und irgendwann hat man zum letzten Mal verliebt „Das ist es jetzt!!!“ gedacht, wurde stattdessen immer skeptischer, spürte ein Unwohlsein, bis sich der Gedanke „Das ist es jetzt?“ eingeschlichen hatte.

Ein schleichender Prozess, bis man irgendwann den Entschluss fasst: genug.

Ich habe das vielleicht unbewusst schon an meinem letzten Tag in der Grundschule gemacht. Ohne viel darüber nachzudenken, habe ich mich von diesem Kapitel in meinem Leben verabschiedet und die damit einhergehenden letzten Male auf dem Pausenhof bewusst genossen. Voller Neugier auf das Unbekannte, entschlossen und im Vertrauen darin, dass alles gut werden würde. Leider war das nicht bei allen Abschieden meine Herangehensweise ...

Wir wachen an einem normalen Dienstag nebeneinander auf, so wie wir es fast jeden Morgen in den letzten sieben Jahren getan haben. Und so wie jeden Morgen kuscheln wir uns noch einmal aneinander und genießen die ersten Sonnenstrahlen in unserem Schlafzimmer.

Eigentlich ist es nur noch sein Schlafzimmer, seitdem ich ausgezogen bin. Trotzdem fühlt sich alles vertraut an. Bis auf ein gemurmeltes „Guten Morgen“ haben wir beide noch nichts gesagt. Stattdessen schmiegen wir bloß unsere warmen Körper eng aneinander. Ich stecke meine Nase in seine braunen Locken und liebe den vertrauten Geruch: Es ist eine Mischung aus dem Parfum, das er sich gestern aufgetragen hat, und ein bisschen riecht er auch nach Schlaf. Ein Gefühl von Heimat überkommt mich. Dennoch zweifle ich nicht an meinem Entschluss. Nicht mehr. Gleich wird er aufstehen, um sich einen Kaffee zu machen. Vielleicht wird er sich nochmal zu mir ins Bett kuscheln, seinen Espresso bei mir trinken, während ich meinen Tag mit einem Buch starte. Vielleicht lese ich ihm sogar eine Passage vor, die mir besonders gefällt, während er an seiner Tasse nippt und mir zuhört. Es ist ein ganz gewöhnlicher Dienstagmorgen in unserem Leben, der Ablauf ist derselbe wie sonst auch. Nur eine Sache ist anders als sonst: Ich weiß, dass in ein paar Stunden nichts mehr so wie immer sein wird. Unsere beiden Leben werden sich für immer verändern. Also ziehe ich ihn noch einmal enger zu mir, als ich merke, dass er aufstehen will.

„Lass uns noch ganz kurz liegen bleiben, okay?“, flüstere ich und drücke ihn fest an mich. „Nur noch fünf Minuten ...“, schiebe ich hinterher, da ich weiß, dass er heute eigentlich einen vollen Terminkalender hat. Aber ich habe Glück und er nimmt sich die Zeit. Für einen weiteren Moment legt er seinen Arm um mich, gibt mir einen Kuss auf die Stirn und schließt für ein paar Minuten die Augen. Wie kann etwas so vertraut sein und sich trotzdem nicht richtig anfühlen? Wie können wir so liebevoll miteinander umgehen, wo unsere Liebe füreinander doch schon lange erloschen ist? Für eine Sekunde beneide ich ihn fast darum, dass er noch nicht weiß, dass wir heute zum letzten Mal nebeneinander aufgewacht sind.

LEVEL UP

Er – das ist Jonas. Mein Partner, der so ziemlich alle Punkte auf der Checkliste des perfekten Partners erfüllt. Er ergänzt mich da, wo ich meine Schwachstellen sehe, ist jemand, auf den man sich zu 100 % verlassen kann, eine treue Seele, unterstützt mich in allem, was ich tun will und ist jemand, der mich niemals verletzen würde. Jonas ist wohl allgemein gesagt genau das, was die meisten Menschen sich von ihrem Partner wünschen. Er war zu diesem Zeitpunkt in meinem Leben der Mann, mit dem ich mir mal eine Zukunft vorstellen konnte und mit dem ich auch einen Plan hatte, wie diese aussehen wird. Wirklich hinterfragt habe ich das lange nicht. Warum auch? Normale Menschen mit einem geregelten Leben tun das nun mal so.

Und zu einem geregelten Leben gehört eben auch eine funktionierende Partnerschaft – das weiß doch jeder! Schema F ist immer das Gleiche und vor allem haben wir alle immer dasselbe Ziel: zwei Leben zu einem verschmelzen zu lassen. Okay, nein, das klingt etwas zu dramatisch. Sagen wir es so: Das Ziel einer Beziehung ist, dass man sich eine gemeinsame Zukunft aufbaut. Auf dem Weg dahin gibt es eigentlich nur eine Regel: Immer kommt ein „nächster Schritt“, wenn man „bereit“ dafür ist. Level up, Baby. Der Weg dahin sieht wahrscheinlich so aus: Es fängt so an, dass man irgendwann mal betrunken auf einer Party knutscht, sich daraufhin etwas später einigt, in einer exklusiven Beziehung zu sein, macht dann den ersten gemeinsamen Urlaub, und wenn man sich dort gut verstanden hat, zieht man einfach in die erste gemeinsame Wohnung. Als Nächstes folgen vielleicht größere gemeinsame Anschaffungen wie ein Auto oder manchmal auch ein Haustier. Man kann üben, wie es ist, gemeinsam Verantwortung für etwas zu übernehmen. Und die Königsdisziplin (oder in meinem Fall der Endgegner) sind dann Klassiker wie Hochzeit, Hausbau und Nachwuchs. Im besten Fall in genau dieser Reihenfolge. Wobei das heutzutage auch nicht mehr so wichtig ist. Hauptsache diese Dinge passieren eben. Wichtig ist auch, dass der nächste Schritt immer in absehbarer Zeit geschieht. Es ist wie in einem Videospiel, in dem man sich gemeinsam den Hürden stellt und sich von Level zu Level kämpft.

Jonas und ich haben unser Videospiel wirklich gerockt in den letzten Jahren. Wie in einem Jump-and-Run-Spiel haben wir uns allen kleinen und großen Gegnern gestellt, sind nach jedem „Kampf" noch mehr zusammengewachsen und als starke Einheit von einem Level aufs nächste gesprungen. Nun stehen wir wohl vor einem dieser nächsten Levels: Nach sieben Jahren Beziehung könnte man ja auch zumindest mal über den nächsten Schritt, also Heirat, nachdenken. Aber irgendwie waren wir geschwächt.

Für viele Menschen in unserem Umfeld sind wir gerade sogar einen Schritt zurückgegangen, da ich vor wenigen Wochen aus unserer gemeinsamen Wohnung in der Kleinstadt ausgezogen bin. An besagtem Dienstagmorgen ist es genau sechs Wochen her, dass ich ausgezogen bin. „Ich muss einfach mal lernen allein klarzukommen, Jonas. Und ich muss auch mal in der Stadt gewohnt haben, damit ich weiß, ob mir das gefällt."

Jonas, die gute Seele, die er nun mal ist, hat mich von der ersten Minute an in diesem Vorhaben unterstützt. Zu diesem Zeitpunkt kriselte es zwar schon zwischen uns, aber auch ihm leuchtete ein, dass wir zumindest alles versuchen müssten, um unsere Beziehung zu retten. Für mich sieht das so aus: Ich ziehe aus, lerne wie es ist, mal alleine zu leben, genieße das Stadtleben und wir lernen uns wieder zu vermissen und genießen die Zeit, die wir dann haben, hoffentlich bewusster.

Für meine Familie sieht das so aus: SCHANDE, SCHANDE, SCHANDE (das muss man jetzt in der Stimme von Onella von Game of Thrones lesen, damit es noch besser wirkt.).

Viele Menschen sind wahnsinnig gut darin, wenn es darum geht, Grenzen zu überschreiten. Vor allem, wenn es um die Beziehungen anderer Menschen geht.

„Wann wollt ihr Kinder kriegen?"

„Plant ihr schon eine Hochzeit?"

„Jetzt wird es aber wirklich Zeit für den nächsten Schritt!"

„Wie jetzt, du ziehst aus der gemeinsamen Wohnung aus? Trennt ihr euch etwa?"

Es ist gesellschaftlich total akzeptiert und sogar normal, dass man jedem diese Fragen stellen darf. Auch im Freundeskreis gibt es das allseits beliebte „Wer ist wohl bei uns die Nächste, die einen Antrag bekommt?"-Spiel. Das sind völlig normale Unterhaltungen in einem Freundeskreis, in dem alle auf die 30 zugehen.

„Auf jeden Fall du und Jonas. Ihr seid doch jetzt schon am längsten zusammen!" Das kam jedes Mal.

Und jedes Mal habe ich abgewunken. „Nein, nein. Noch nicht. Wir lassen uns da Zeit."

„Aber worauf wartet ihr eigentlich noch? Ihr habt doch beide einen Job und seid schon so viele Jahre zusammen ..."

Sowas kann einen wirklich unter Druck setzen. Solche Fragen, so normal sie auch erscheinen mögen, können Wunden aufreißen. Man kann den Menschen eben nur vor den Kopf schauen. In meinem Fall haben mich solche Fragen jedes Mal stark verunsichert. Sollte ich nicht auch langsam das Bedürfnis haben, eine Familie mit Jonas zu gründen? Ja, stimmt: Worauf warte ich eigentlich?

Bei einem Klassentreffen vor ein paar Monaten werde ich mal wieder genau das gefragt. Schließlich sind wir zu dem Zeitpunkt schon viele Jahre zusammen, haben beide Jobs, bla bla bla ... Meine ehemaligen Klassenkameraden haben inzwischen fast alle geheiratet, die ersten Kinder bekommen oder sind zumindest schwanger. Und wenn all das nichts wurde, dann haben sie zumindest große Karrieren hingelegt. Natürlich ist so ein Klassentreffen auch immer wie eine Art Schwanzvergleich: Wir sind alle mit denselben Voraussetzungen, nämlich demselben Schulabschluss, ins „echte“ Leben gestartet. Heute geht es weniger darum, einen schönen Abend zu verbringen, sondern einander zu übertrumpfen. Sich vielleicht sogar hinterher besser zu fühlen, wenn andere in ihren Beziehungen auf demselben Level festhängen, während man selbst das Spiel scheinbar perfekt beherrscht.

„Heiraten ist für uns eigentlich noch kein Thema. Wir verstehen uns gut und haben beide aktuell noch andere Ziele, die wir verfolgen“, sage ich, wie immer, und nehme einen Schluck von meiner Weißweinschorle.

Bei den Gesprächen mit meinen Freundinnen bin ich deutlich gefasster, wenn es um dieses Thema geht. Aber außerhalb meiner Bubble gehe ich fast automatisch in eine Art Verteidigungsmodus.

„Die sollen mir bloß nicht erzählen, wie ich mein Leben zu leben habe!“, denke ich trotzig. Als ich wieder aufblicke, sehe ich tatsächlich ein paar verwunderte Gesichter. Ich bin verunsichert. Nur Robert, der barfuß zum Klassentreffen erschienen ist und kurz zuvor von seiner Südamerikareise mit dem Rucksack erzählt hat, nickt mir verständnisvoll zu. Ich habe zumindest einen Verbündeten am Tisch, der seinen Beziehungsstatus nicht über alles stellt. Gegenüber sitzt das andere Extrem: Karina. Sie wittert ihre Chance, um ihr Beziehungs-Game „nach oben“ zu vergleichen und nutzt die Gelegenheit prompt, um von ihr und Sven zu erzählen. Die beiden sind nun „erst“ seit drei Jahren ein Paar und sie WARTET ganz gespannt auf den Antrag. „Es ist einfach der nächste logische Schritt für uns!“, sagt sie überzeugt.

Ich stelle mir Karina und Sven vor, wie sie in ihrem Videospiel kleine Gegner, die aus dem Boden sprießen, gemeinsam bekämpfen, um auf das nächste Level namens „Hochzeit" zu gelangen. „Der nächste logische Schritt" klingt so furchtbar trocken. Ganz sicher möchte sie ihn heiraten, weil sie ihn sehr liebt, aber eben auch, weil es das nächste Level für ihre Beziehung zu sein scheint. Karina lässt sich nicht davon beirren, dass ich nicht wirklich auf ihre Aussage reagiere. Sie hat noch ein Ass im Ärmel, um heute nochmal richtig mit ihrem Leben anzugeben. Diese Frau ist vorbereitet und sie ist bereit, alle nötigen Register zu ziehen, damit am Ende des Abends auch wirklich jeder denkt: „Wow, Karina hat es wirklich geschafft!". Oder vielleicht ist sie auch tatsächlich nur daran interessiert, einen Schwank aus ihrem Leben zu erzählen, und mein unzufriedenes Ego packt es nicht, dass andere Menschen scheinbar glücklich damit sind, wo sie gerade in ihrem Leben stehen. – Nein, es wird wohl Ersteres sein. Karina kann so viel über Hochzeiten und logische Konsequenzen reden wie sie will, das prallt alles an mir ab!

Aber mit der nächsten Story kriegt sie mich wirklich. Sie geht nahtlos dazu über, von ihrer letzten Traumreise mit Sven zu erzählen: vier Wochen Wildcamping in Peru. „Es war das Krasseste, was ich je gemacht habe, und dieses Abenteuer hat uns so zusammengeschweißt!".

Meine Magengrube zieht sich zusammen.

„Das klingt toll, Karina", sage ich und setze dabei ein falsches Lächeln auf. Es ist kein ehrliches Interesse an dieser Story. Nicht so wie bei Robert, der Karina direkt alle Details aus der Nase zieht und eine Diskussion darüber anfängt, welches Zelt das Beste für diese Temperaturen ist. Ich nicke hin und wieder, so als würde ich verstehen, worum es geht, und lächle an passender Stelle. Aber eigentlich weiß ich: Das ist es. Genau das ist mein Problem. Ich bin neidisch. ICH. BIN. NEIDISCH. Auf Karinas Beziehung. Nicht darauf, dass die beiden bald heiraten werden. Sollen sie doch. Ich bin neidisch darauf, dass sie solche Abenteuer zusammen erleben, sich gemeinsam auf Reisen begeben. Dass die beiden auf einer Wellenlänge sind, was den Lebenshunger angeht, dass sie sich gegenseitig herausfordern und solche spannenden Dinge zusammen erleben. Ich will das auch.

Aber mein persönlicher Schwanzvergleich fällt deutlich schlechter aus: Jonas muss ich für jede Reise mühsam überreden. Er ist kein Abenteurer. Zwei Wochen Urlaub im Ferienhaus seiner Eltern in Griechenland reichen ihm vollkommen aus. „Da kann ich richtig abschalten und weiß, was mich erwartet", sagt Jonas immer. Eine Bescheidenheit, die ich anfangs geschätzt habe, aber die mich jetzt sogar belastet, weil ich Lust habe, mit meinem Partner genau so etwas zu erleben wie Karina und Sven.

Karina wird erst ruhiger, als Sandra beginnt, von ihrer Schwangerschaft zu erzählen. Erkenne ich da in ihren Augen etwa genau das, was ich gerade bei mir gefühlt habe? Das Gras ist eben immer grüner auf der anderen Seite ... Ich hasse Klassentreffen einfach so sehr.

Ich begebe mich an diesem Abend mit gemischten Gefühlen nach Hause und frage mich: Was kommt eigentlich, wenn man das Spiel durchgespielt hat? Was machen wir, wenn wir all unsere Pflichten als Paar erfüllt haben? Wenn wir unser Haus in einer kleinen Vorstadt gebaut und die Kinder (in genau der richtigen Anzahl natürlich) in die Welt gesetzt haben, sie erwachsen geworden sind und hoffentlich durch unsere gute Erziehung zu einer besseren Gesellschaft beitragen? Was passiert danach – wenn es nur noch ihn und mich gibt? Werden wir uns dann endlich auf große Abenteuerreisen begeben, wenn wir nicht von einem Level zum nächsten springen müssen? Haben wir dann Zeit für Leidenschaft und Spontaneität, wenn wir Karriere gemacht haben und endlich Zeit dafür haben? Wenn es dann (wieder) nur noch ihn und mich gibt?

Auch, wenn das noch viele Jahre weit weg ist – schließlich haben wir noch nicht mal ernsthaft über Kinderplanung gesprochen – macht mir dieser Tag schon heute große Angst. So sehr, dass ich an diesem Abend nicht auf direktem Wege nach Hause fahren kann, sondern rechts anhalten muss. Ich parke mein Auto an einer kleinen Parkbucht, mitten auf der Bundesstraße und merke, wie ich kaum noch Luft bekomme. Also steige ich aus und blicke in den Himmel. Es ist verdammt kalt und ich habe nur eine dünne Jacke an. Ich blicke in den klaren Sternenhimmel, versuche tief durchzuatmen und einen klaren Gedanken zu fassen.

Schließlich ist das, was Jonas und ich haben, nicht schlecht. Es ist sogar solide. Was für ein bescheuerter Grund, sich verunsichern zu lassen, nur weil irgendjemand anderes einen tollen Urlaub gemacht hat.

„Reiß dich endlich mal zusammen!", ermahne ich mich selbst laut. Unsere Beziehung ist vollkommen okay. Vielleicht weniger gut als das, was andere haben, aber definitiv besser als viele andere Beziehungen oder gar Single zu sein. Und ich bin immerhin auch nicht der Hippie, der barfuß zum Klassentreffen erscheint. Gutes Mittelfeld. Absolut okay. Alles normal. Unauffällig. Aber eine Frage in meinem Kopf wird immer lauter: Ist Jonas jemand, mit dem ich mir – so bescheuert es klingt – meinen Lebensabend vorstellen kann? Teilen wir dieselben Werte? Dieselben Interessen, Hobbies, dieselben IRGENDWAS?

Ich denke nicht, dass das Klassentreffen der Auslöser für meine Zweifel an unserer Beziehung war. Ich denke einfach, dass Karinas Erzählungen auf sehr fruchtbaren Boden getroffen haben. Der „fruchtbare" Boden, auf dem schon vorher Zweifel und Ängste da waren. Denn Fakt ist: Ich werde in anderthalb Jahren 30. Und es geht nicht nur mir so, dass mich manchmal eine schiere Panik ergreift, weil ich das Gefühl habe, dass ich mein ganzes Leben geordnet und sortiert und vor allem in den richtigen Bahnen haben muss, bevor ich diese magische Zahl erreiche.

Vielen meiner Freundinnen geht es so. Die, die vergeben sind, sind dabei zwar etwas entspannter, aber den Druck kennen wir trotzdem alle. Mit 30 sollte man am besten Bachelor UND Master in der Tasche haben, den Mann fürs Leben gefunden haben, genug gereist sein, so dass man bereit ist für entspannte Urlaube mit Kindern in Europa. Man braucht definitiv einen sicheren

Job, der einem dazu auch noch Spaß macht und pure Erfüllung bietet, man sollte bereits im Ausland gearbeitet oder zumindest dort studiert haben, spricht fünf Sprachen fließend, hat dabei immer noch genügend Zeit für ein kreatives Hobby und SELBSTVERSTÄNDLICH hat man sich bereits um seine Altersvorsorge gekümmert. Anders gesagt: Am besten hat man vor 30 sein ganzes Leben schon gelebt. So dass man danach dann nur noch ... leben muss? Was ist der Sinn dahinter, dass man denkt man müsse schon alles geregelt haben? Warum hat man so Angst vor dem, was danach kommt? Vor allem bei der Vorstellung daran, dem allein gestellt zu sein? Denn in keiner dieser Vorstellungen wie eine Frau mit 30 sein soll, ist sie eines: SINGLE.

Wenn man mal darüber nachdenkt, ist eine Hochzeit vor allem etwas, das Menschen in ihren 20ern tun. Die logische Konsequenz: Viele Frauen bleiben trotz heftiger Zweifel bei ihren Partnern, denn die Angst „niemanden mehr zu finden“ vor Ablauf des Datums ist zu groß. Vor allem, wenn Frau einen Kinderwunsch hat. Da beginnt dann die große Rechnerei: „Wenn ich erst mit 30 jemanden kennenlerne, muss ich ja mindestens zwei Jahre mit dieser Person zusammen sein, damit ich wirklich weiß, ob das der Vater meiner Kinder werden soll und dann bin ich auch noch neun Monate schwanger, das heißt, ich bin dann fast 33. Und wenn ich nicht nur ein Kind bekommen will, wird es schon schwierig, und dann bin ich ja technisch gesehen schon 40 und ...“

Also bleibt man lieber mit dem Partner zusammen, den man gerade hat, und ignoriert dabei die Tatsache, dass es relativ unwahrscheinlich scheint, dass die GANZE Menschheit ihren Seelenverwandten in ihren 20ern findet. Außerdem ist ja alles okay. Augen zu und durch. Es wird schon irgendwie gut gehen – das tut es aber nicht immer ...

10 JAHRE + 1

„Timo hat sich mit seiner Jugendliebe verlobt!" – „Am Samstag findet die Hochzeit von Timo und Noemi statt." – „Timo und Noemi lassen sich scheiden ..."

Drei Sätze, die in nicht mal einem Jahr von meiner Freundin Lola ausgesprochen werden. Timo ist ihr großer Bruder. Mit 16 lernt er seine erste Freundin Noemi kennen. Beim Feuerwehrfest, in dem Dorf, in dem die beiden aufgewachsen sind. Lola erzählt mir oft davon, dass sie Noemi nicht ausstehen kann und dass Timo oft schlecht gelaunt nach Hause kommt, weil es mal wieder Streit mit ihr gab. Nach sechs Jahren Beziehung hatten sich die beiden sogar mal getrennt.

„Das ist auf jeden Fall besser so!", hatte Lola immer wieder gesagt. Zu ihm und zu sich selbst. Und sie hatte ihrem Bruder auch davon abgeraten, als er nur ein halbes Jahr später wieder mit Noemi zusammengekommen war. Aber ab da schienen die Dinge sogar besser zu laufen. Noemi und Timo stellten sich dem Spiel des Lebens und stiegen von Level zu Level: Sie machten gemeinsame Urlaube, zogen zusammen in eine eigene Wohnung, wurden irgendwie gemeinsam erwachsen und ... verlobten sich schlussendlich. Logisch, oder? Beim gemeinsamen Familienurlaub nahm Timo seinen ganzen Mut zusammen und stellte die wohl wichtigste Frage im Leben eines Mannes: „Willst du meine Frau werden?"

Die Freude war groß und die Verlobung ein Spektakel. Ich erinnere mich daran, wie sich sogar Lola wirklich freute. Timo und Noemi waren immerhin die ersten „Kinder" aus beiden Familien, die nun den nächsten großen Schritt wagen und schon bald selbst eine eigene Familie gründen würden. Das war aufregend!

Nur einmal, als Lola betrunken war, erzählte sie mir, dass Timo und Noemi niemals für immer zusammenbleiben würden. Sie glaubte, dass sie sich wohl ein paar schöne Jahre machen würden, aber nicht „füreinander bestimmt seien". Und offensichtlich sollte sie Recht behalten.

Es dauerte nur nicht die wie von ihr angenommenen Jahre, sondern war schon knapp ein Jahr später soweit: Die beiden trennten sich wieder. Und dieses Mal gab es kein großes Liebes-Comeback. Die Zweifel und Probleme, die schon einmal zur Trennung geführt hatten, sorgten auch dieses Mal wieder für das Ende zwischen Noemi und Timo. Es ist nicht verwerflich, seinem Ex nochmal eine Chance zu geben und einen neuen Versuch zu starten. Gefährlich wird es erst dann, wenn man alle Warnzeichen – oder auf Neudeutsch – Red Flags ignoriert, weil man sich immer weiter auf die 30 zu bewegt und der Wunsch nach einer eigenen Familie (und Sicherheit) immer größer wird, so dass man Kompromisse eingeht, die einem früher oder später doch wieder um die Ohren fliegen. Und sind wir mal ehrlich: Aufgewärmt schmeckt doch nur Gulasch.

Geschichten dieser Art beginnen sich in meinem Leben zu häufen.

„Mädels, ich muss euch noch was sagen ...", ich blicke an diesem Morgen noch im Halbschlaf auf meinen Handybildschirm. Solche Nachrichten braucht kein Mensch. Vor allem, wenn der Text genau dann aufhört, wo der spicy Teil kommen würde und man die Nachricht öffnen muss, um weiterzulesen. Normalerweise denke ich bei solchen Nachrichten sofort: „Was habe ich wohl angestellt?" Aber bei meiner Kollegin Sabrina kann ich eigentlich nichts verbockt haben. Wir haben uns das letzte Mal vor einigen Wochen gesehen und da schien noch alles gut gewesen zu sein. Also öffne ich die Nachricht und bin schockiert von ihrem Inhalt. „... Gustav und ich haben uns nun dazu entschieden, uns zu trennen. Es ist uns wirklich nicht leichtgefallen, aber es ist wohl für uns beide das Beste. Ich wollte nur, dass ihr Bescheid wisst. Mir geht es den Umständen entsprechend gut."

Vor nicht mal einem Jahr, genauer gesagt vor neun Monaten, tanzte ich mir die Füße wund auf Sabrinas und Gustavs Hochzeit. Es war eine wunderschöne Hochzeit, Freunde und Familie hatten keine Kosten und Mühe gescheut, um den Tag absolut unvergesslich für die beiden zu gestalten. Wie auf fast jeder Hochzeit gab es als einen Programmpunkt eine Art Dia-Show mit unendlich vielen Videos und Bildern von den beiden. Zu sehen waren sie bei gemeinsamen Urlauben in Finnland, Italien und Sri Lanka, beim Feiern in ihrem Lieblingsclub (wo sie sich übrigens auch kennengelernt hatten), bei gemeinsamen Spieleabenden mit Freunden und bei Grillfesten mit ihren Familien. Alle Bilder hatten eines gemeinsam: Sie strahlten bis über beide Ohren. Sie sahen verliebt aus. Und genau das war auch der Eindruck an der Hochzeit. Ich meine, wie traurig wäre das auch, wenn man schon auf einer Hochzeit denken würde: Das wird nichts mit den beiden. Nein, nein. Gustav und Sabrina waren ein Traumpaar. Sie feierten sich und das Leben. Mit einer Traumhochzeit. Ihnen stand eine Traumzukunft bevor. Oder eben auch nicht. Zumindest keine gemeinsame.

Warum scheinen Beziehungen so kurz nach der Hochzeit zu zerbrechen? Es verändert sich doch eigentlich nichts. Man wohnt zusammen, man plant den nächsten gemeinsamen Schritt, begibt sich gemeinsam aufs nächste Level. Und doch hat es am Ende nicht gereicht. 10 + 1 ... Ist das die Formel des Verderbens? Ist es nicht mehr das verflixte siebte Jahr, sondern das erste Ehejahr nach einer jahrelangen Beziehung?

Wenn ich heute zurückblicke auf diese Geschichten, dann kann ich das Gefühl, das ich damals hatte, viel besser einordnen. Die meisten, mit denen man darüber sprach, waren schockiert.

„Wer hätte das gedacht?“, fragten sie sich ungläubig. Tragisch fanden sie es und schade, dass ein Paar „nicht gekämpft und so schnell aufgegeben hat“.

Bei mir hingegen entstand ein Gefühl von tiefem Verständnis. Und rückblickend auch eine Art heimliche Bewunderung. Meine Gedanken kreisten hauptsächlich um die Frage: „Wie mutig muss man sein, wenn man so kurz vor der 30 eine ‚irgendwie funktionierende' Beziehung aufgibt und nochmal ganz von vorne anfängt?" Und vielleicht dachte ich mir wohl auch: könnte dieses Szenario auch irgendwann auf mich und Jonas zutreffen? Wird er mir irgendwann einen Antrag machen, weil es unser nächster logischer Schritt ist, werden wir eine Traumhochzeit mit unseren Familien und Freunden feiern, glücklich wirken und Spaß haben, nur um uns ein Jahr nach der Hochzeit doch wieder scheiden zu lassen? Dass ich mir darüber Gedanken machte und diese Geschichten auf mein eigenes Leben übertrug, hätte mir zu denken geben sollen. Aber es war ganz anders. Diese Geschichten gaben mir auf eine verrückte Art und Weise Kraft. Einmal hatten Jonas und ich einen schlimmen Streit. Es kam nicht oft vor, dass wir so aneinandergerieten, aber an diesem Abend schaukelten sich die Emotionen zwischen uns hoch. Wenn wir uns früher gestritten hatten, war ich verzweifelt und konnte die ganze Nacht nicht schlafen. Ich hatte Angst, dass er unsere Beziehung in Frage stellt, mich verlässt und ich ihn verliere. Durch Geschichten wie die von Timo oder Sabrina wusste ich: Das Ende einer jahrelangen Beziehung ist nicht das Ende der Welt. Es geht weiter, immer weiter, wie man so schön sagt. Es ist traurig, dass ich das erst dadurch wirklich verstanden habe. Geschichten wie diese sorgten dafür, dass ich bei jedem Streit gefasster war und in alle Richtungen zu denken begann: Selbst WENN es jetzt vorbei ist, hab keine Panik, es wird alles gut, du schaffst das, weil andere es auch schon geschafft haben.

Ich wollte vorbereitet sein auf etwas, worüber Jonas keinen Gedanken verschwendete. Aber ich habe die Zeichen für das Ende der Beziehung trotzdem noch nicht gesehen. Weder bei Sabrina und noch lange nicht bei meiner eigenen Beziehung.

UND SO ZERBRÖSELT DER KEKS NUN MAL

Fünf Jahre arbeiten Sabrina und ich zusammen als Kellnerinnen in einem kleinen Eiscafé. Wir fanden schnell einen Draht zueinander, da wir uns fast täglich über die Inkompetenz unseres Chefs ärgern. Ein gemeinsames Feindbild schweißt nun mal zusammen. Aber auch als Team funktionieren wir gut zusammen und schmeißen in dieser Zeit fast den ganzen Laden allein. Und wie das mit guten Kollegen eben ist: Sie werden nicht selten auch zu guten Freunden. So sprechen Sabrina und ich immer mehr über unser Privatleben – natürlich auch über unsere Beziehungen. Vielleicht haben wir uns viele Dinge schöngeredet, weil wir im selben Boot sitzen und vieles noch nicht wahrhaben wollen. Anstatt dass wir uns gegenseitig die Augen öffnen, leben wir zu dieser Zeit ganz nach dem Motto: „The blind leading the blind."

„Niemand kann zu 100 % glücklich sein in seiner Beziehung", war so ein Standardspruch von uns. „Gegensätze ziehen sich an" ein anderer. Und natürlich: „Appetit holen darf man sich woanders, gegessen wird zu Hause!" Der letzte Spruch kam vor allem dann zum Einsatz, wenn es um unseren Stammgast Benno ging. Benno gefiel uns beiden richtig gut. Er war ein paar Jahre älter als wir und arbeitete in demselben Gebäude, in dem auch das Eiscafé war. Ein paar Etagen über uns befand sich das Büro des Start-ups, in dem er tätig war. Vor allem seine dunklen, buschigen Augenbrauen hatten es uns angetan. Wenn Sabrina und ich abends allein im Café sind, witzeln wir häufig darüber, wie Benno sich unsterblich in eine von uns verlieben würde. Aber dafür gibt es keine Anzeichen – Benno ist einfach bloß ein netter Nachbar, der ab und zu bei uns vorbeikommt, um einen Kaffee mit uns beiden zu trinken oder sich für den Nachhauseweg ein Himbeereis mit Sahne holt. Diese Szenarien – von denen Benno natürlich nichts weiß – sind unser Running Gag. Ich lache mit Sabrina über diese völlig überzogene und kitschige Vorstellung, aber zu Hause fantasiere ich weiter. Ich stelle mir vor, wie mich Benno leidenschaftlich küsst und wir eine Affäre zwischen Kaffeemaschine und Himbeereis anfangen. In sieben Jahren Beziehung bin ich nie fremdgegangen, nicht mal ansatzweise. Wenn mir ein Mann im echten Leben schöne Augen machte, hatte ich sofort ein schlechtes Gewissen. Aber in meinen Gedanken bin ich da etwas entspannter. Zuerst Benno, später mein neuer Chef, flüchtige Begegnungen im echten Leben ... Immer öfter habe ich einen anderen „Crush“, der mir in meiner Fantasie viel Spaß bereitet und mir abends beim Einschlafen hilft. Und manchmal auch zu mehr. (Zwinker.)

„Und wann ist bei euch zuletzt der Keks zerbröselt?“ Sabrina reicht mir eine Tasse Kaffee und reißt mich mit dieser Frage aus meinen Gedanken. „Den Keks zerbröseln“ - das ist unser Codewort für Sex. Und es fällt mir schwer darüber zu sprechen. Aber das ist überhaupt nicht schlimm, denn es kommt mir so vor, als wolle Sabrina gar nicht über meine zerbröselten Kekse sprechen, sondern dass ihr dieses Thema heute generell auf dem Herzen liegt. Wir sind uns schnell einig darüber, dass die Leidenschaft in einer Beziehung irgendwann abnimmt. Und dass das auch vollkommen normal ist. Wahrscheinlich. Aber dass es eben genauso normal ist, sich nach „frischer" Leidenschaft zu sehnen. Oder? Ich kenne viele glückliche Paare, die wenig bis keinen Sex haben. Und das ist vollkommen in Ordnung so. Jedes Paar hat seine eigene Dynamik und jeder Mensch seine eigenen Bedürfnisse. Aber sollten nicht alle Alarmglocken angehen, wenn man generell Lust auf zerbröselte Kekse verspürt, man seine Sehnsüchte aber allein mit irgendwelchen Fantasieszenarien und seinem Satisfyer Pro (unbezahlte Werbung oder so) auslebt? Denn egal, ob man einen Monat oder zehn Jahre in einer Beziehung ist: Jeder möchte sich doch „begehrenswert" fühlen. Das Wort klingt so altbacken. Aber es ist doch wirklich schön, wenn man das Gefühl hat, die Finger nicht voneinander lassen zu können, sich schön und sexy zu fühlen und vor allem: sich auch körperlich ganz nah zu sein.

„Ich erinnere mich an Zeiten, in denen es völlig egal war, was wir anhatten, wo wir waren oder was wir noch vorhatten. Wir spürten eine natürliche Lust aufeinander, fielen manchmal geradezu übereinander her."

Sabrina blickt in die Luft, während sie die Milch des Latte Macchiatos für Tisch acht aufschäumt und schwelgt offensichtlich in Erinnerungen.

„Nein, nicht nur in der Anfangsphase." Ihr Monolog geht weiter. „Auch später in der Beziehung hatten wir guten, regelmäßigen Sex. Ja, es wird weniger. Aber ich will nicht, dass es ganz aufhört. Ich will nicht, dass jemand von uns irgendwann mal etwas Dummes tut, weil unsere Bedürfnisse nicht mehr gestillt werden, verstehst du, was ich meine?"

Ich stehe nur da und nicke, tief versunken in meine eigenen Gedanken, die Hände vor meiner schwarzen Schürze verschränkt.

„Weißt du was?" Sabrina setzt den Latte Macchiato vor sich ab und schaut mich mit großen Augen an.

„Ich nehme das jetzt selbst in die Hand und mache heute Abend einen auf Temptation-Island-Verführerin!"

Wir lachen beide.

„Nein, ernsthaft. Ich habe das neulich irgendwo gelesen. Date Nights! Man soll sich bewusst die Zeit dafür einplanen und kann dann so möglicherweise wieder mehr Leidenschaft in seine Beziehung bringen."

„Klingt ganz schön geplant für so eine spontane Leidenschaft, findest du nicht?", werfe ich skeptisch ein.

Aber wir beide wissen auch: Einfach mal selbst die Initiative zu ergreifen und zu tun, worauf man Lust hat, statt sich immer nur zu beschweren, ist eigentlich gar keine schlechte Idee. Ausbrechen aus der Routine und mal was Neues ausprobieren. Wieso eigentlich nicht? Ich werfe einen Blick auf mein Handy, in meinen Kalender und schreibe auf: To-do: Jonas (dieser Witz wäre in einem englischen Buch noch besser zur Geltung gekommen). Ich ergänze das Ganze noch um ein Herzchen-Emoji. Ein bisschen kitschig, aber irgendwie bin ich auch wirklich aufgeregt.

Der Plan lautet also wie folgt: Ich werfe mich mal wieder so richtig schön in Schale (inkl. Make-up!), ziehe sexy Unterwäsche an, besorge unseren Lieblingswein in der italienischen Feinkosthandlung und koche etwas Leckeres für uns. Es soll mal wieder richtige „Date-Stimmung" bei uns beiden aufkommen. Der erste Schritt: Die sexy Unterwäsche. Ich gehe nach Feierabend an die Schublade meiner Kommode und muss schnell feststellen: Ich besitze gar keine schöne Unterwäsche mehr. Zeit, um neue zu besorgen, habe ich so kurzfristig leider nicht. Ich muss mit dem arbeiten, was da ist. Alles, was ich besitze, was ansatzweise in die Richtung „Schöne Unterwäsche, um den Partner zu verführen" geht, sind die schon leicht ausgewaschenen schwarzen Schlüpfer und ein schwarzer Spitzen-BH, bei dem schon beinahe der Bügel rausschaut und mich wahrscheinlich schneller zu durchspießen versucht, als mir lieb ist. Ich denke an unseren ersten gemeinsamen Valentinstag, an dem ich extra vorher ein rotes Negligé in der Stadt gekauft habe, um diesen „besonderen Tag der Liebe" mit Jonas zu feiern. Ich war damals noch in meiner Ausbildung und mit stolzen 70 Euro hat mich dieses rote Spitzenteil fast in den finanziellen Ruin getrieben. Aber ich wollte eben Eindruck schinden. Vor allem hatte ich aber selbst großen Spaß dabei, mich so aufreizend anzuziehen. Ich habe mich an diesem Abend verführerisch, ja richtig sinnlich gefühlt.

Wann habe ich eigentlich angefangen, mich in dieser Beziehung so gehenzulassen? „Egal ...", tue ich diesen Gedanken ab. „Das kommt ja sowieso so schnell wie möglich wieder runter!“ Ich gebe mich mit meiner alten Unterwäsche zufrieden. Immerhin schwarz.

Der Abend schreitet voran und ich blicke nervös auf die Uhr. Ich habe jetzt keine Zeit mehr, mich richtig zu schminken, geschweige denn etwas zu kochen. Einen Wein konnte ich auch nicht mehr besorgen. Aber wir haben immerhin noch einen Kanister Weißwein, den wir aus Griechenland mitgebracht haben, im Keller. Dann bestellen wir einfach was zu essen. Keine Ausreden. Es gibt für alles einen Plan B! In diesem Moment höre ich, wie die Wohnungstüre aufgeschlossen wird. Als Jonas die Wohnung betritt, sehe ich es ihm schon an: Auch er scheint extrem gestresst von seinem Tag zu sein. Trotzdem freue ich mich, ihn zu sehen und halte an meinem Plan fest.

„Ich dachte mir, dass wir heute mal was Leckeres zu essen bestellen und es uns gemütlich machen. Was hältst du davon?“

Jonas ist dabei, wir setzen uns auf die Couch und bestellen erstmal eine Pizza bei unserem Lieblingsitaliener. Wir machen ein bisschen Smalltalk („Wie war dein Tag?“ „Gut, gut, und deiner?“), während wir auf die Pizza warten.

Kurz darauf macht Jonas den Fernseher an. Er hat sich inzwischen auch umgezogen und trägt nicht mehr seinen Anzug, den er jeden Tag auf der Arbeit tragen muss, sondern seine ausgewaschene, graue Jogginghose. Sie hat sogar ein Loch am rechten Knie. Sexy. Aber ich sehe darüber hinweg. Schließlich habe ich mir auch nur „Mühe“ bei der Unterwäsche gemacht, nicht aber beim

Rest meines Outfits. Ich trage eine Leggins und einen oversized Pulli. Naja, immerhin bestellen wir Pizza und verbringen den Abend zu Hause. Ein bisschen Gemütlichkeit schadet sicher nicht bei meinem Vorhaben. Der Lieferant klingelt und bringt uns unsere beiden Pizzen vor die Tür. „Wein?“, frage ich und hoffe insgeheim, dass schon bald etwas Stimmung aufkommt. „Gerne!“, antwortet Jonas noch an der Tür stehend, während er dem Lieferanten etwas Trinkgeld gibt. Also laufe ich an den beiden vorbei in den Keller und möchte besagten Weißwein raufholen.

„Lass deinen aphrodisierenden Zauber besser wirken“, flüstere ich dem letzten Kanister in unserem Schrank zu.

Doch beim Öffnen des Kanisters kann ich nicht anders als die Nase zu rümpfen. Irgendwie riecht der Wein schlecht. Das ist jetzt nicht das beste Zeichen, oder? Der Wein ist tatsächlich ungenießbar und wir haben nichts anderes zu Hause. Bestellt haben wir ja schon. Keine Chance auf Wein. Also lassen wir nicht nur das schöne Outfit weg, das Erlebnis des gemeinsamen Kochens, das Essen an einem schön gedeckten Tisch, sondern auch noch den Wein. Puh. Und on top liegen wir eine Stunde später mit einer fettigen Salamipizza im Bauch fast regungslos auf unserer Couch. Es hätte ein normaler Abend in unserem Leben sein können, wenn ich nicht vorher einen „Temptation Island Verführerinnen“-Plan geschmiedet hätte. Wir gehen ins Bett, geben uns einen Gute-Nacht-Kuss und ich fühle mich mies. Ich bin an meinem eigenen Plan gescheitert, noch bevor es überhaupt richtig losging. Es ist eine scheinbar riesige Herausforderung, die Leidenschaft in einer Beziehung aufrechtzuerhalten, wenn der stressige Alltag dazwischenkommt. Ich versuche mich selbst damit zu trösten, dass das eben alles normal ist und dass es Wichtigeres gibt als zerbröselte Kekse. Das Letzte, woran ich an diesen Abend denke, ist Himbeereis.

Am nächsten Morgen wache ich auf und denke wieder an das Gespräch mit Sabrina vom Vortag.

„Ich will nicht, dass jemand von uns irgendwann mal etwas Dummes tut, weil unsere Bedürfnisse nicht mehr gestillt werden“, hatte sie gesagt.

Das klingt nach. Und sie hat so recht damit. Noch bevor Jonas und ich richtig wachgeworden sind, spreche ich den einzigen Gedanken aus, der mir seit Wochen im Kopf rumschwirrt: „Ich glaube, ich muss mal mit jemandem reden ...“

WAS IST EIGENTLICH SO SCHLECHT AN OKAY?

Ich sitze auf dem Beifahrersitz und sehe mir die vorbeiziehenden Häuser an. In diesem Teil der Stadt war ich noch nie. Ich habe den Eindruck, dass ich mich in einer völlig neuen Stadt befinde. Genau dieses Gefühl von Anonymität brauche ich heute auch dringend. Wir halten an einer roten Ampel und ich lege meine Hand auf Jonas Hand, die auf der Kupplung liegt. Sanft streichle ich ihm über den Handrücken und versuche ihm damit zu zeigen: „Danke, dass du mich ein Stückchen begleitest und mich zu meinem Termin fährst." Wir lächeln uns hoffnungsvoll an. Die Ampel wird grün und wir wissen beide: Es könnte sein, dass gleich alles anders, endlich besser sein wird.

Als ich an jenem Morgen laut ausgesprochen habe, dass ich mit jemandem über meine Unzufriedenheit sprechen muss, hätte ich wohl niemals damit gerechnet, dass ich nur wenige Wochen später wirklich gleich in einem Raum mit einer Therapeutin sitzen und über mich reden würde.

Wir parken in einer Wohngegend. Ich steige aus dem Auto, verabschiede mich von Jonas und laufe die letzten Meter zu Ritas Praxis. Rita, die Therapeutin, hat mir schon am Telefon das „Du" angeboten – damit alles vertrauter zwischen uns ist. Ich finde das gut. Also klingle ich bei Rita und betrete nervös ihre Praxis. Rita öffnet die Türe, strahlt mich an und begrüßt mich mit einem festen Händedruck – ich hingegen muss mich zusammenreißen, nicht sofort loszuheulen.

Aber Rita strahlt so viel Wärme aus, dass ich mich auf eine verrückte Art und Weise sehr wohlfühle. In diesem Moment nehme ich mir fest vor, mich heute zu öffnen und ehrlich über meine Gefühle zu sprechen. Wir nehmen Platz auf zwei gegenüberstehenden Sesseln. Ich habe das Gefühl, hier drin komplett zu versinken, aber ich erinnere mich an meinen Vorsatz: radikale Ehrlichkeit zu mir selbst. Da muss ich jetzt durch! Und tatsächlich: Ich sitze keine zehn Minuten auf diesem Sessel, da brechen bei mir alle Dämme. Seit Monaten stehe ich so unter Druck und weiß nicht, was ich tun oder lassen soll, und in meinem Kopf schwirrt nur die Frage herum: Wieso kann ich nicht einfach dankbar sein, für das, was ich habe? Die Gedanken fließen nun endlich aus mir raus, ich schnäuze in mein Taschentuch und blicke nach ein paar Sekunden des Schweigens hoffnungsvoll in Ritas Gesicht.

Was gleich passiert, sollte meine Welt vorerst auf den Kopf stellen. Manche Menschen wissen eben genau, welche Fragen sie stellen müssen, wo sie nachbohren sollten und wie sie Themen drehen können, damit man von selbst auf gute Lösungsansätze kommt. Oder zumindest, dass es mal Klick macht.

„Was denkst du denn, was euch fehlen könnte?", Rita bohrt nach.

„Ich glaube, uns fehlen Gemeinsamkeiten“, schießt es aus mir heraus.

Ich erkläre Rita, dass ich den Eindruck habe, wir seien vollkommen unterschiedliche Menschen.

„Wir sind ein großartiges Team, unterstützen uns in allem. Aber das war's auch schon ...“ Ich frage mich schon länger, ob wir eigentlich nur noch gute Freunde sind. Wir befinden uns in einer Sackgasse. Und gefühlt befinde ich mich auch jetzt in diesem Gespräch wieder in einer Sackgasse.

Ritas Lippen sind zusammengepresst. Entweder sie denkt nach oder sie wartet ab, ob ich noch etwas dazu sagen will.

Dann lenkt sie ein und schaut mich fragend an: „Wie geht es dir in eurer Beziehung?“

Radikale Ehrlichkeit. Also antworte ich ganz ehrlich, auch wenn ich mich dafür schäme. „Das Problem, das ich habe, ist, dass ich eigentlich kein Problem habe. Es ist alles okay, aber irgendwie auch nicht. Verstehst du?“

Ich fühle mich wie eine verwöhnte Göre, während ich das sage. Wie jemand, der alles hat und trotzdem nicht zufrieden ist, gelangweilt vom eigenen Luxus und wohlwissend, dass andere alles dafür geben würden, das zu haben, was Jonas und ich haben.

Rita entgegnet: „Was ist denn für dich so schlecht an ‚okay‘?“

Ich kann es in diesem Moment nicht aussprechen, aber was ich denke, ist das: Alles ist schlecht an „okay“. „Okay“ ist gefährlich, denn niemand – auch du selbst nicht – bemerkt diesen Zustand so wirklich. „Okay“ bedeutet, dass nach außen hin alles gut aussieht. Man fällt nicht aus dem gesellschaftlichen Raster, man wirkt normal auf seine Freunde und seine Familie, es ist alles in Ordnung. Keine Freundin wird dich wachrütteln und dir sagen: „Wach endlich auf!“, wie das meist bei toxischen Beziehungen der Fall ist. Bei dieser Art von Beziehung merkt man schließlich auch oft als Außenstehender, dass irgendwas nicht in Ordnung ist. Aber „okay“ ist eben einfach „okay“. Weder gut noch schlecht. Weder himmelhochjauchzend noch todesunglücklich. „Okay“ ist schlicht und ergreifend gutes, wenn nicht sogar gesundes Mittelfeld.

Aber warum ist dieser Zustand dann so gefährlich? Weil wahrscheinlich kein Mensch abends ins Bett geht und sich denkt: „Dieser absolut mittelmäßige Tag hat mich heute richtig erfüllt. Juhuuu!“

Genauso wenig dachte ich das zu diesem Zeitpunkt über meine mittelmäßige „Okay-Beziehung“. Ich wollte Leidenschaft, Abenteuer, Spontaneität – und ich fühle mich wie der grauenvollste Mensch der Welt, weil ich scheinbar alles habe: einen Mann, der mich bedingungslos liebt, der bereit ist für uns zu kämpfen und mich so nimmt, wie ich bin. Und ich bin nicht in der Lage genau das zurückzugeben, weil es nicht genug für mich ist. Es klingt grauenvoll. Und ich hasse mich dafür, dass ich mich nicht zufriedengeben kann. Nur manchmal hasse ich Jonas noch mehr – dafür, dass er nicht einfach ein Arschloch sein kann, damit es mir leichter fällt, endlich zu gehen.

All das sage ich aber nicht. Ich sage: „Naja, ... es ist ein bisschen langweilig.“

„Bei vielen Paaren ist es so, dass die Spannung mit den Jahren nachlässt. Man kann aber genau das auch wiederfinden, wenn man bereit ist, dafür zu arbeiten. Immerhin habt ihr euch irgendwann mal ineinander verliebt. Da muss ja etwas gewesen sein und dieses Etwas können wir versuchen zu finden, wieder zu beleben, euch wieder schmackhaft zu machen.“ Zumindest Rita klingt hoffnungsvoll.

„Du meintest, dass euch Gemeinsamkeiten fehlen. Aber wie habt ihr eure Zeit zu Beginn eurer Beziehung verbracht? Was war es, wieso ihr euch ineinander verliebt habt?“

Ich weiß es zu diesem Zeitpunkt noch nicht, aber diese Frage von Rita sollte mich noch wochenlang beschäftigen.

„Es ist einfach passiert“, habe ich gesagt. Aber diese Frage lässt mich lange nicht los. Ich träume oft davon, wie ich diese Frage immer und immer wieder in meinen Kalender schreibe und keine Antwort darauf finde. Bis ich mir irgendwann eingestehe: Ich muss noch ehrlicher zu mir selbst sein. Auch für Jonas. Aber das sollte noch dauern.

Wir beenden unsere erste Sitzung und ich verlasse Ritas Praxis mit gemischten Gefühlen. Auf der einen Seite gibt es wohl doch noch Hoffnung für uns. Auf der anderen Seite frage ich mich, wie man die fehlenden Gemeinsamkeiten ausblenden oder durch „gemeinsames Kochen und Date Nights“ wettmachen kann.

Jonas holt mich ab. Auf der Heimfahrt schweigen wir uns an. Er fragt nicht, wie es lief, und ich will sowieso nicht darüber sprechen. Wir haben wohl beide viele Themen, über die wir nachdenken müssen. Mitten auf einer Seitenstraße hält Jonas dann plötzlich das Auto an und steigt aus, ohne ein Wort zu sagen. Ich blicke ihm hinterher, aber sehe nicht, wo er hingeht, da meine Sicht von einem Bus eingeschränkt wird. Ich bin nervös und hoffe, dass mich hier niemand anhupen wird. Nach ungefähr zehn Minuten kommt er zurück zum Auto und hat eine Rose in der Hand. Ich drehe mich um und sehe erst jetzt, da der Bus weg ist, den kleinen Blumenladen um die Ecke. Jonas gibt mir die Rose und nimmt mich fest in den Arm, während er mir zuflüstert: „Ich möchte wirklich, dass wir das schaffen."

Zum zehnten Mal an diesem Tag kommen mir die Tränen. Nicht vor Rührung oder gar Hoffnung, sondern vor Wut auf mich selbst.

ALLES AUF ANFANG

Warum habe ich mich damals in Jonas verliebt? Die unschöne Wahrheit ist: Zu dem Zeitpunkt, an dem wir uns kennenlernen, bin ich bereits vier Jahre Single. Und ich habe nie ein Geheimnis daraus gemacht, dass ich es gehasst habe, allein zu sein. Ich hatte unzählige schlechte Dates hinter mir mit Typen, die man über fünf Ecken kennt (es gab damals noch kein Tinder & Co.), ich wurde geghostet, ich habe geghostet (auch, wenn man das damals noch nicht so nannte), ich hatte schlechten Sex, ich hatte zwar auch guten Sex, aber meist mit (für mich) schlechten Männern, und ich hatte eine toxische Freundschaft+ hinter mir. Mit anderen Worten: Ich hatte einfach genug. Ich wollte eine richtige Beziehung, ich wollte mich aufgehoben fühlen, sicher, ich wollte einer Person emotional wieder ganz nah sein und ich wollte nichts mehr in meinem Leben als meine innere Unzufriedenheit loswerden, was meiner Meinung nach nur funktionieren konnte, wenn ich endlich einen großartigen Mann finden würde und schlussendlich eine Beziehung mit ihm eingehen könnte.

Und dann war da Jonas. Wir lernten uns ganz klassisch auf einem Dorffest kennen. Ich stand an der Bar, als er den Raum betritt. Ich weiß sogar noch genau, was er damals anhatte: Einen weinroten Hoodie und eine schwarze Jeans, Vans mit Schachbrettmuster – alles in allem sehr lässig. Aber seine dunkelbraunen, fast tiefschwarzen Augen ... Auch wenn das kitschig klingt, aber sie hatten etwas Magisches, und ich war sofort hin und weg von ihm. Ich fand ihn toll, noch bevor ich auch nur ein Wort mit ihm gewechselt hatte. Er entspricht eben zu 100% meinem Typ.

An diesem Abend „arbeite" ich mit Lola hinter einer Bar und wir versorgen die Partygäste an unserem Stand mit leckeren Cocktails und anderen Getränken. Das ist wahrscheinlich auch schon der beste Flirttip, den ich jemals verfassen werde: Macht den Barkeeper auf Parties! Man kommt mit JEDEM früher oder später ins Gespräch.

Und so komme ich auch mit Jonas ins Gespräch, als er dabei ist, für sich und seine Freunde Nachschub an Bier zu holen. Das ist meine Chance und ich nutze sie – oder besser gesagt: Die drei Piña Coladas in mir helfen mir dabei, diese Chance zu nutzen.

„Willst du nicht mal einen Piña Colada probieren?" Ich zeige auf die Tafel neben der Bar, auf der die Getränkeauswahl des Abends zu lesen ist. „Komm schon, ich hab mich so aufs Cocktailmixen gefreut, aber hier trinken alle nur Bier oder Wein. Wenn es dir nicht schmeckt, geht das nächste Bier selbstverständlich auf mich", sage ich mit einem Augenzwinkern.

Jonas hat wohl auch Lust, mal was Neues auszuprobieren und erklärt sich bereit, meinen Cocktail zu testen. Dieser Geschmackstest geht so lange und ist so intensiv, dass inzwischen eine andere Freundin meinen Job hinter der Bar übernimmt (ich bin eben damit beschäftigt,

Jonas das richtige und wichtige Verhältnis zwischen Ananassaft und Kokosnusscreme zu erklären) und Jonas' Freunde schon selbst die dritte Runde Bier geholt haben (nachdem Jonas nie wieder bei ihnen aufgekreuzt ist).

Wir reden, wir lachen, wir flirten – irgendwas ist da zwischen uns. Ich genieße den Abend sehr, denn es ist, als würde ich hier gerade meine eigene RomCom erleben. Als sich die Party gegen drei Uhr dem Ende neigt, wollen Jonas und ich (und ein gemeinsamer Freund von uns) noch nicht nach Hause. Wir ziehen weiter um die Häuser, trinken mehr als uns guttut, aber wir haben viel Spaß. Das Ende vom Lied ist, dass wir gegen sieben Uhr morgens zu dritt bei Jonas zu Hause landen und dort schlafen – in einem Bett! Man muss dazu sagen, dass Jonas in einer WG wohnte und niemand von uns dreien einen Gedanken daran verschwendete, wie das wohl am nächsten Morgen aussehen könnte. Es war mir auch vollkommen egal.

Betrunken wie wir sind, fallen uns drei schnell die Augen zu. Jonas und ich halten die ganze Nacht über Händchen. Es ist so unschuldig und gleichzeitig schon so vertraut zwischen uns. Ich bin nicht mal wütend, dass da noch ein dritter Amigo dabei ist, denn zu dem Zeitpunkt bin ich noch felsenfest davon überzeugt, dass man einen Mann möglicherweise vergrault, wenn man zu früh mit ihm schläft (daran glaube ich heute nicht mehr). Nur wenige Stunden später werden wir von Geräuschen aus der Küche geweckt. Die Wände in der WG sind dünn und ich habe den Eindruck, dass die Kaffeemaschine direkt neben meinem Ohr ihre Hymne singt.

„Wer feiern kann, kann sonntags auch um 11 Uhr aufstehen und mit der Familie frühstücken!“, höre ich draußen jemanden sagen. Mehrere Personen lachen. Ist das etwa seine Familie da draußen und wenn ja, wieso schläft Jonas seelenruhig hier weiter? Ich weiß nur eins: Ich muss so schnell wie möglich hier weg. Ich stehe langsam auf und hänge wenig später mit einem Ohr an der Zimmertüre. Aus den aufgeschnappten Wortfetzen ergibt sich ein Bild für mich: Jonas' Mitbewohnerin macht einen Familienbrunch im Wohnzimmer, durch das ich gleich durchspazieren muss. Es ist sowieso schon unangenehm, völlig verkatert in einem fremden Bett neben einem Bekannten und einem fremden Typen (den man auch noch verdammt gut findet) aufzuwachen. Aber noch schlimmer ist es, wenn man wie in meinem Fall, an der ganzen Familie seiner Mitbewohnerin in diesem Zustand vorbeilaufen muss. Ja – auch ihre Omi war da, die mich mit großen Augen von oben bis unten musterte und ihren Augen kaum glauben konnte, als da noch ein zweiter Typ aus Jonas Zimmer lief.

„Oh, ein Frühstück. Das ist ja toll. Ein Spiegelei könnten wir noch essen, oder?“ Unser gemeinsamer Freund schaut mich halbverschlafen an und ich frage mich, ob er von allen guten Geistern verlassen ist.

„Nein, du weißt doch, wir müssen bis 12:30 Uhr den Stand aufgeräumt haben und die Party gestern ... war wild.“

Ich räuspere mich etwas nach dieser kleinen Notlüge und werfe ihm einen strengen Blick zu. „Also, lass uns lieber gehen. Vielleicht ein anderes Mal.“

Ich lächle Jonas dabei an, wünsche mir aber nichts mehr, als dass sich der Boden unter meinen Füßen auftut. Ich möchte gar nicht wissen, was die arme Oma in diesem Moment denkt. Und gleichzeitig tröste ich mich mit dem Gedanken: Naja, die gute Frau werde ich wahrscheinlich sowieso in meinem ganzen Leben nie wieder sehen, und das Gleiche gilt wohl auch für Jonas.

Ich lag sowas von falsch.

Nach diesem Abend lädt Jonas mich auf ein „richtiges" Date ein. Er holt mich zu Hause ab, wir gehen was trinken und spazieren hinterher noch durch den Stuttgarter Schlossgarten. Irgendwann nimmt er meine Hand, so, als wäre es das Normalste auf der Welt. Eigentlich viel zu früh für ein erstes Date. Aber es war okay. Nein, nicht nur okay. Ich war auf Wolke 7. Ich fühlte mich gesehen – gerade, weil es so unschuldig begann. Ich hatte das Gefühl, Jonas mag mich wirklich, einfach nur so. Als wir im kleinen Schlossgarten spazieren, stoppt er plötzlich, während ich automatisch für eine Sekunde weiterlaufe. Dann spüre ich, wie seine Hand meine fester greift als noch einen Augenblick zuvor. Er zieht mich an sich und küsst mich. Ganz vorsichtig und nicht zu fordernd, aber trotzdem bestimmend – Jonas ist einfach ein richtiger Gentleman!

Es ist ein perfekter erster Kuss. Und schon wieder fühle ich mich so, als würde ich hier gerade meinen eigenen Film leben. Ich habe Schmetterlinge im Bauch und spüre, dass das hier der Beginn von etwas ganz Großem ist.

Immer wieder muss ich an dieses wunderschöne erste Date denken, wenn ich mich frage: Warum habe ich mich eigentlich in Jonas verliebt?

Natürlich habe ich mich in sein ganzes Wesen verliebt. Seine warmherzige Art, die Art und Weise, wie er mit seiner Familie umgeht, seine Klarheit, seinen Charme, wie er für seine Freunde da ist ... Es war so einfach, sich in Jonas zu verlieben, weil er ein guter Mensch ist. Vor allem seine Stärke imponierte mir – wie fest er im Vergleich zu mir schon im Leben stand (wir waren schließlich erst 21, als wir uns kennenlernten). Ich habe ihn später manchmal aus Spaß sogar „Okay-Menschen" genannt, denn ich kenne bis heute niemanden, der sich den Schwingungen des Lebens so resilient stellt wie Jonas. Nicht umsonst habe ich ihn oft als meinen Fels in der Brandung bezeichnet und ihn für seine Stärke bewundert, insgeheim vielleicht sogar beneidet. Von nichts und niemandem lässt er sich aus dem Gleichgewicht bringen, während bei mir schon der falsche Joghurt im Einkaufswagen zu einem kleinen (oder großen ... je nach Zyklusphase) Nervenzusammenbruch führen kann. Jonas war stark, wenn ich schwach war. Und das war ich in meinen Augen zu diesem Zeitpunkt meines Lebens eigentlich immer.

Aber – und natürlich muss es in dieser Geschichte ein „Aber" geben –, vor allem, wenn man sich selbst geschworen hat, ehrlich zu sich selbst zu sein ... Aber hätte ich mich wirklich auch dann in ihn verliebt, wenn ich mehr darauf geachtet hätte, was mir eigentlich wirklich wichtig ist? Und nicht, was nur oberflächlich betrachtet gut aussieht?

Jonas hat sich nie verstellt. Von Anfang an fand er meine Witze nicht ganz so witzig wie ich selbst. Von Anfang an erzählte er mir von den Urlauben mit seiner Familie, im immer selben Örtchen, in Griechenland, und dass es das Größte für ihn ist, jedes Jahr seinen Sommer dort zu verbringen. Von Anfang an fragte er sich offen, wieso sich manche Menschen wirklich über zehn Stunden in ein Flugzeug setzen, um Urlaub an einem fernen Strand zu machen, wenn es auch schöne Strände in Europa gibt. Und damit meinte er den schönen Strand in besagtem Ort in Griechenland. Von Anfang an machte er kein Geheimnis daraus, dass er Jura studieren wird, dass sein Job alles für ihn bedeutet und dass er große Ziele hat.

Es ist unfair, dass ich ihm Jahre später genau das alles zum Vorwurf machen würde. Wenn jemand Grund hätte, wütend zu sein, und ich meine so richtig wütend, dann ist das er. ICH war diejenige, die sich verstellt hat, um ihm zu gefallen. Denn es fühlte sich einfach gut an diese „Chemie" zu spüren und mal wieder von einem Mann wirklich gemocht zu werden. Es fühlte sich gut an, zu merken: Das hier geht gerade in Richtung Beziehung und schon bald könnte mein Single-Leben FÜR IMMER vorbei sein – ENDLICH.

Natürlich weiß ich heute, rückblickend, dass das keine noblen Gründe sind, eine Beziehung einzugehen. Es zeugt sogar eher von einem sehr geringen Selbstwert.

Da ist also ein Mann, der zwar generell erstmal nicht dieselben Werte teilt wie ich, einen anderen Humor als ich hat, ABER: Er ist da, er ist nett und er will mich. Und ich schreie: NEHM ICH! Dabei hat Jonas nichts anderes geliefert als das absolute Minimum. Ein Mann sollte immer respektvoll, höflich, loyal und zuverlässig sein. Und zwar nicht nur zu der Perle seiner Wahl, sondern zu jedem Menschen. Eigentlich ist das gar nicht zu diskutieren. Aber weil ich so ausgehungert war nach einer wirklich schlechten Single-Phase und die schlechten Erfahrungen so eifrig sammelte wie meine Mutter Payback-Punkte beim Einkaufen, wirkt dieses absolute Minimum schon wie mein Traummann. Also ignoriere ich das, was wirklich wichtig ist, bevor man eine Beziehung eingeht: Hat man gleiche Interessen, Vorstellungen vom Leben und denselben Humor?

Das Ergebnis nach ein paar Jahren Beziehung mit Jonas: Ich fühle mich in dem von mir selbst gebauten Käfig gefangen. Und die gleiche Angst, die ich damals hatte, bevor ich Jonas kennenlernte, lässt sich auch auf heute übertragen: Mir wird klar, dass ich eine blanke Panik davor habe, nie wieder einen Menschen zu finden, der so gut zu mir ist, der mich so bedingungslos liebt wie Jonas. Ich habe Angst davor, wieder allein zu sein, im schlimmsten Fall wieder jahrelang, so wie beim letzten Mal. Und woher weiß man eigentlich, ob es die richtige Entscheidung ist? Was, wenn ich die Beziehung beende und diese Entscheidung irgendwann zutiefst bereue?

REUE IST EIN ARSCHLOCH

Wir alle kennen das Lied: „Liebeskummer lohnt sich nicht, my Darling. Schade um die Tränen in der Nacht ..." (Sorry für den Ohrwurm!). Und auch wenn das Lied ein richtiger Banger ist, finde ich irgendwas an diesem Text falsch. Denn ich sage: Liebeskummer ist zwar bekanntlich ein Arschloch, aber wenn man einmal mit dessen kleiner Schwester „Reue" in Kontakt gekommen ist, weiß man erst, was so richtig wehtut. Liebeskummer gehört zum Leben dazu. Das Herz will riskiert werden, und mal gewinnt man und mal verliert man eben. Haken dran. Heilen und weiter geht's. Und Liebeskummer kann sich selbstverständlich doch lohnen: Denn mit jedem gebrochenen Herzen wird man stärker, findet mehr heraus, was man will und was man nicht will und erstrahlt wieder in einem neuen Glanz (und wir kennen auch alle den Glow up nach einem Beziehungsende). Aber Reue ... Reue nagt an dir, Reue lässt dich auch dann noch zweifeln, wenn das Herz eigentlich schon wieder repariert ist. Reue überrascht dich nachts im Schlaf und redet dir ein, dass dein Leben viel besser wäre, wenn du an so manch einem Punkt bloß mal lieber woanders abgebogen wärst.

Wir können viele Dinge bereuen. Ich bereue es unter anderem, dass ich vor ein paar Wochen dachte, es wäre eine gute Idee, mich im Club auf den Bartresen zu legen und mir von irgendwelchen Typen Schnaps aus dem Bauchnabel trinken zu lassen. Peinlich. Ich würde es gerne rückgängig machen, aber diese Bilder von mir existieren wohl nun auf irgendwelchen Handys. Außerdem habe ich lange bereut, dass ich meinen ersten Auslandsaufenthalt abgebrochen habe, weil mein Heimweh zu stark wurde. Aber ich sag es mal so: Mit all diesen Dingen habe ich relativ schnell meinen Frieden gefunden. Es sind zwar keine meiner persönlichen Glanzleistungen, aber es ist okay, und ich habe mir verziehen. Es gibt nur eine Sache, die mir in meinem Leben wirklich zu schaffen gemacht hat, weil ich nie wieder etwas so sehr bereut habe wie das hier: Dass die Beziehung zu meinem allerersten Freund in die Brüche ging.

Ich bin 15 Jahre jung, als ich mich zum ersten Mal so richtig verliebe. Also ich meine so richtig, richtig. Mit unendlich vielen Schmetterlingen im Bauch, mit Gedanken, die 24/7 nur um ihn kreisen, mit „Stunden ausrechnen, bis wir uns wiedersehen" und mit ganz viel von „meiner Familie auf die Nerven gehen, weil ich stundenlang die Telefonleitung blockiere (ja, so alt bin ich), um mit ihm zu sprechen".

Er – das ist Samuel. Samuel ist zwei Jahre älter als ich und ist der Mädchenschwarm schlechthin auf meiner Schule. Auch ich habe schon länger ein Auge auf ihn geworfen und stelle mich mit meinen Freundinnen extra so auf den Pausenhof, dass auch er mich sehen MUSS. Und mein Plan geht tatsächlich auf! Ich falle ihm auf und durch eine meiner Freundinnen, mit dessen Bruder er zufällig im selben Verein Fußball spielt, gelangt er an meine Handynummer. Und BAM: Irgendwann bin ich wirklich Samuels Freundin. Ab diesem Moment fühle ich mich als würde ich auf Wolke 7 durchs Leben fliegen! Aber wie sollte es auch anders sein? Ich kannte dieses Gefühl schließlich vorher nicht. Natürlich habe ich damals schon meine beiden Zwergkaninchen in mein Herz geschlossen und liebe vor allem meine Omi sehr, aber DAS ... Das war alles ganz neu. Spannend. Anders. Samuel ist meine erste große Liebe. Ich lasse mich damals voll und ganz auf diese junge Liebe ein. Angst vor Konsequenzen habe ich keine – was soll schon passieren? Zwei Jahre bin ich mit Samuel zusammen und erlebe ein Hoch nach dem anderen mit ihm. Ich habe alle ersten Male, die man in einer ersten Beziehung haben kann, mit ihm. Zwar gibt es auch viele Tiefpunkte (vor allem, weil ich sehr eifersüchtig bin), aber als ich gerade einmal 16 bin, versprechen wir uns, für immer zusammenzubleiben, zu heiraten und irgendwann, um die Welt zu reisen. Keiner von uns beiden zweifelt auch nur eine Sekunde an diesem Beschluss: Es ist völlig klar, dass wir den Rest unseres Lebens zusammenbleiben werden. Bis es eben eines Tages nicht mehr so ist und ganz plötzlich das bittere Ende dieser süßen, unschuldigen Liebe kommt. In unserem zweiten gemeinsamen Sommer geht Samuel mit seiner ganzen Familie für vier Wochen nach Italien. Wir haben in dieser Zeit keinen Kontakt, weil Samuel immer pleite war und es sich nicht leisten konnte, sein Prepaid-Handy aufzuladen. Das klingt nach einer Ausrede? Nun ja ... nicht für mein 16-jähriges Ich.

Dass ich den ganzen Sommer nichts von Samuel höre, macht mir zwar zu schaffen, aber trotzdem muss ich sagen, dass dieser Sommer, rückblickend, einer meiner schönsten war. Ich bin jung und genieße die Aufmerksamkeit der Jungs. Ich bin zwar mit Samuel zusammen, aber ich muss gestehen: Ich flirte sehr viel und ich habe sehr viel Spaß dabei. Einmal kommt es fast zu einem Kuss mit einem anderen Jungen, aber ich blocke ab und erinnere mich daran, was Samuel und ich haben. Ich vermisse ihn schrecklich und zähle die Tage, bis er endlich wieder bei mir ist. Dann ist es endlich soweit: Samuel ist nach vier Wochen Italien-Urlaub wieder zurück in unserer kleinen Heimatstadt. Ich bin gerade auf einer Party von Freunden und unser Plan ist, dass wir uns dort treffen. Ich bin so nervös, als würde ich ihn zum ersten Mal seit Jahren wiedersehen. Überhaupt keinen Kontakt mit jemandem zu haben, den man seinen festen Freund schimpft, scheint mir heute schier unmöglich. Aber so hatten wir wirklich die Möglichkeit, uns mal richtig zu vermissen. Also ich habe ihn zumindest auf jeden Fall vermisst. Meine Freude ist gigantisch, aber schon bald sollte es sich für mich so anfühlen, als würde mir jemand den Boden unter den Füßen wegziehen.

Mein Handy leuchtet auf und ich sehe eine Nachricht von Samuel: „Ich stehe oben an der Türe“, schreibt er. Relativ emotionslos, aber ich denke mir nichts Böses dabei. Im Gegenteil: Wenn ich ehrlich bin, glaube ich bis zu diesem Moment sogar, dass er sich vielleicht sogar etwas Besonderes für unser Wiedersehen hat einfallen lassen und mich auf eine falsche Fährte locken will. Wieso sollte er sonst nicht einfach auf die Party kommen und mich stattdessen nach draußen zitieren? Ich würde lügen, wenn ich nicht gestehen würde: Zumindest einen Blumenstrauß habe ich erwartet. Also verlasse ich die Party und verspreche Lola und den anderen noch, gleich wieder zurück zu sein – mit Samuel. Ich laufe aufgeregt die Treppen nach oben und dann sehe ich ihn, wie er dasteht, der Mädchenschwarm unserer Schule, so lässig in seiner neuen Lederjacke und braun gebrannt vom Italien-Urlaub. Es steht ihm gut. Mein Herz rast. Über den fehlenden Blumenstrauß mache ich mir keine Gedanken. Sofort falle ich ihm in die Arme, während mir vor Glück die Tränen übers Gesicht laufen.

„Oh mein Gott, ich habe dich so sehr vermisst!", sage ich laut. Aber ich spüre weder wie er meine Umarmung erwidert, noch höre ich das lang ersehnte „Ich habe dich auch vermisst!" Stattdessen drückt er mich leicht von sich weg ...

„Wir müssen reden", ist das Letzte, was ich höre, bevor mein Herz in tausend Stücke zerbricht. An diesem Abend macht Samuel mit mir Schluss. Er hat die Zeit in Italien zum Nachdenken genutzt und ist zu dem Entschluss gekommen, dass ich ihm zu eifersüchtig bin. Er könne so nicht weitermachen. Bin ich vorher noch auf Wolke 7 geflogen, fühle ich mich nun als wäre ich im freien Fall. Es folgt mein erster (und bis dato schrecklichster) Liebeskummer. Und er wird auch dann nicht besser, als wenig später herauskommt, dass Samuel mich im Italien-Urlaub betrogen hat.

So hoch einen dieses Gefühl von Verliebtheit fliegen lässt, so wenig weiß man, wie tief man fallen wird, wenn der Rausch erst einmal vorbei ist. Die erste Liebe ist mit allem, was dazu gehört, ein einziges Extrem. Denn auch hier gilt: Noch nie hat man diese Art von Schmerz gefühlt. Es fühlt sich an wie tausend kleine Nadeln, die direkt ins Herz stechen, man kann weder essen noch schlafen, man denkt nur an diese Person und auch, wenn alle sagen, dass die Zeit alle Wunden heilt, kann man sich ein Leben ohne sie nicht mehr vorstellen. So habe ich mich beispielsweise mit 17 vollen Ernstes gefragt, ob ich wohl jemals wieder einen andere Jungen außer Samuel lieben werde. Und ja, ich habe mich natürlich wieder verliebt – in Jonas zum Beispiel. Aber trotzdem hat dieses Ende einen tiefen Riss in meiner Seele hinterlassen.

Zuerst habe ich getrauert – wie jeder Mensch, der Liebeskummer erlebt. Natürlich war ich auch wütend, weil Samuel mich hintergangen hatte. Ein paar Wochen nachdem er mit mir Schluss gemacht hat, wollte er mich wieder zurückgewinnen. Dabei gestand er mir, dass er im Urlaub ein anderes Mädchen kennengelernt und den Sommer mit ihr verbracht hatte. Das Schlimme für mich daran war, dass ich in diesem Sommer selbst genügend Gelegenheiten hatte, mich mit anderen Jungs zu vergnügen, aber jedes Mal dachte: Nein, für nichts und niemanden auf der Welt würde ich das, was Samuel und ich zusammen haben, aufs Spiel setzen. Es hat mich verletzt, dass er diese Grenze anscheinend immer und immer wieder überschritten hat, ohne dabei auch nur eine

Sekunde an mich zu denken. Oder daran, wie ich mich wohl fühlen würde. Nur weil er gedanklich vielleicht schon Schluss gemacht hat und sich selbst deswegen wohl einen Freifahrtschein gegeben hat. Wenigstens dafür hätte er doch mal sein verdammtes Prepaid-Handy aufladen können. Ich verzeihe Samuel nach langem Hin und Her den Seitensprung. Aber meine Eifersucht wurde damit natürlich nicht besser. Er ist zu diesem Zeitpunkt mein Traummann und ich will wirklich, dass es funktioniert, aber es funktioniert nicht. Das Vertrauen ist verloren. Ja, wir waren jung, aber diese Beziehung war sehr besonders für mich. Bei mir hat sich der Glaubenssatz eingebrannt: Du hast alles kaputt gemacht. Wärst du nicht so eifersüchtig gewesen, dann wäre Samuel von Anfang an gar nicht erst fremdgegangen.

Ich habe mein Verhalten dieser zwei Jahre so stark bereut. Während alle Emotionen wie Trauer und Wut vergingen, blieb die Reue. Und sie war hartnäckig. Ich kam sehr lange nicht über Samuel hinweg, aus dem einfachen Grund, dass ich mir die alleinige Schuld dafür gab, dass das mit uns nichts wurde. Ich redete mir ein, Schuld daran zu sein, dass Samuel, der in meinen Augen der perfekte Mensch für mich war, mich nicht mehr haben wollte. Ich habe es bereut, dass ich nicht besser war. Habe bereut, dass es überhaupt so weit kommen konnte, dass er Schluss gemacht hat.

Zum allerersten Mal in meinem Leben denke ich: Das, was wir hatten, ist doch vollkommen in Ordnung gewesen. Ich blende alles aus, was eben nicht in Ordnung war (zum Beispiel, dass er mich betrogen hat – lol) und stelle Samuel auf ein Podest.

Die nicht enden wollende Einsamkeit, die ich in meiner letzten Single-Phase vor Jonas spürte sowie die Angst, etwas noch einmal so sehr zu bereuen wie damals bei Samuel, blockieren mich in meinen Entscheidungen von heute. Die Sorge, so etwas wieder zu erleben, in einem Zustand gefangen zu sein, den man selbst nicht ändern kann, hält mich länger in dieser Beziehung als ich mir eingestehen will. Was ist, wenn ich also die falsche Entscheidung treffe? Was ist, wenn ich (noch einmal) alles gegen nichts eintausche?

Das Problem, das man oft hat: Man romantisiert die eigene Komfortzone. Es klingt nämlich furchtbar dramatisch, wenn ich sage: „Was passiert, wenn ich ALLES gegen NICHTS eintausche?" Aber wir erinnern uns, dass dieses „alles" für mein Empfinden sehr mittelmäßig war. Ich fand meine Wohnung okay, mein Studium okay, meine Beziehung okay, mich selbst ganz okay. So richtig begeistert von diesem „alles" war ich ja nun auch nicht wirklich. Warum also so verbittert daran festhalten? Ja, warum eigentlich? Aber selbst, wenn man beschließt, etwas zu ändern: Wo soll man überhaupt anfangen, wenn einen alles stört? Eine Frage, die ich nicht mehr nur meinem verwirrten Kopf stellen wollte, sondern den wirklich Klugen. Bestimmt hat meine Freundin Nani mit ihren Tarotkarten einen guten Tipp für mich.

DER EREMIT

„Oh Shit! Das kann nichts Gutes bedeuten?!“ Ich blicke auf die Tarot-Karte, die Nani für mich auf ihren Küchentisch legt. Die Karte wirkt düster und auch etwas bedrohlich auf mich, sodass mir sofort die Frage in den Kopf schießt: Wieso bin ich überhaupt hierhergekommen? Schließlich könnten die Karten mir auch etwas sagen, das ich eigentlich gar nicht hören will. Ja, wieso bin ich hergekommen? Nun ja – wenn man so in seinem „Okay-Blues“ gefangen ist, aber endlich etwas ändern will, dann versucht man auch mal ungewöhnliche Dinge, um dem Ganzen zu entkommen.

Zu dieser Zeit meines Lebens bin ich auf der Suche nach Zeichen. Nach Hilfe von außen. Ich bin äußerst leicht zu beeinflussen und würde jeden nur möglichen Ratschlag am liebsten sofort befolgen – egal, in welche Richtung. Hauptsache jemand sagt mir endlich, was ich aus meinem Leben machen soll. Da liegt es nahe, dass ich auch die Welt der Esoterik nicht unbesucht lasse. Und so sitze ich an diesem Tag bei Nani. Nani ist eine Frau in ihren 60ern, die schon ihr ganzes Leben lang Tarot-Karten legt und sich selbst als Hexe bezeichnet. Nicht scherzhaft, wie ich es manchmal bei mir selbst tue, sondern ganz ernsthaft. Nani ist der Wicca-Religion zugehörig. So weit, so gut. Ich kenne sie über zehn Ecken (sie ist die Freundin einer Freundin der alten Nachbarin meiner Mutter) und ich bin einfach neugierig, was sie zu sagen hat. Es dürfte nicht schaden, wenn sie mal einen Blick auf mein Leben wirft und mir erzählt, welche Ratschläge so manche Geister und gute Seelen für mich bereithalten. Was ich an Nani mag: Sie nutzt die Karten nicht für irgendwelche Scharlatan-Zukunftsvorhersagen oder um mir Kalendersprüche um die Ohren zu knallen, sondern, damit ich selbst nach Lösungen suche und mein Leben besser reflektiere.

„Die Antwort auf deine Frage liegt immer in dir und die Karten kitzeln sie einfach nur heraus." Das ist ihr Mantra. Und ich gebe zu: Ein bisschen klingt das schon nach Kalenderspruch. Aber egal. Ich bin nicht die Einzige, die an so etwas glaubt. In Hollywood gehört es zum guten Ton, ein Medium zu haben, das einen durch die Geisterwelt hindurch mit guten Ratschlägen versorgt. Mhm, stimmt wirklich. Das habe ich bei den Real Housewives of Beverly Hills erst neulich gesehen. Und auch, wenn ich von meinem eigenen Anwesen mit Blick auf das Hollywood-Zeichen buchstäblich meilenweit entfernt bin, bin ich heute offen für das, was hier passiert. Und ich bin gewillt, mehr über diese düstere Karte, die den Namen „Der Eremit" trägt und nun vor mir liegt, zu erfahren.

Nani geht sofort auf meine Bedenken ein: „Nein, nein – diese Karte ist etwas Gutes, wenn man so will."

„Wenn man so will?"

Was soll das nun wieder heißen? Ich brauche eine klare Ansage, Nani. Komm schon.

„Ja, denn die Karte steht für Selbstbestimmung auf dem eigenen Lebensweg. Es geht darum, dass du eigene Entscheidungen für dich triffst und dich nicht von äußeren Umständen beeinflussen lässt." Hmm ... so weit war ich auch schon selbst.

„Was sagt die Karte noch?", bohre ich weiter nach.

„Nun ... ich weiß nicht, was dich momentan so beschäftigt. Sie steht nämlich auch für Rückzug. Für eine Lebensphase, in der du dich einmal ganz auf dich selbst besinnst und einen Weg gehst, den nur du allein gehen kannst. Manchmal braucht man eine Art Rückzug von allem, um wieder ganz bei sich selbst anzukommen."

Ich denke sofort an Jonas. Das passt gut. Damit kann ich was anfangen. Nanis Worte gehen in Resonanz mit dem, was ich auch gerade fühle. Der Wunsch nach Rückzug, der Wunsch, mich auf mich zu besinnen und herauszufinden, was mich wirklich glücklich macht. Aber das klitzekleine Wörtchen „ALLEINE" macht mir etwas Angst. Also mache ich das, was jede kluge, erwachsene und mental gesunde Frau tun würde, um mit der Situation klarzukommen: Ich mache einen dummen Scherz. „Der arme, traurige Eremit wirkt auf mich wie ein Eigenbrötler. Aber wir leiden ja alle unter der Pandemie, was?"

Nani kann ich damit ein Grinsen entlocken, aber sie lässt sich nicht aus der Ruhe bringen.

„Tatsächlich ist der Eremit jemand, der viel Zeit allein verbringt. Aber gerade, wenn man sich leicht von äußeren Umständen beeinflussen lässt, ist es wichtig, die Antwort bei sich zu finden. Egal, was andere sagen. Was würde da besser funktionieren als Rückzug und Isolation?"

„Ein Glück sind wir gerade wieder im Lockdown!" Jetzt lachen wir beide. Aber Nani hat Recht. Wie soll ich mich von den großen, bösen gesellschaftlichen Erwartungen lösen, die mir irgendwann mal übergestülpt wurden, wenn ich viel zu sehr darauf achte, angepasst zu sein und nicht aufzufallen?

„Ich glaube, viele Menschen vergessen eine Sache ...", Nani trinkt noch einen großen Schluck Tee aus ihrer Tasse, bevor sie weiterspricht, „Alleinsein ist nichts, wovor man Angst haben sollte. Einsamkeit ist das, was die meisten zu vermeiden versuchen. Aber eine Zeitlang wie ein Eremit zu leben, sich zurückzuziehen und Zeit allein zu verbringen – nur mit sich selbst, seinen Wünschen und Gedanken, das kann auch sehr heilsam sein."

Ich nicke und nehme ebenfalls einen Schluck von meinem Früchtetee. Damit hat Nani nicht unrecht. Es gibt in der Tat einen Unterschied zwischen dem gewählten Zustand des Alleineseins und der Einsamkeit, an der man nichts ändern kann. Ich freunde mich mit dem Gedanken immer mehr an, wie ein Eremit zu leben. Zumindest für eine Weile. Bis ich alle Antworten in mir gefunden habe und weiß, wie es weitergehen soll.

„Hast du vielleicht noch einen Tipp für mich in dieser Sache, Nani?" Here we go again: Ich lechze förmlich danach, dass andere Menschen mir Ratschläge geben. Bitte sag mir einfach, was ich tun soll. Hop oder Top. Ich merke schon selbst: Die ganze Eremit-Geschichte fruchtet schon so richtig.

„Ich nicht, aber wir können gerne noch eine weitere Karte ziehen. Ich sehe, dass du noch nicht ganz überzeugt bist."

„Nicht ganz überzeugt" ist ein wunderschöner Euphemismus für „komplett lost". Ich setze meine Tasse auf dem Tisch ab und ziehe mit der linken Hand eine weitere Karte von dem Stapel. Ich drehe sie um und schon wieder erscheint sie mir recht düster. Das sind rosige Aussichten. Zu sehen ist ein Mann mit einem roten Umhang (nein, leider nicht Superman), der einen Fluss überquert. Dieser Fluss fließt aufwärts auf der Karte und das einzige Licht kommt vom Mondschein.

„Egal, woran du gerade gedacht hast ...", Nani nimmt die Karte nun selbst in die Hand und begutachtet sie noch ein wenig genauer ... „Du solltest es tun. Die Karte steht für einen Neuanfang. Auch, wenn du noch nicht weißt, wie es ausgeht, wenn du dich von Vertrautem löst, brauchst du keine Angst haben." Nani schaut mich gar nicht an, sondern mustert die Karte noch genauer, so als würde sie eine geheime Botschaft entdecken, die sie auf den ersten Blick noch nicht gesehen hat. „Ja ... Ich denke, das ist das Wichtigste, was du heute mitnehmen kannst: Du brauchst keine Angst zu haben, dich von was auch immer abzunabeln und neu anzufangen."

Ich brauche keine Angst haben? Und wer garantiert mir das? Was, wenn sich die Weisheit der guten Geister und herumirrenden Seelen in unseren Sphären eben doch irren? Was, wenn am Ende doch ich Recht behalte und den größten Fehler meines Lebens mache, wenn ich mich von Jonas trenne? Wen kann ich dann verklagen? Die guten Geister und herumirrenden Seelen? Leider habe ich keine guten Kontakte zu den Ghost Busters. Nani vielleicht? Ach, sie macht ja auch nur ihren Job. Letztendlich kann mir diese Entscheidung auch nicht irgendeine Karte abnehmen. Auf meinem Weg nach draußen drücke ich Nani 60 Euro in die Hand. So macht man das in der Wicca-Welt: Pay what you want. Ich habe dafür mein letztes Geld zusammengekratzt, aber wollte ihre Arbeit dennoch wertschätzen. Klarheit ist sowieso nicht in Geld aufzuwiegen, aber es ist ein Anfang für mich.

Ich fühle mich zwar bestärkt in meinem Vorhaben, aber nur weil eine Karte mir sagt, dass ich keine Angst haben soll, hört die Angst nicht einfach auf. Im Gegenteil: Die Angst wird von Tag zu Tag größer und die Frage in mir wird immer lauter: Wie viel Eremit kann in einem Menschen wirklich stecken, wenn man sich von seinem Partner so abhängig gemacht hat wie ich? Denn bei genauerem Hinsehen ist unsere Beziehung schon lange nicht mehr so gesund, wie sie nach außen wirkt ...

TRAUTES HEIM, GLÜCK ALLEIN

Es ist mal wieder so ein Tag, an dem ich morgens kaum aus dem Bett komme. Noch bevor der Tag richtig angefangen hat, habe ich schon keine Lust mehr auf alles, was kommt. Ich weiß, dass mein Konto demnächst schon wieder überzogen sein wird, aber anstatt mich darum zu kümmern, schalte ich erstmal den Fernseher an, um eine neue Folge irgendeines beliebigen Trash-Formates anzuschauen – vom Bett aus. Das passiert in letzter Zeit immer öfters an einem Montag oder Donnerstag und nicht mehr nur an Sonn- und Feiertagen. Es ist inzwischen zehn Uhr, als ich mich nochmal in meine Decke kuschle, ein Bein an der Luft lasse, damit ich perfekt klimatisiert bin und ich fremden Menschen im Fernsehen dabei zuhöre, wie sie sich leidenschaftlich streiten. What a great time to be alive.

Aber lange hält dieser friedvolle Moment nicht an. Jonas öffnet die Türe zum Schlafzimmer ziemlich forsch und läuft direkt zum Fenster, das er demonstrativ öffnet. Er gibt mir damit das Gefühl, ein stinkendes, faules Etwas zu sein. Nun gut, vielleicht bin ich das ja auch. Er setzt sich an die Bettkante und ohne mich dabei anzuschauen sagt er: „Die Miete war wieder nicht pünktlich da. Kannst du dich bitte darum kümmern, dass du sie mir so schnell wie möglich überweist?"

Jonas ist gereizt. Verständlich. Die Miete kommt in diesem Jahr schon das vierte Mal zu spät (wir haben Juli) und einen Monat kam sie sogar gar nicht. Dieses eine Mal stottere ich gerade immer noch monatlich bei ihm ab. Er ist genervt, weil er mir so oft hinterherrennen muss, was finanzielle Dinge angeht, und ich bin genervt, weil er mir bei finanziellen Dingen hinterherrennt und ich nicht in Ruhe meine lazy girl fantasy ausleben kann. Hotel Mama war gestern, Hotel Jonas is what a girl really really wants.

Die Realität sieht nämlich so aus: Ich habe mich vor einiger Zeit selbstständig gemacht. Wohooo!

Weniger Wohooo: Bei meinen Kunden drücke ich ein Auge zu, wenn die Rechnung nicht schnell genug überwiesen wird. Manchmal stelle ich auch eine Rechnung selbst viel zu spät aus und weiß, dass das Geld niemals bis zum Ersten des nächsten Monats da sein wird. Aber es ist mir egal: Ich weiß ja, dass Jonas mich auffängt. Die Miete geht sowieso immer von seinem Konto runter und ich überweise ihm dann einfach irgendwann meinen Anteil. Simple as that. Ich rede mir ein, nicht so streng mit mir zu sein. Jonas hat nach seinem Studium in der Tat eine steile Karriere hingelegt und arbeitet inzwischen in einer Führungsposition. In Zahlen bedeutet das: Er verdient das Vierfache meines Gehalts. Manchmal sogar noch mehr. Aber ganz ehrlich, wer weiß das schon so genau? Ich könnte mein monatliches Einkommen auch einfach würfeln – das gäbe mir wahrscheinlich mehr Sicherheit als das, wie es gerade läuft. Ich lebe in einer Seifenblase namens Jonas und jederzeit könnte mich die Realität einholen. Zum Beispiel, wenn das Finanzamt irgendwas von mir wollen würde. Aber selbst da bin ich entspannt: Für den Fall, dass ich nicht genügend Rücklagen gebildet habe, ist ja Jonas da. Er würde mir das sicher auslegen. Ganz bestimmt. Ich MUSS keine Verantwortung übernehmen. Ich bin von meinem gut behüteten Elternhaus zu Jonas gegangen und nun kümmert er sich um mich. Zwar stelle ich mich nach außen hin immer gerne als eine starke und unabhängige Frau dar, die als selbstständige Social-Media-Redakteurin ihre Brötchen verdient, aber die Wahrheit ist eine andere. Ich bin abhängig von Jonas. Noch nie in meinem Leben musste ich für mich selbst sorgen. Zum Beispiel indem ich allein meine Miete bezahle oder mich um meine Versicherungen kümmere. Jonas kümmert sich um das alles. Ich bin 27 Jahre alt, liege meinem Freund auf der Tasche und mein größtes Erfolgserlebnis in diesem Jahr ist, dass ich jedes Mal richtig geraten habe, wer beim Dschungelcamp als Nächstes von den Zuschauern zur Dschungelprüfung gewählt wurde. Vielleicht habe ich sogar selbst angerufen. Ein paar Mal.

Es macht was mit dem eigenen Selbstbewusstsein, wenn man das Gefühl hat, allein nicht klarzukommen. Wenn man sich so lange einredet, dass man für sich allein nicht sorgen kann, dann glaubt man sich das irgendwann. Zu dieser Zeit habe ich einen Glaubenssatz stark verinnerlicht: Ohne Jonas würde ich in der echten Welt keinen einzigen Tag überstehen. Ich brauche ihn. Aber nicht auf eine „Ich brauche dich, weil ich dich liebe"-Art und

Weise, sondern „Ich brauche dich, weil ich ohne dich Angst habe“. Ziemlich ungesunde Geschichte. Vor allem, weil man das nicht immer sofort realisiert.

Es gibt viele Frauen, die leben in einer ähnlichen Situation wie ich damals – nur noch viel extremer und auch nicht immer so selbstverschuldet wie in meinem Fall. Viele Frauen machen sich in irgendeiner Form, meist aber finanziell, abhängig von ihren Männern. Sie bekommen die Kinder, arbeiten eine Weile gar nicht und später dann nur in Teilzeit. Dadurch allein ist man bereits in einer Abhängigkeit zum Vollverdiener. Da kommen die Probleme möglicherweise viel später, wenn man in eine Altersarmut rutscht, weil der Mann all die Jahre, in denen die Frau wegen der Familie nicht arbeiten konnte und sich aufgeopfert hatte, fleißig in die Rentenkasse eingezahlt hat.

Eine Freundin erzählte mir von ihrer Mutter, die irgendwann einmal „gebeichtet“ hatte, dass sie ihren Mann schon viel früher verlassen hätte, wenn es finanziell möglich für sie gewesen wäre. Aber mit einem Teilzeitjob und zwei kleinen Kindern ist es nicht einfach. Auf Unterhalt kann man sich auch nicht immer verlassen. Manchmal zahlt man noch Kredite ab oder ein Haus oder ein Auto oder was auch immer. Ich weiß, dass ich zum einen meine Situation selbst verschuldet habe und zum anderen trotzdem sehr privilegiert bin. Es gibt keine Kinder, nur ein Riesenbaby, um das ich mich kümmern musste: mich selbst.

Ich verspreche Jonas, dass ich ihm die Miete sofort überweisen werde. Mein Laptop liegt gerade noch neben mir, da ich in der vergangenen Nacht noch an einem Artikel für einen Kunden geschrieben habe.

Jonas hat sich inzwischen wieder an seine Arbeit gemacht. Immerhin steht er nicht neben mir und kontrolliert, wie ich ihm die Miete überweise. Wo ich gerade dabei bin, überweise ich noch andere offene Rechnungen (Mahnung Nr. 3 lässt grüßen), und als ich damit fertig bin, sehe ich: Auf meinem Konto habe ich noch 13,37 Euro.

Dreizehn Euro siebenunddreißig. Es ist schon öfter passiert, dass ich pleite war. Mein Spitzname ist nicht umsonst „Vany ohne Money". Aber dass ich gerade die Miete und andere offene Rechnungen zahle und in der ersten Woche des Monats komplett blank bin – das gab es noch nie.

Ich begrüße das als neuen Tiefpunkt in meinem Leben. Schön, immerhin in diese Richtung schaffe ich es, mich immer weiterzuentwickeln. Und wie soll man mit seinem Partner darüber reden, wenn man sich gerade noch an einem Mittwochmorgen eine Folge Reality-TV reingezogen hat, als wäre man Krösus und hätte es gar nicht nötig wirklich zu arbeiten? Ich will gerade meinen Laptop wieder zuklappen und in Ruhe in Selbstmitleid baden, als ein Fenster auf der Seite meiner Bank aufpoppt. Bei irgend so einem dämlichen Gewinnspiel kann man eine Reise nach Spanien gewinnen. Ich habe bei sowas kein Glück, also versuche ich es gar nicht erst. Aber Spanien ... das klingt noch eine Weile nach. Ich bin besonders gut darin, mich in sehr ernsten Situationen einfach wegzuträumen. Anstatt mich endlich mit meinen Finanzen auseinanderzusetzen, träume ich mich an die Costa del Sol, spüre wie die Meeresbrise meine Nase kitzelt, ich sehe mich förmlich ein Eis essen auf dem Plaza de España in Sevilla ... Ich BIN dort. Und dann öffne ich die Augen und bin wieder in meinem kleinen Schlafzimmer in einer langweiligen Kleinstadt in Deutschland. Und ich sollte dringend mal wieder duschen.

Tatsächlich raffe ich mich endlich auf und bewege mich ins Badezimmer. Aber auch unter der Dusche lässt „Spanien" mich nicht los. Der Grund, wieso ich mich selbstständig gemacht habe, war, dass ich mir das Ziel gesetzt habe, von überall auf der Welt aus arbeiten zu können. Auf Neudeutsch nennt man das „digitale Nomaden". Das sind Menschen, die ständig auf Weltreise sind und mal hier, mal dort leben. Ihr Geld verdienen sie meist online. Ich konnte mich damit nie zu 100% identifizieren, denn während „echte" digitale Nomaden kein zu Hause haben, sondern sich immer wieder in Airbnbs und Hotels einbuchen, war mir das schon immer zu wild. Ich wollte eine Home-Base haben, ein Zuhause, zu dem ich immer wieder zurückkommen kann und wo ich meine eigenen Möbel habe, meine Klamotten ihren Platz finden, die nicht nur in einen Koffer passen und wo ich auch Platz habe für wichtige Erinnerungsstücke, wie alte Tagebücher oder Bilder. Genauer gesagt: Ich wollte in Deutschland eine Mietwohnung haben und trotzdem noch genügend finanzielle Ressourcen, um jederzeit für ein paar Wochen mein Homeoffice in ein anderes Land zu verlegen. Wohlgemerkt, obwohl ich teilweise nicht mal in der Lage war, für EINE Mietwohnung ANTEILIG für die Miete aufzukommen.

Man kann also eines ganz gewiss sagen: Ich bin völlig desillusioniert. An diesem Tag sollte sich diese Desillusion in Form eines Streites mit Jonas zuspitzen.

Inzwischen ist es 13 Uhr. Jonas hat den halben Arbeitstag bereits hinter sich, hat mit mir in seiner Mittagspause einen Kaffee auf unserem Balkon getrunken und mir von seiner anstehenden Dienstreise nach Düsseldorf erzählt. Mein „Arbeitstag" sieht ein wenig anders aus. Aber anstatt mich nun endlich an die wenigen Kundenprojekte zu setzen, die ich gerade betreue oder zumindest Akquise zu betreiben, tue ich das, was ich nach Tagträumen am besten kann: Ich suche nach günstigen Flügen und passenden Wohnungen zu Schnäppchenpreisen. Und ich werde fündig. Ein Flug nach Barcelona für 60 Euro. Das ist okay. Also schaue ich nach einer passenden Wohnung. Was kostet wohl ein Airbnb für vier Wochen in Spaniens teuerster Stadt? Das kommt wohl ganz darauf an, was man sich vorstellt. Meine wichtigsten Kriterien: Eine sichere Lage darf es schon sein, da ich ja allein reise. Ein wenig ansehnlich wäre auch nicht schlecht, ich möchte mich schließlich wohlfühlen. Und Strandnähe wäre hervorragend. Das Suchergebnis spuckt mir Wohnungen aus, die im Durchschnitt 1.500 Euro für den Monat kosten. Zusätzlich zu meiner Miete in Stuttgart, die nochmal 800 Euro beträgt. Für jemanden, dessen Nettovermögen sich aktuell auf 13,37 Euro beläuft, ist das eine ganz schön ordentliche Hausnummer.

Oder mit anderen Worten: Nicht machbar. Finanziell nicht drin.

Ich bin frustriert. Seit einem Jahr bin ich selbstständig in Vollzeit und es haut vorne und hinten nicht hin. Ich habe mir das anders vorgestellt. Es ist nicht so, dass ich es nicht geil finde, an einem Mittwochmorgen erstmal Reality-TV schauen zu können, aber wenn das so weitergeht, werde ich mir niemals auch nur irgendetwas leisten können. Geschweige denn mein Traumleben finanzieren. Ich bin sauer. Ich bin sauer auf Jonas, weil er ganz andere Träume hat und eben nicht einfach so sein Homeoffice nach Spanien verlegen will. Zu zweit wäre das viel bezahlbarer, weil wir die Miete(n) durch zwei teilen würden. Das ist doch unfair. Es ist unfair, dass er genau weiß, was er will (nämlich in Frieden zu Hause seiner Arbeit nachgehen) und sich da von mir nicht reinreden lässt, was er zu wollen hat. Warum können meine Träume nicht auch seine sein?

Bei mir war es die Sache mit dem Homeoffice, aber wie oft projiziert man seine eigenen Mängel auf den Partner. Ich wünsche mir etwas und du als mein Partner lieferst mir das, bitte. Bitte sorge dafür, dass ich nicht mehr im Mangel lebe, und hilf mir dabei, meine Träume zu erfüllen. Bis zu einem gewissen Punkt sollte man sich auch unterstützen. Jonas zum Beispiel hat mir immer gut zugeredet, hat mich dabei unterstützt, als ich mich selbstständig machen wollte, hat immer an mich geglaubt. Und es war für ihn nie ein Thema, wenn ich gesagt habe: Mein Wunsch ist es, mehrere Monate im Jahr nicht in Deutschland zu leben. Man könnte sich ja besuchen, hat er immer gesagt. Nur, wenn dann die Kinder da seien, dann würde man sowas eben nicht mehr machen können. Ja, ja, habe ich dann immer geantwortet. Dauert ja noch.

Und weil ich gerade so wütend bin, gehe ich auf ihn zu und sage in meiner kompletten Desillusion und dennoch komplett ernst gemeint: „Wäre es in Ordnung für dich, wenn ich zwei Monate keine Miete zahle, wenn ich im Ausland bin?“

Ich sehe in Jonas Gesicht, dass ich damit den Vogel nun endgültig abgeschossen habe.

„Ich meine ja nur ... du verdienst ja auch gut.“ Das macht es nicht besser. Was folgt, ist ein aufgebrachter Jonas, der die Seifenblase zurecht platzen lässt. Ich wollte Paradiese, stattdessen bin ich ein Parasit. In welcher Welt ich denn leben würde und wie ich mir das alles denn vorstelle, die Welt sei kein Ponyhof. Und dann sagt er noch etwas, das sehr hilfreich ist, damit ich wieder in der echten Welt ankomme: „Wenn du allein wohnen würdest, könntest du das deinen Vermieter doch auch nicht einfach fragen?“ Dieser Satz klingt bei mir nach.

Ich bin nicht wütend auf Jonas, sondern auf mich selbst. Ich mache es mir die ganze Zeit so einfach, obwohl ich „einfach“ gar nicht haben will. Scheiß auf „einfach“. Der erste Schritt ist es sich einzugestehen, dass ich mich nicht nur finanziell abhängig von Jonas gemacht habe, sondern auch endlich meine Ängste überwinden muss, dass ich allein angeblich nicht klarkommen würde. Und dafür braucht es keine Miniveränderungen, die das Problem nur irgendwie verlagern würden. Ich brauche einen Neuanfang. 180 Grad. Mindestens.

Wenn ich wirklich etwas an dem Gefühl ändern will, von Jonas abhängig zu sein, dann muss ich den Sprung ins kalte Wasser wagen. Vielleicht bekomme ich dadurch mehr Selbstvertrauen zurück, vielleicht lerne ich dadurch endlich mal die Realität kennen und weiß mehr zu schätzen, was Jonas alles für mich getan hat und noch immer tut. Vielleicht bekomme ich dann endlich mal meinen gottverdammten Arsch hoch, um etwas zu verändern.

Und dann geht alles ganz schnell. Ich durchforste Wohnungsanzeigen, gehe auf ein paar Besichtigungen und finde letztendlich eine kleine bezahlbare Wohnung in dem Stadtteil Stuttgarts, der mir schon immer am besten gefallen hat. Wenige Wochen später ziehe ich tatsächlich aus unserer gemeinsamen Wohnung aus. Aber wir trennen uns (noch) nicht. Im Gegenteil: Irgendwie schöpfen wir sogar wieder neue Hoffnung für uns. Die ungesunde Abhängigkeit kann sich lösen. Wir können uns wieder vermissen. Wir können uns besuchen, uns füreinander hübsch machen, wie wenn man auf ein Date geht, weil es jetzt wieder etwas Besonderes ist, wenn man sich sieht. Wir teilen die Möbel, die in unserer bis dato gemeinsamen Wohnung stehen, fair untereinander auf. Jonas und ich – wir regeln das irgendwie. Es ist zwar komisch, aber es ist nun mal, wie es sonst auch ist: Wir sind ein perfekt eingespieltes Team und unterstützen uns auch in einer solchen Situation. Er hilft beim Umzug, ich helfe ihm bei der Neugestaltung unserer alten bzw.

seiner „neuen“ Wohnung. Denn auch er braucht – verständlicherweise – einen Tapetenwechsel, vielleicht sogar ebenfalls einen kleinen Neuanfang.

Es wird zwischenzeitlich sogar besser. Aber nur kurz, bis es dann wieder schlechter wird. Wenn ich bei Jonas übernachte, vermisse ich meine eigenen vier Wände. Ich sehne mich nach Rückzug und nicht nach ihm, wenn er nicht bei mir ist. Ich bin glücklich, als die ersten Rechnungen in meinen neuen Briefkasten flattern, weil ich ein Gefühl dafür bekomme, wie es ist, erwachsen zu sein und allein klarzukommen. Alles geht Schlag auf Schlag in dieser Zeit. Am 1. Oktober ziehe ich ein. Nur sechs Wochen später machen wir Schluss.

Dabei kann es durchaus von Vorteil sein, wenn jeder seinen Rückzugsort beibehält. Ich kenne sogar ein Paar, bei denen dieses Lebensmodell mit getrennten Wohnungen hervorragend funktioniert (Nein, nicht Carrie & Big!). In unserem Fall war das nur leider nicht genug. War das absehbar? Vielleicht. Für manche sicherlich. Warum sollte es auch funktionieren, wenn man freiwillig und entgegen den gesellschaftlichen Erwartungen ein Level „zurück“ springt?

Aber: Wenn man von „der Gesellschaft“ spricht, wen hat man da eigentlich vor Augen? Irgendwelche Politiker, die Regeln vorgeben, soziale Konstrukte, die uns dabei helfen, unser Leben als Individuum in einer Gemeinschaft besser auf die Reihe zu kriegen ...? Sicherlich auch alles. Es sind aber auch die Meinungsbilder, die wir alle tief in unseren Köpfen verankert haben. Überzeugungen, wie die Welt zu sein hat, wie das Spiel des Lebens laufen muss, geprägt von der Art und Weise, wie wir aufwachsen und welche Muster und Vorstellungen uns vorgelebt werden. Und das ist nun mal meist ganz schön tief in uns verankert. Was „die Gesellschaft vorgibt" ist oft so abstrakt, dass es gar nicht greifbar für uns ist. Was es aber ist: die Meinung unserer Freunde und unserer Familie. Welche Werte sie vertreten, welches Urteil sie sich über unsere Leben bilden und welche Ratschläge sie uns geben. Leider nimmt nicht jeder die Veränderung in Jonas' und meinem Leben so gut an. Es ist vor allem meine Familie, die mit unserer Entscheidung von getrennten Wohnungen zu kämpfen hat.

FREIHEIT

„14, 15, 16, 17 ..."

„Hast du nicht gehört, was ich gesagt habe?"

Ich bin so darauf konzentriert, mein Stück Apfelkuchen achtsam zu kauen, genau 40-mal pro Biss ist das Ziel. Ganz langsam, bis irgendwann nur noch ein einheitlicher, roter Brei im Mund übrig ist. Ich habe in einem Artikel vor Kurzem etwas über achtsame Essgewohnheiten gelesen und konzentriere mich nun vollkommen auf die einzelnen Geschmackskomponenten. Gerade wenn ich hier, am alten Küchentisch im Haus meiner Mutter bin, brauche ich diese Art von Ticks, um ruhig zu bleiben. Manchmal hilft das sogar gegen das unbehagliche Gefühl im Bauch, das ich habe, wenn ich hier bin. Aber noch bevor ich meine Mutter darum bitten kann, ihren letzten Satz zu wiederholen, spüre ich: Heute werde ich ganz tief in die Achtsamkeitszauberkiste greifen müssen.

„Auch deine Oma hat mich nochmal auf deine Nacht-und-Nebel-Aktion angesprochen. Sie findet es unmöglich, genauso wie ich und dein Onkel, dass du aus der gemeinsamen Wohnung mit Jonas ausgezogen bist. Ich habe dir gleich gesagt, dass das ein Fehler ist und dass die Leute hinter deinem Rücken schlecht über dich reden werden."

Ich halte für einen Moment die Luft an. Mein Blick wandert aus dem Fenster nach draußen, wo ich Kinder dabei beobachte, wie sie durch Pfützen springen, die der Regen hinterlassen hat. Es fühlt sich fast ein bisschen wie früher an, als meine Füße den Boden noch nicht berührten, wenn ich hier am Küchentisch saß und wieder einmal einem Verhör meiner Mutter ausgesetzt war.

Aber, wenn ich ehrlich bin, habe ich schon befürchtet, dass dieses Thema noch einmal auf den Tisch kommen würde. Vor ungefähr einem Monat bin ich aus der gemeinsamen Wohnung von mir und Jonas ausgezogen. Ich habe das getan, wovon ich insgeheim schon seit knapp zwei Jahren (von wegen Nacht-und-Nebel-Aktion!) geträumt habe: meinen eigenen Rückzugsort zu schaffen. Und ich bin sogar glücklich mit dieser Entscheidung. Seit Langem habe ich mal wieder das Gefühl, frei zu sein und auf meine eigenen Bedürfnisse achten zu können. Wie das mit Jonas ausgehen würde, konnte und wollte ich zu diesem Zeitpunkt noch nicht genau sagen. Aber darum ging es auch erst einmal nicht. Es war ein (für Jonas und mich) wichtiger Schritt in die richtige Richtung. Leider schien es so, dass das eigene Glück oftmals kein Maßstab ist. Es ist wichtiger, was „die Leute“ sagen – selbst, wenn es sich dabei um die eigene Familie handelt.

Ich nehme jetzt einen tiefen Atemzug, schiebe vorsichtig ein paar Kuchenkrümel auf meinem Teller hin und her und antworte meiner Mutter mit dem Satz, den ich mir zu Hause schon hundert Mal zurechtgelegt hatte – nur für den Fall: „Jonas und ich haben viel darüber gesprochen und wir sind beide mit der Entscheidung einverstanden gewesen. Es tut uns beiden gut."

Womöglich könnte es helfen, wenn ich deutlich mache, dass auch Jonas diese Entscheidung mitträgt und nicht ich das Feminazi-Monster bin, für das meine Familie mich scheinbar hält. Innerlich gehe ich mein Mantra durch: Einatmen. Ausatmen. Ruhig bleiben. Es fällt mir sehr schwer, selbstbewusst zu meinen Entscheidungen zu stehen.

Unauffällig werfe ich einen Blick auf die große Kuckucksuhr im Wohnzimmer. Schon knapp über zwei Stunden bin ich jetzt hier, das ist länger als sonst. Der richtige Moment also, um langsam den Abgang zu planen. Aber meine Mutter denkt gar nicht daran, das Thema damit ruhen zu lassen. Ein langer Monolog darüber folgt, wie falsch es doch ist, seinen Mann allein zu Hause sitzen zu lassen, warum man überhaupt in der Stadt wohnen möchte, wo man es auf dem Land doch so schön hat und wie ich mir das alles überhaupt vorstelle. Währenddessen rutsche ich auf meinem Stuhl nervös hin und her und spüre, wie ich immer weiter in mich zusammenschrumpfe. Und ehe ich mich versehe, bin ich wieder das kleine, unsichere achtjährige Mädchen, dessen Füße unter dem Küchentisch baumeln.

„Ich meine das doch nicht böse, Vany. Ich mache mir nur meine Gedanken. Du wirst bald 30, hast einen perfekten Mann an deiner Seite und könntest langsam eine Familie gründen. Andere Frauen wären so glücklich, an deiner Stelle zu sein. So ein Mann wie Jonas ist so selten wie ein Sechser im Lotto!"

Meine linke Hand verkrampft sich nun zu einer Faust. Jetzt überkommt mich eine innere Wut, denn was meine Mutter sagt, stimmt schlichtweg nicht. Ich bin schon lange nicht mehr glücklich mit Jonas. In der rechten Hand halte ich immer noch die Gabel, mit der ich tapfer ein weiteres Stück Kuchen in meinen Mund stecke. Es ist so, als hätte ich diese Szene nicht zum ersten Mal erlebt und als wüsste ich genau, an welche ungeschriebenen Regeln ich mich halten muss, damit ich die Situation entschärfen kann. Damit ich meiner Wut nicht nachgebe. Nicht losbrülle. Aus dem Augenwinkel heraus sehe ich, wie meine Mutter abfällig mit den Augen rollt. Ich hatte schon lange nicht mehr das Gefühl, meine Mutter so sehr enttäuscht zu haben.

Es ist wie ein Kampf zwischen uns beiden, bei dem ich versuche, einerseits den Attacken auszuweichen und auf der anderen Seite darum bemüht bin, bloß keine weitere Angriffsfläche zu bieten. Und meine Strategie dafür ist nun mal: Ruhig bleiben und warten, bis der Sturm vorüber ist.

Aber dieser „Kampf" hat über die Jahre seine Narben hinterlassen. Bis heute stelle ich alle Entscheidungen meines Lebens in Frage, weil es da immer jemanden gab, der ungefragt „Empfehlungen" aussprach – alles unter dem Deckmantel „Ich hab' einfach viel mehr Lebenserfahrung als du, Kind".

„Weißt du, Vany ... ich kann nicht glauben, mit wieviel Leichtsinn du dieses Glück verspielst ...", unterbricht meine Mutter meinen Gedankengang. „Ich hoffe, dass du dieses Experiment nicht irgendwann bereuen wirst."

„Was soll das denn jetzt bitte bedeuten?“, entgegne ich sichtlich verwirrt. Gleichzeitig werde ich das Gefühl nicht los, gerade eine Handgranate gezündet zu haben und als müsste ich nun in Deckung gehen. Also stecke ich mir rasch eine weitere Gabel von dem viel zu süßen Apfelkuchen mit einem Klecks Sahne in den Mund und beginne gedanklich wieder zu zählen: „1, 2, 3, 4 ...“.

Doch diese Strategie lässt meine Mutter kein weiteres Mal zu, denn wie aus der Pistole geschossen entgegnet sie: „Naja, wenn du dich für ein Leben mit Jonas entscheidest, dann weißt du, dass es dir nie an etwas fehlen wird. Du bist sicher. Wie willst du denn bitte alleine klarkommen?“

BOOM!

Die Handgranate explodiert direkt vor meinem Gesicht. Tausende Splitter schießen mir ungebremst entgegen und treffen genau das Nest in meinem Herzen, aus dem die vielen Selbstzweifelkäfer krabbeln. Sätze wie diese sorgen dafür, dass sich all meine Zweifel und Ängste in meine Haut einbrennen: Heiraten, Kinderkriegen, Hausfrau sein – ist es das überhaupt, was ich für mein Leben will? Will ich es vielleicht nur mit Jonas nicht? Stehe ich mir vielleicht doch bloß selbst im Weg? Werde ich jemals glücklich sein können? Hat meine Mutter gar recht und ich werde alleine nicht zurechtkommen? Niemals?

Mein ganzer Körper wimmelt nur so vor diesen gemeinen Selbstzweifelkäfern und während diese immer lauter und chaotischer werden, weiß ich: Ich brauche einen weiteren Trick aus der Achtsamkeitskiste, um sie zu stoppen. JETZT. In Gedanken gehe ich den Artikel „Zehn Tipps für mehr Achtsamkeit im Alltag" durch, den ich neulich gelesen habe. Der Artikel war so einfallsreich wie sein Titel, aber etwas muss doch neben dem „achtsamen Essen" hängen geblieben sein! Wie war das noch gleich mit dem „im Hier & Jetzt leben" ... Irgendwas mit einem Anker? Da kommt mir eine Idee! „Was kann ich gerade bewusst in diesem Raum wahrnehmen?", frage ich mich innerlich und versuche mir meine aufsteigende Panik dabei nicht vor meiner Mutter anmerken zu lassen. Mein Blick wandert durch das Wohnzimmer hin und her und bleibt letztlich auf einem Foto von mir und meiner Mutter aus dem letzten Sommer stehen. Bingo! Das ist der Anker! Ich atme tief durch und betrachte das Foto. An diesem warmen Sommertag trug ich mein Lieblingskleid: das gelbe mit den bunten Blumen. Ich mag das Kleid wirklich gerne an mir. Dazu trug ich roten Lippenstift und ich hatte mir die Haare zu einem „Messy Bun" zurechtgemacht. In der Hand halte ich einen selbstgemachten Mojito – den gab es aus gegebenem Anlass. Das Bild ist nämlich am Geburtstag meiner Mutter entstanden. Auf dem Foto sieht man, wie sie den Arm um „ihre Vany" legt und wie glücklich sie wirkt. Auch ich lächele auf diesem Foto.

Aber ich schaue mir mein Gesicht noch genauer an: Es ist ein gequältes Lächeln. Ich erkenne eine Traurigkeit, die ich zuvor so noch nicht an mir bemerkt habe. Es ist nicht diese Traurigkeit, die offensichtlich ist, weil die Augen ganz klein wirken, wenn man am Abend zuvor geweint hat. Es ist eher eine Traurigkeit, die man nur auf den zweiten Blick erkennt, weil sie subtiler ist. Vielleicht wirkt es auch nur auf mich selbst so, da ich mir das Bild in diesem Moment der Achtsamkeit genau ansehe. Aber es ist fast so, als würde ich in einen Spiegel blicken. Und was ich sehe, ist eine junge, orientierungslose Frau, die kurz davor ist aufzugeben. An diesem Tag im Sommer des letzten Jahres war ich nicht nur auf der Geburtstagsparty meiner Mutter, sondern zuvor auch bei Lola. Ich erinnere mich, dass das auch der Tag war, an dem ich zum ersten Mal vor ihr laut ausspreche: „Ich möchte in meine eigene Wohnung ziehen." In diesem Gespräch ging es aber nicht vorrangig um meine eigenen Gefühle, die mich zu dieser Entscheidung bewogen haben, die Hoffnung, die ich dadurch für einen Neuanfang mit Jonas hege oder um meine Ängste, was Jonas überhaupt davon halten würde ... Nein, es ging vor allem um meine Mutter. Was sie sagen würde und dass sie meine Entscheidung wahrscheinlich nicht verstehen würde ...

BOOM!

Das zweite Mal, dass ich heute wie von einem Blitz getroffen werde. Mein Körper ist förmlich aufgeladen von diesem Gedanken. Der Blitz hat etwas Gutes: Er gibt den Selbstzweifelkäfern den Rest. Denn in diesem Moment wird mir eins bewusst: Meine langjährige Beziehung droht zu Ende zu gehen und die einzigen Gedanken, die ich mir dazu mache, sind, was meine Familie wohl darüber denken wird ... Wieso konnte ich zuvor nicht sehen, wie absurd das ist? Und wie falsch meine Familie liegt?

Ich liebe meine kleine Wohnung, die Unabhängigkeit, das Gefühl, endlich meinen eigenen Weg gehen zu können. Ich weiß, dass sie es nicht böse meinen, dass sie nur das Beste für mich wollen. Und ich möchte am liebsten sagen: „Macht euch keine Sorgen. Ich bin endlich bereit, mir selbst das Beste zu geben."

Ich blicke auf meinen leeren Teller. Sanft lege ich die Kuchengabel darauf ab, wische mir mit einer Serviette die letzten Krümel des Apfelkuchens vom Mund und falte sie behutsam, bevor ich sie auf dem Teller ablege. Zum ersten Mal spüre ich meine Füße fest auf dem Boden unter dem Küchentisch. Nichts bringt mich jetzt noch ins Wanken und ich fühle, wie eine unbekannte Kraft in mir aufsteigt. Ich bin nicht mehr das kleine achtjährige Mädchen, sondern eine erwachsene Frau, die sich ihren Ängsten stellt.

„Mama, ich verstehe, dass du dir Sorgen machst", sage ich mit deutlicher Stimme, „aber glaub mir, ich komm' klar. Danke für den leckeren Kuchen. Ich geh dann jetzt mal wieder los, ist schon spät geworden."

Ich stehe langsam vom Küchentisch auf und lasse meine Finger beim Gehen noch einmal darüber gleiten. Ich spüre die rauen Holzrillen unter meinen Fingern ... So viele Erinnerungen, die ich mit diesem Küchentisch verbinde. Und die mich ab jetzt nicht mehr kleinhalten sollen.

„Na gut, Kind, dein Wort in Gottes Ohr!", sagt meine Mutter sichtlich überrascht von der plötzlichen Aufbruchstimmung. Ich schlüpfe in meine dicke Jacke, ziehe den Reißverschluss zu und breite die Arme aus, um meine Mutter zum Abschied zu umarmen. Sie gibt mir einen Kuss auf die Wange und ich lächle.

„Soll ich uns beim nächsten Mal einen Zwetschgenkuchen machen?"

„Gerne, Mama." Ich weiß, dass sie das alles doch nicht böse meint und mich nur beschützen will. Aber ich muss nicht mehr beschützt werden.

„Super. Und bring doch auch mal wieder Jonas mit."

Ich spüre, dass ich beim nächsten Mal nicht mehr mit Jonas zusammensein werde. Aber ich sage nichts und nicke nur zustimmend. „Okay. Tschüss, Mama!"

Hinter mir fällt die Tür ins Schloss.

Es ist ungewöhnlich kalt draußen für Oktober und die Regentropfen prasseln in mein Gesicht. Von Weitem sehe ich noch einmal die Kinder, die auch jetzt im Regen spielen und weiter durch die Pfützen springen. Obwohl es regnet, habe ich es nicht eilig, zu meinem Auto zu kommen. Eine Träne kullert mir über die Wange, doch sie fließt nicht mehr aus Traurigkeit. Da sind keine Selbstzweifelkäfer mehr. Ich begreife, dass ich mich von den Erwartungen meiner Familie und der Gesellschaft lösen darf, dass ich mich lösen MUSS, wenn ich endlich glücklich sein will. Mit meiner eigenen Wohnung habe ich mich zum ersten Mal in meinem Leben ganz bewusst gegen die Angst entschieden und für meine Freiheit ganz eigene Entscheidungen getroffen. Es fühlt sich so richtig an. Und das ist erst der Anfang.

„Ich werde es auch alleine schaffen“, sage ich leise vor mich hin und steige ins Auto.

Zum ersten Mal glaube ich mir das auch.

GENERATION BEZIEHUNGSUNFÄHIG?

Drei Monate vor unserer Trennung sind Jonas und ich auf einer Hochzeit von Freunden eingeladen. Eine Hochzeit wie aus dem Märchen. Das zu vermählende Pärchen möchte sich an einem Strand auf Mallorca das Ja-Wort geben, das Wetter ist entsprechend traumhaft und die gesamte Kulisse werde ich niemals vergessen. Für die Trauung nehmen alle Gäste auf Stühlen im Sand Platz. Wenig später sehen wir die wunderschöne Braut barfuß durch den Sand schreiten. Uns allen stockt der Atem. Ich glaube, dass ich noch nie so eine schöne Braut gesehen habe. Nicht nur, weil sie so hübsch ist, sondern weil sie auch so von innen heraus strahlt. Sie ist glücklich und das ist eine ganz andere Schönheit, besser als ein perfektes Make-up es jemals machen könnte. Sie blickt nicht auf die Gäste, die zu ihr aufsehen. Ihr Blick ist nur auf ihren zukünftigen Mann gerichtet. Und während sie ihn anstrahlt und damit den ganzen Strand erhellt, kommen ihm vor Rührung die Tränen. Ich glaube, er kann sein Glück kaum fassen, so verliebt schaut er sie an. In diesem Moment gibt es nur die beiden und die Liebe, die wir alle ihnen entgegenbringen. Ich drehe mich zu Jonas und auch ihm laufen die Tränen vor Rührung. Er ist immerhin einer seiner besten Freunde und die Atmosphäre unvergleichlich. Auch bei mir kullern die Tränen.

Aber nicht, weil ich gerührt bin, sondern weil mich ein Gedanke nicht loslassen will: Ich sehe all das für uns beide nicht. Ich konnte es früher mal, aber nun nicht mehr.

Wenn man in einer langjährigen Beziehung ist, dann ist es vollkommen normal, dass Gefühle sich verändern. Vielleicht hat man nicht mehr die Schmetterlinge im Bauch wie zu Beginn. Dafür setzt irgendwann eine Vertrautheit ein, die einem Sicherheit gibt, und im besten Fall fühlt man sich bei seinem Partner „angekommen". Trotzdem gibt es Phasen, in denen man sich etwas voneinander entfernt, bevor man wieder in eine Phase kommt, in der man sich wieder näherkommt. Ich möchte es nicht „Katz und Maus"-Spiel nennen, weil es der Sache nicht gerecht werden würde. Denn es geht hierbei nicht darum, „Spielchen" zu spielen. Es geht eher darum, diesen natürlichen Verlauf einer funktionierenden Beziehung anzuerkennen, ohne in Panik zu verfallen. Es ist wie Ebbe und Flut.

Es ist ein schmaler Grat zwischen einer natürlichen „Ebbe", also einer Phase, in der man sich etwas voneinander entfernt, und der Frage: „Haben wir uns vielleicht einfach auseinandergelebt?"

Ein Problem mit der Ebbe & Flut-Theorie gibt es: Wenn wir danach gehen, dann raufen sich alle Beziehungen früher oder später wieder ganz automatisch zusammen. Ohne dass man etwas dafür tun muss. Es passiert einfach und ZACK – hat man sich wieder lieb und es passt wieder. Aber ganz so einfach ist es eben nicht.

Und wenn wir nur danach gehen, wann ist es dann in Ordnung, eine Beziehung zu beenden?

Das ist vor allem auch der Tenor, wenn man mit Menschen der Generation Boomer über solche Themen wie Beziehungen spricht. Früher war alles besser. Da hat man noch um Beziehungen gekämpft und nicht sofort die Flinte ins Korn geworfen, sobald es mal schwierig wurde. Sätze wie dieser sorgen dafür, dass sich meine Nackenhaare aufstellen. Denn früher blieb man selbstverständlich nur der Liebe wegen zusammen. Nicht etwa, weil man sich als Frau finanziell abhängig(er) von einem Mann gemacht hatte oder weil es ganz einfach gesellschaftlich verpönt war, sich zu trennen (haha). Natürlich kann es sein, dass manche Menschen zu schnell aufgeben. Aber auf der anderen Seite: Was bedeutet überhaupt „zu schnell"? Ist mein „zu schnell" womöglich für jemand anderes „genau richtig"? Wer entscheidet, wann ein Paar „genug" getan hat? Gerade wenn es keinen triftigen Grund wie einen Seitensprung gibt, muss man sich doppelt und dreifach für eine Trennung rechtfertigen. Wobei: Bleibt man nach einem Seitensprung mit seinem Partner zusammen, sorgt das auch nochmal für Unverständnis bei vielen Leuten. Ab wann ist eine Trennung also eigentlich in Ordnung für Außenstehende? Mal ehrlich: Es gibt doch keinen Maßstab dafür, wie lange man noch in einer Beziehung bleiben sollte, bis sie auf magische Art und Weise doch noch besser wird. Wenn es ein Rezept dafür geben würde, wie man eine Beziehung ganz, ganz sicher retten kann (egal, wie man fühlt), dann würde ich es kennen. Das ist so sicher wie das Amen in der Kirche. In meiner Verzweiflung blieb schließlich fast kein Artikel dazu, den ich auf Google finden konnte, ungelesen und kein Tipp ungenutzt. Ich habe etliche Bücher darüber gelesen, wie man sich wieder ineinander verlieben kann. Niemand hat sich ein „Happy End" so sehr gewünscht wie ich. Immer wieder habe ich vor meinem inneren Auge das Szenario ablaufen lassen, wie ich Menschen in Zukunft von unserer Beziehungskrise erzählen und ich dann ganz weise sagen würde „Liebe ist eben immer aufs Neue eine Entscheidung und ich entscheide mich seither jeden Tag aufs Neue für meinen Jonas!"

Vorsicht Spoiler: Daraus ist natürlich nichts geworden. Manchmal darf man sich selbst auch einfach eingestehen, dass „es nicht mehr reicht" und man sich eben auch mal „entliebt". Gefühle verändern sich, Menschen verändern sich, Interessen verändern sich, die eigenen Ziele und Vorstellungen verändern sich – und das ist das Normalste der Welt. Gerade, wenn man in seinen Zwanzigern ist, ist es doch vollkommen normal, dass wir uns (hoffentlich) immer weiterentwickeln. Mit 20 wollte ich ganz andere Dinge als jetzt mit fast 30. Gut so. Aber für Beziehungen bedeutet das eben auch: In der Liebe gibt es keine Garantie. Manchmal wächst man als Paar durch Veränderungen noch mehr zusammen und manchmal driftet man auseinander.

Mag sein, dass es schwierig ist, dass wir heutzutage viel mehr Auswahl haben. Durch Onlinedating-Plattformen ist es so einfach wie noch nie, jemanden kennenzulernen. Und vielleicht erwischt man sich dann selbst bei dem Gedanken: „Was ist, wenn es da draußen jemanden gibt, der NOCH besser zu mir passt?“ Aber mit diesem Gedanken wird man auch auf Dauer nicht glücklich werden. Wenn du glücklich bist mit dem, was du gerade hast, dann sei glücklich und schau nicht nach links oder rechts. Dieses Überangebot täuscht und es macht auch keinen Spaß, auf der Suche nach etwas zu sein – aber dazu kommen wir später noch.

Diese Vorstellung fand ich lange sehr unheimlich, aber theoretisch könnte der eigene Partner eines Morgens aufwachen und sich eingestehen: Vielleicht fühle ich diese Beziehung nicht mehr so, wie ich sollte. Und dann beginnt der schleichende Prozess. Wie bei einem Job, bei dem man innerlich schon lange gekündigt hat und deswegen nur noch auf Sparflamme arbeitet, legen viele Menschen das gleiche Verhalten in ihren auslaufenden Beziehungen an den Tag. Wenn man an diesem Punkt nichts ändert, dann gibt es ein Ablaufdatum. Aber selbst etwas zu ändern ist nie eine Garantie dafür, dass sich die Dinge zum Besseren ändern.

Ich möchte nur mehr Akzeptanz dafür schaffen, dass Beziehungen zu Ende gehen dürfen und dass das kein Weltuntergang ist. Lasst uns alte Denkmuster aufbrechen und uns ausreden, dass eine gescheiterte Beziehung bedeutet, dass man selbst gescheitert ist. Denn: Das hier ist keines von diesem „Generation-Beziehungsunfähig“-Scheiß, wo man angeblich nie zufrieden ist mit dem, was man hat, und immer denkt, das Gras sei grüner auf der anderen Seite. Es geht nicht darum, dass man sich vorwerfen lässt oder sich sogar selbst vorwirft, dass man undankbar wäre, weil man das Gute, das man hat, nicht zu schätzen weiß. Vielleicht wirkt das Gras auf der anderen Seite nicht unbedingt grüner, sondern man ist ganz einfach nur viel zu sehr damit beschäftigt, das eigene Gras zu pflegen, zu bewässern, um jeden einzelnen Grashalm zu kämpfen, dass man dabei völlig vergisst, sich einfach mal in dieses Gras zu legen und zu genießen. Das ist anstrengend. Nicht jeder kann und will das ewig so fortführen und das sollte man auch nicht müssen. Selbst, wenn wir uns über all das nicht einig sind, so können wir uns sicher auf diesen Punkt einigen: Eine Partnerschaft sollte mehr als nur ein Kampf sein.

Ich frage mich in dieser Zeit oft, woher überhaupt unser Verständnis für eine gesunde und funktionierende Beziehung stammt. Etwa aus den romantischen Komödien, die man sich an einem verregneten Sonntag anschaut? In diesen Filmen geht es meistens um die Zeit vor der Beziehung. Frau trifft Mann, Mann verschnitzelt irgendwas, Frau verzeiht und Mann und Frau leben glücklich bis an ihr Lebensende. Aber ich bin skeptisch. Tun sie das wirklich? Wer erzählt diese Geschichten eigentlich weiter? Wären Jack und Rose WIRKLICH so ein glückliches Paar gewesen, wenn sie die Titanic zusammen verlassen hätten, oder wären die Unterschiede doch zu groß gewesen? Oder was ist mit Richard Gere und Julia Roberts in Pretty Woman? Wer sagt uns, wie es nach dem Happy End weiterging? Die größten Liebesgeschichten unserer Zeit handeln von der Kennenlernphase. Und das ist nur ein Bruchteil einer Geschichte, wenn man sich vorstellt, wirklich den Rest seines Lebens mit einer Person zu verbringen. Wenn es also die Medien nicht schaffen, ein realistisches Bild von Beziehungen für uns abzuzeichnen, wer schafft es dann? Natürlich die Paare aus unserem engsten Umfeld. Am naheliegendsten sind da wohl die eigenen Eltern.

Meine Eltern haben sich scheiden lassen, da war ich gerade 15. Für mich war das wahrscheinlich die schwerste Zeit meines Lebens, denn meine Eltern haben gelitten und mich das als älteste Tochter auch spüren lassen. Ich hatte manchmal das Gefühl, als wäre ich der Blitzableiter für die beiden, als würde über mich kommuniziert werden, und wenn ich eine Pause davon brauchte, weil ich nun mal 15 war und einen ersten Freund (Samuel) hatte und allgemein völlig andere Interessen, als Therapeutin für meine Eltern zu spielen, dann wurde mir das nicht selten auch vorgeworfen. Ich habe mir damals geschworen, alles besser zu machen als meine Eltern. Und auch wenn es wahrscheinlich für jedes Kind ganz furchtbar ist, wenn die eigene Familie zerbricht, habe ich vielleicht schon damals irgendwie gespürt: Vielleicht ist es besser so. So sollte keine gesunde Beziehung aussehen – zumindest wünsche ich mir so eine Beziehung nicht für mich. Ganz genau habe ich damals also hingesehen und nach meinem Verständnis auch gespürt, was zwischen den beiden nicht funktionierte: Sie machten sich ständig Vorwürfe, kommunizierten nicht miteinander, schrien sich an und warfen sich Dinge an den Kopf, die teilweise unter der Gürtellinie waren. Ich habe mir geschworen, immer respektvoll mit meinem Partner umzugehen. Und das hat geklappt. Aber in meiner Wut über meine Eltern schwor ich mir noch eine weitere Sache: Niemals würde meine Beziehung so scheitern wie die meiner Eltern. Niemals. Ich würde alles dafür tun, dass ich eben nicht vor einem Scherbenhaufen stehe, sondern eine gute Partnerin sein. Wenn ich also irgendwann wieder einen Freund haben sollte, dann wird es der letzte sein. Derjenige, den ich heirate, mit dem ich für immer zusammenbleibe und mit dem ich meinen Eltern zeigen kann, wie es richtig geht. Das ist in der Tat ein wagemutiger Vorsatz, denn ich glaube kaum, dass das jemals die Motivation für irgendetwas sein sollte: seinen Eltern etwas beweisen zu wollen. Denn eigentlich rennt man bloß einer Wunschvorstellung hinterher. Nämlich, dass irgendwann die eigenen Eltern auf einen zukommen und sagen: „Du hast es viel besser gemacht als wir." Das täte dem Ego meines 15-jährigen Ichs auf jeden Fall gut – ist aber auch irgendwie unnötig.

Leider ist es so, dass wir dann ganz oft eine gescheiterte Beziehung mit einem gescheiterten Leben gleichsetzen. Eine Scheidung ist für viele Menschen noch immer eine Schande. Eine Beziehung, die nicht ganz der Norm entspricht, dafür aber möglicherweise glücklicher ist als traditionelle Beziehungsmodelle, aber noch immer verpönt und verspottet.

Ich denke, dass es die vielen kleinen Anzeichen sind, die sich über einen längeren Zeitraum anhäufen. Die Flut, also die schönen Phasen einer Beziehung, bleibt aus und stattdessen zieht man sich immer mehr voneinander zurück. Und vielleicht muss man da auch mal tiefer gehen. Denn objektiv betrachtet sah meine Geschichte so aus: Jonas ist perfekt. Ich müsste mich glücklich schätzen und dankbar für einen Menschen wie ihn sein. Aber dann gab es da eben noch die andere Seite: Bei einer Hochzeit von Freunden die ganze Zeit zu denken „Ich sehe uns so nicht", sexuelle Anziehung zu anderen Menschen zu spüren, nicht aber zum eigenen Partner (über einen längeren Zeitraum), das Universum ständig nach Zeichen für eine Trennung zu fragen und diese auch zu bekommen (vielleicht, weil man es eben auch genau so sehen will), wöchentliche Date-Nights als eine Art Pflichttermin wahrzunehmen, anstatt sie zu genießen, sich als Frau in der Beziehung nicht mehr gesehen, nicht mehr begehrt zu fühlen, eine Paartherapie versucht zu haben und das Gefühl nicht losgeworden zu sein, dass das nichts bringt, dem Wunsch nach einer räumlichen Trennung nachgegangen zu sein und den neuen Freiraum zu genießen ... Eine Baustelle davon wäre vielleicht machbar gewesen, möglicherweise auch zwei. Aber alles zusammen führte dazu, dass ich an einem Punkt stand, an dem ich mich vollen Ernstes fragen musste: Was passiert, wenn ich mal eben für nur eine Sekunde ganz ehrlich zu mir selbst bin? Wenn ich nichts schönreden will oder es jedem recht machen will. Wenn ich nur eine einzige Sekunde mal auf mein Innerstes höre und dem Raum schenke.

Was ist das Schlimmste, das passieren kann, wenn man nur mal ZUHÖRT? Es ist wichtig, dass man beginnt, dieser kleinen Stimme in seinem Herzen zuzuhören, die vielleicht schon lange und bisher vergeblich versucht, dich wachzurütteln und dir sagt: „Was ist, wenn du ‚okay' gar nicht haben willst?" Vielleicht beginnst du dich dann eines Tages zu fragen: Was ist, wenn ich die Ups UND auch die Downs wieder richtig fühlen will? Was ist, wenn ich die Traurigkeit an manchen Tagen in Kauf nehme, wenn ich weiß, dass ich dafür die kleinen Dinge des Lebens wieder mehr genießen kann? Wenn sich nicht mehr alles grau anfühlt, sondern bunt und laut und wild und unvorhergesehen und ... und nicht so wie gerade.

Es geht nicht darum, dass sofort Taten folgen sollen. Es geht nur darum, ehrlich mit sich selbst zu sein. In meinem Fall hat sich das auf einmal so angehört: Jonas ist der perfekte Partner, der jeden Punkt auf meiner Checkliste erfüllt. Richtig? – Nein. Und jetzt ist der Moment gekommen, in dem ich mir genau das einmal eingestehen werde. Denn: Wenn ich alles genauer betrachte, dann ist das nicht so. Wir teilen nicht denselben Humor, wir reisen nicht gleich gern, wir haben komplett unterschiedliche Vorstellungen von unserem Leben. Wir sind so unterschiedlich wie Tag und Nacht. Und das wird auch in Zukunft nicht besser werden. Im Gegenteil: All das wird sich nur noch weiter zuspitzen, je älter wir werden und je ernster unsere Zukunftsplanung noch wird. Und je mehr ich diese Gedanken zulasse, desto mehr wird mir bewusst: Ich möchte mit Jonas nicht auf das nächste Level springen und ich werde mit ihm Schluss machen. Man darf sich eingestehen, dass Gefühle sich eben manchmal verändern und das auch, wenn man wirklich alle Register gezogen, gekämpft und nichts unversucht gelassen hat.

Und trotzdem: Auch, wenn ich mir zum ersten Mal wirklich klar über meine Gefühle bin, spüre ich noch eine Restblockade. Mag sein, dass meine Angst etwas zu bereuen immer noch zu stark ist, dass ich meinem eigenen Gefühl nicht vertraue oder nicht als verrückte und einsame Cat Lady enden will. Alles, was ich jetzt noch brauche, ist eine Art Erlaubnis, die Trennung von Jonas wirklich durchzuziehen. Also rufe ich die einzige Person an, die mir diese Erlaubnis auf ganz objektive Art und Weise geben könnte.

SCHEITERN BRAUCHT MUT

Ich bin wieder bei Rita. Sie kennt mich inzwischen gut, sie kennt meine Geschichte und ich muss unbedingt – ganz konkret – mit ihr über meine geplante Trennung mit Jonas reden. Rita schenkt mir ein Glas Wasser ein und setzt sich mir gegenüber auf ihren Sessel. Sie lächelt mich an und sagt erstmal nichts. Damit gibt sie mir genügend Raum anzukommen und mich zu entspannen.

„Schön, dich wieder zu sehen, Vanessa“, sagt sie und nimmt einen Schluck von ihrem Wasser. „Was kann ich heute für dich tun?“

Wenn ich sage, dass ich nah am Wasser gebaut bin, dann ist das eine maßlose Untertreibung. Ich habe vorsorglich schon eigene Taschentücher in meine Tasche gesteckt, weil ich wusste, was passieren würde, sobald wir ins Thema einsteigen. Und ja: Alle Dämme brechen. Sie weiß zwar schon alles, aber heute fühlt sich alles so endgültig an. Fast so, als hätte ich meine Entscheidung schon getroffen und müsste diese nur noch vor mir selbst rechtfertigen. Also erzähle ich ihr alles. Alles bis ins kleinste Detail. Von meinem Gefühl, der undankbarste Mensch auf der Welt zu sein, dem gesellschaftlichen und von meiner Familie gemachten Druck, den ich verspüre, weil ich fast 30 bin und vorhabe, mein ganzes Leben wegzuwerfen, der Mittelmäßigkeit und dem „okay“, in dem ich mich gefangen fühle. Vom Gefühl, dass ich mein Potenzial irgendwie überhaupt nicht nutze, meinen Ängsten vor einer einsamen und lieblosen Zukunft, die mich in den Wahnsinn treiben, und natürlich auch die Sorge darüber, Jonas als meine wichtigste Bezugsperson für immer zu verlieren. Ich sage ihr auch, dass ich das Gefühl habe, eine Erlaubnis von außen zu brauchen und deswegen zu ihr gekommen bin. Dabei blicke ich sie hoffnungsvoll an und auch wenn ich es nicht ausspreche, sagt mein ganzes Sein in diesem Moment wohl nur eines: „Bitte sag mir, dass ich die Trennung durchziehen DARF und erlöse mich von dieser inneren Zerrissenheit!"

Aber Rita gibt mir natürlich nicht das, was ich brauche – wie könnte sie auch. Sie kann mir nur durch gute Fragen und Verständnis dabei helfen, selbst eine Entscheidung zu treffen, hinter der ich stehen kann. Also beginnt sie, die erste gute Frage zu stellen: „Was macht das alles mit dir?"

„Ich habe das Gefühl, ich bin gescheitert. Ich habe das Gefühl, mein ganzes Leben ist aktuell ein einziger Scherbenhaufen, dabei habe ich ja noch nicht einmal Schluss gemacht."

Auf mir lastet der Druck, es besser als meine Eltern machen zu wollen, die sich haben scheiden lassen. Ich möchte es meiner Familie beweisen: So führt man gesunde Beziehungen und dabei nehme ich wohl in Kauf, meine eigenen Gefühle zu ignorieren. Obwohl Jonas und ich eine schöne Beziehung miteinander führen, in der vor allem Respekt, Unterstützung und Vertrauen eine große Rolle spielen, muss ich mir eingestehen, dass ich eben doch nicht besser als meine Eltern bin. Auch meine Beziehung ist gescheitert – also bin ich gescheitert.

„Aber meinst du nicht, dass du es eben doch nicht so verkehrt machst, wenn du dich jetzt schon trennst, damit du es nicht dann tust, wenn Kinder im Spiel sind? So machen deine Kinder nicht das durch, was du durchgemacht hast."

All das leuchtet mir ein. Trotzdem habe ich ein sehr großes Fragezeichen in meinem Gesicht und noch nicht die Antwort gefunden, die ich mir heute erhofft hatte. Rita beugt sich vor und sieht mir direkt in die Augen. Dann sagt sie einen Satz, der mir das letzte bisschen Zweifel mit nur einem Mal beseitigt: „Was macht dir mehr Angst? Dass sich jetzt alles ändert oder dass in einem Jahr immer noch alles genau so ist wie jetzt gerade?"

Da war es. Das letzte Bisschen, was es noch gebraucht hat, um mich endlich zum Umsetzen zu bringen. Wenn ich in einem Jahr immer noch in dieser Situation sein sollte, dann wäre das eine absolute Katastrophe für mich.

Man kann aber nicht erwarten, dass sich in einem Jahr auf wundersame Weise etwas geändert hat, wenn man nicht bereit ist, hier und heute große und kleine Veränderungen zu vollziehen.

Die Stimme in meinem Kopf wurde immer lauter und lauter. Anfangs flüsterte sie noch „Du willst mehr!" und später wurde sie so laut, dass ich sie nicht mehr ignorieren konnte. Was ich wollte, war mehr als nur „okay". Dabei war nicht alles daran schlecht und das wusste ich auch. „Okay" hatte mir in den letzten Jahren selbst dabei geholfen, stärker zu werden. Nicht immer alles so nah an mich ranzulassen. Und vor allem, in dem Wissen zu leben, dass alles gut wird. Ich habe so oft in meiner Verzweiflung über Lappalien zu Jonas gesagt: „Was soll ich nur tun, wenn der worst case eintritt?"

Und er antwortete immer seelenruhig: „Weiter. Du machst einfach weiter."

Ich sollte einfach weiter machen. Und dabei hat er das nie auf eine unangenehme „Motivations-Guru"-Art gesagt, sondern einfühlsam. Er hat etwas bei mir erreicht, sodass ich irgendwann wirklich dachte: Es ist alles okay. Ich bin sicher, mir geht es gut und alles wird sich einpendeln. Ich bin so dankbar dafür. Und ich glaube heute, dass jeder Mensch einmal in den Genuss eines „Okay-Menschen" kommen sollte, damit man selbst mehr ins Gleichgewicht kommt und sich nicht mehr so wahnsinnig schnell aus der Ruhe bringen lässt.

Ich verstehe das „Spiel des Lebens", ich weiß, wie man eine Beziehung eingeht, führt und von einem Level zum nächsten springt. Hochzeit, Kinder, ja, ja, das kenne ich alles. Allein schon diesen Plan zu haben und eine Vorstellung davon, was als nächstes kommt, gibt mir Sicherheit und Stabilität. Das Paradoxe daran ist: Ich will es aber überhaupt nicht so haben. Könnte es nicht vielleicht sogar sein, dass es jetzt möglicherweise weh tut, Jonas zu verlassen, es aber noch viel schmerzvoller wäre, es wie meine Eltern zu tun? Eine Scheidung nach vielen, vielen Jahren, wenn Kinder in unserem Leben wären und mich dann von einem Leben lösen zu müssen, das ich nie wollte und nie kennengelernt hätte, wie es anders sein kann?

Aber das, was man kennt, ist meistens einfacher, weil vertrauter. In meinem Umfeld gibt es keine Frauen, die ihr Leben so leben, wie ich es mir insgeheim wünschte: Auf Reisen, selbstständig, kreativ, künstlerisch. Eine Frau, die eben einfach ihre Träume verfolgt – ob mit Mann oder ohne. Ich hätte so ein Vorbild gebraucht. Ich möchte mir ab sofort selbst dieses Vorbild sein.

DAS ENDE

Den ganzen Tag über versuche ich den richtigen Moment abzuwarten, um es ihm zu sagen. Fast möchte ich wieder einmal einen Rückzieher machen, diese unangenehme Situation lieber noch etwas aufschieben, aber dann erinnere ich mich an dieses letzte Zeichen. Den Abend zuvor wollte ich noch einmal sicher gehen und habe das Universum wieder um ein Zeichen gebeten. Das Erste, was mir in den Sinn kam: Ich werde sicherlich etwas Glück auf meinem Weg als Eremit brauchen.

„Liebes Universum, schick mir bitte ein vierblättriges Kleeblatt, wenn ich das durchziehen soll."

Wenige Stunden später, als ich diese Bitte schon lange wieder vergessen habe, werfe ich ausnahmsweise noch einen Blick in meine E-Mails. Die neue Kollegin meldet sich für morgen krank. Was sie auch schreibt: „Good luck tomorrow." Sie beendet den Satz mit dem Kleeblatt Emoji.

Wahrscheinlich ist das Universum selbst bald sauer auf mich: Es klatscht mir schließlich ein Zeichen nach dem anderen vor die Birne. Die Botschaft ist angekommen und ich werde das heute durchziehen. Das bin ich nicht nur mir selbst schuldig, sondern auch Jonas. Und natürlich auch dem Universum (auch, wenn das mit diesen Zeichen tricky ist, schließlich suchen wir unterbewusst immer nach den Dingen, die wir sehen wollen ... Aber egal!).

Ich möchte nicht mehr feige sein, aber ich frage mich: Wie kann es hierfür einen richtigen Zeitpunkt geben? Was, wenn er sich fragt, warum mir das nun, nach sieben Jahren, erst einfällt? Was, wenn er wütend auf mich ist? So wütend, wie ich es bin. Auch ich frage mich ja manchmal, wieso es mir jetzt erst kommt. Und das ist nicht fair. Für ihn nicht und auch für mich nicht. Jonas und ich hatten eine wundervolle Zeit zusammen. Und es hätte auch weiter so gehen können, zwar weniger wundervoll als am Anfang, aber Hauptsache zu zweit.

Am Abend fahren wir zusammen in meine Wohnung.

„Wenn es für dich okay ist, mache ich mir noch schnell eine Kleinigkeit zu essen. Ich habe so einen Hunger! Willst du auch was?"

Er steht vor meinem kleinen, grauen Kühlschrank und wirft einen Blick hinein. So richtig viel wird dieser nicht hergeben. Das weiß ich, weil ich die letzten Tage schon keinen Bissen mehr runterbekommen habe und dementsprechend nicht einkaufen war.

„Nein, danke, ich leg mich auf die Couch. Komm doch einfach dazu, wenn du was gefunden hast!" Ich warte auf der Couch und blicke ins Leere.

Irgendwann setzt er sich mit seinen fertigen Gemüsenudeln neben mich. Eigentlich ist es ein Bild wie immer. Wir sitzen auf einer Couch, essen etwas, schweigen uns an. Ich nutze die Zeit, in der er vor dem Fernseher isst, um meinen letzten Mut zu sammeln. Als er den letzten

Bissen runtergeschluckt hat, fragt er mich, ob wir noch einen Film schauen wollen.

Aber ich antworte nur: „Jonas, ich glaube wir müssen reden."

In meinem Kopf waren die letzten Monate eine einzige Blockade, wenn ich an dieses Gespräch gedacht habe. Immer und immer wieder bin ich alle möglichen Szenarien durchgegangen, habe mir Worte und Sätze zurechtgelegt, die ich sagen will, damit er mich versteht. Ich hatte Angst, der wichtigsten Bezugsperson meines Lebens weh zu tun. Habe abgewogen, was ich sagen kann, was ich sagen muss und mich gefragt, ob es trotzdem noch ein „wir" nach diesem Gespräch geben kann – als Freunde. Gibt es überhaupt einen richtigen Weg, um Schluss zu machen? Der einzig richtige Weg ist wahrscheinlich, es zu tun. Auch wenn es niemals leicht ist. Ich spreche aus, was ich fühle und bin kein bisschen erstaunt darüber, als Jonas mir sagt, dass er genau das Gleiche fühlt. Wir steckten eben doch im selben Prozess in den letzten Monaten und sind uns – wie so oft – einig. Trotzdem weinen wir beide. Viel. Liegen uns in den Armen und spenden uns gegenseitig Trost in einer Sache, in der wir uns eigentlich nicht trösten können. Ein letztes Mal fängt Jonas mich auf. Aber heute kann ich es zurückgeben. Ich versuche es zumindest. Er ist mir wichtig und mein Herz bricht. Ich liebe diesen Menschen so sehr. Aber eben auf eine andere Weise.

Fast ein Jahr war ich wie gelähmt. Ich habe mit Freundinnen diese verzwickte Situation durchanalysiert und jedes Mal haben sie mich darin bestärkt, auf mein Herz zu hören. Und als das nichts mehr nützte, haben sie mir eindringlich erklärt, dass auch Jonas jemanden verdient, der nicht zweifelt und der bereit ist, zu 100% Ja zu ihm zu sagen. Jemand, der sich nicht auf den Sicherheiten ausruht, die eine Partnerschaft nun mal mit sich bringt und für den Jonas nicht nur ein Okay-Mensch ist, sondern das Perfect Match schlechthin.

Nun haben wir es geschafft, uns von einander zu lösen und uns den Abenteuern des Lebens allein zu stellen.

DER ANFANG

Wenn ich Jonas noch eine Sache sagen könnte, dann wäre es wohl nur ein Wort: Danke.

Danke, Danke, Danke.

Auch heute noch füllt sich mein Herz mit Dankbarkeit, wenn ich an ihn denke. Und es ist schön zu wissen, dass man sich nicht immer im Schlechten trennen muss. Manchmal beschließen zwei Menschen gemeinsam, dass es nicht mehr passt, und geben sich die Chance, ihr Glück unabhängig voneinander zu finden. Und wenn ich ehrlich bin: Das ist wohl das Stärkste, das wir beide jemals gemacht haben. Wir haben uns beide den Raum gegeben neu anzufangen, ohne dass sich einer von uns schuldig fühlen muss. Jonas wird wohl immer einen besonderen Platz in meinem Herzen haben, als jemand, der mich so vieles gelehrt hat. Zum Beispiel zu gehen, wenn das Herz wieder riskiert werden möchte.

ERSTE MALE

Es ist Mittwochmorgen. Zum ersten Mal wache ich alleine in meiner Wohnung auf. Bei dem Gedanken daran schnürt sich meine Kehle wieder zu. Monatelang habe ich mir gewünscht, überhaupt wieder etwas zu fühlen. Ich wollte die Ups and Downs des Lebens wieder wahrnehmen. Allerdings habe ich nicht damit gerechnet, dass mich die Ups and Downs, die ich scheinbar in den letzten Jahren verpasst habe, in nur wenigen Stunden einholen würden.

Noch bevor ich richtig wach werde, laufen mir wieder die Tränen übers Gesicht. Ich blicke auf mein Handy. Gestern Abend habe ich den wichtigsten Menschen bereits Bescheid gesagt, dass wir uns nun getrennt haben – natürlich habe ich heute einen Haufen Nachrichten und verpasster Anrufe. Es fühlt sich schön an zu wissen, dass es da draußen Menschen gibt, die sich um mich sorgen. Was mir aber einen Stich ins Herz treibt: Ich habe keine Nachricht von Jonas. Normalerweise schreiben wir uns immer, ob wir gut zu Hause angekommen sind. Gestern Abend habe ich noch „zu Hause?“ in mein Handy getippt und es dann wieder gelöscht, bevor ich es abschicken konnte. Wir sind nun getrennt. Ich habe kein Anrecht mehr darauf zu wissen, wo Jonas ist, mit wem er ist, wie es ihm geht, was er macht, worüber er nachdenkt – nichts.

Auch wenn das hart klingt, das ist nun meine neue Realität. Je früher ich das verstehe, desto besser.

An diesem Tag kostet mich jeder Schritt extreme Überwindung, denn mein Herz ist schwer.

Ich bin traurig, weil alles so ungewohnt ist. Ich habe Angst vor dem Unbekannten, denn es fühlt sich so an, als hätte mir jemand über Nacht den Gurt abgeschnitten: Ich befinde mich im freien Fall und Jonas ist nicht mehr da, um mich aufzufangen. Noch bin ich mir nicht sicher, ob ich alleine dazu in der Lage bin. Aber komischerweise weiß ich eines ganz genau: Es war die richtige Entscheidung. Mit jeder Faser meines Körpers spüre ich nicht nur den Schmerz, weil Jonas weg ist, sondern auch eine Leichtigkeit, weil Jonas weg ist. Die Last, die nun über ein Jahr auf meinen Schultern lag, beginnt sich zu lösen. Es wird noch einige Tage dauern, bis ich das wirklich realisiert habe, aber trotzdem weiß ich schon jetzt, dass ich auf dem richtigen Weg bin.

An diesem Tag mache ich mir zum ersten Mal „als Single" einen leckeren Iced Coffee in meiner Wohnung. Er schmeckt heute besonders gut. Zum ersten Mal seit Langem blicke ich aus meinem Fenster und sehe endlich wieder Farben strahlen. Zum ersten Mal „als Single" setze ich mich an meinen Laptop, öffne ein leeres Dokument und beginne meine Gedanken aufzuschreiben.

Während mein Kopf ein Jahr lang mit Abwägen beschäftigt war, mit der Angst, möglicherweise etwas zu bereuen, mit der Frage „Bleiben oder gehen?", fühlt es sich bereits wenige Tage nach der Trennung schon nach Freiheit an. Plötzlich ist da so viel Raum in meinem Kopf für neue Gedanken, neue Ressourcen, aus denen ich Kreativität schöpfen kann, neue Energie, die nur darauf wartet, in neue Projekte, in mich zu fließen. Es klingt fast zu kitschig, um es zu sagen, aber: Ich fühle mich wie neugeboren. Ich bin bereit, meine Geschichte neu zu schreiben. Nicht nur bereit, sondern fest entschlossen, mir endlich das Leben aufzubauen, das zu mir passt, das mich glücklich macht. Und wenn ich dafür aus bestehenden Strukturen noch weiter ausbrechen muss, dann ist das so. Ich bin entschlossen, diesen freien Fall, in dem ich mich befinde, zu genießen. Mir selbst Trost zu spenden, wenn ich Angst oder Zweifel habe. Denn da ist nun niemand mehr, der mich auffängt, wenn es schwierig wird. Zumindest nicht auf die Art, wie es ein Partner tut. Ich muss lernen, mein eigener Fels in der Brandung zu sein und mir gleichzeitig Leichtigkeit wahren, damit ich all die Dinge tun kann, die ich in meiner Partnerschaft nicht tun konnte. Genau diese Balance zu halten, sollte meine schwierigste Herausforderung in dem kommenden Jahr nach der Trennung werden.

Habe ich es unterschätzt? Vielleicht.

Bin ich trotzdem überzeugt davon, dass es das Richtige war? Ohne Frage.

Und in meinen Gedanken war ich mehr als bereit für dieses aufregende Single-Leben in der Stadt, das nun vor mir lag. Und es gibt eine Sache, die ich mir immer und immer wieder sage und die mir in den dunklen Phasen des Singledaseins Kraft gibt: „Du hast auf dein Herz gehört und das Leben wird dich dafür belohnen.“ Ich vertraue darauf.

Ich bin bereit all das zu tun, ohne auch nur einmal zurückzublicken auf das, was ich hinterlassen habe. Die alte Vany, die zweifelt, die Angst hat, die nicht alleine sein will, habe ich zurückgelassen. Nun bin ich bereit für die neue Vany.

Meine neugewonnene Motivation in Ehren ... Aber ich sollte noch früh genug merken, dass es nicht immer so einfach ist, wie ich mir das vorgestellt habe. Eine einzige Frage ist es, die mich immer weiter vorantreibt: „Gibt es da noch mehr als ‚okay‘?“

DIE ANDEREN

DREAM LIFE LOADING …

Mein Leben als Single ist gut! Nein, nicht nur gut, es läuft geradezu perfekt! Kurz nach der Trennung habe ich eine größere Wohnung gefunden, bin als Freelancerin und Autorin komplett durchgestartet und habe mir sogar zwei Katzen geholt (als Traumabewältigung wegen meiner Angst als Crazy-Cat-Lady zu enden. Es ist nämlich gar nicht so schlimm, wie alle sagen). Die beiden sind so süß!

Selbstverständlich gehe ich jeden Morgen ins Gym, habe ein neues Hobby angefangen und Spanisch spreche ich endlich fließend – wo ich mir doch all die Jahre vorgenommen habe, es richtig zu lernen. Außerdem kann ich mich vor Dating-Anfragen kaum retten. Ich knutsche heute mit Roberto, morgen mit Alejandro und während ich all das tue, drücke ich Fernando genervt am Handy weg. Ganz nebenbei und fast wie von allein schreibe ich sogar gerade an meinem ersten Buch. Selbstverständlich habe ich schon einen Verlag gefunden, der es kaum abwarten kann, dieses Buch mit mir zu veröffentlichen. Die Menschen reißen sich um mich. Jeder möchte mich kennenlernen und mit mir zusammenarbeiten. Diese Produktivität, die ich an den Tag lege, ist nicht von dieser Welt!

Wow, life is good!

Es gibt nur einen Haken an dieser Geschichte ... Das ist eigentlich gar nicht mein Leben, das ich hier beschreibe, sondern das Leben meines Sims. Ja, richtig verstanden: Seit ich mich von Jonas getrennt habe, verbringe ich die meiste Zeit damit, in einem Computerspiel meinem Avatar das Traumleben aufzubauen, nach dem ich mich so sehr gesehnt und weswegen ich überhaupt meine Beziehung beendet habe. Und ja, ich habe meine Sim-Männer, die mir schöne Augen machen und mit denen ich die „100-Baby-Challenge" mache, tatsächlich nach den Männern aus Lady Gagas Song „Alejandro" benannt. Die einzige Person, die meinem Traumleben seit der Trennung von Jonas ein Stückchen nähergekommen ist, bin ich. Zwar in einer virtuellen Welt, aber immerhin. Die Realität sieht dann leider doch ein klitzekleines bisschen anders aus.

Möglicherweise muss ich mir eingestehen, in meiner Vorstellung mein Leben als Single in einer Großstadt etwas zu sehr romantisiert zu haben. Zu meiner Verteidigung möchte ich gerne ergänzen, dass ich pünktlich mit der Trennung in Deutschlands zweiten Lockdown geschlittert bin. Mein Leben besteht nun aus arbeiten (wobei die Motivation gleich Null beträgt) und dem täglichen Gang zum Supermarkt als Highlight. Manchmal geht es auch in die Drogerie – Abwechslung muss schließlich sein. Nur manchmal gibt es eben doch einen Lichtblick in der Woche. Nämlich immer dann, wenn man sich mit einer Freundin für den wöchentlichen Corona-Spaziergang verabredet. Aber der Erlebnishunger ist anpassungsfähig und ich verstehe auch, dass es gerade einfach nicht anders geht. Eine Entschuldigung für mein „Dahinvegetieren“ ist das nicht wirklich. Es gibt genügend Menschen, die trotzdem das Beste aus der Situation machen. Und was mache ich? Ich warte. Bin passiv. Ich denke, irgendwann, vielleicht im Frühjahr, spätestens im Sommer, ganz bestimmt im Sommer, klopfen schon meine vielen Single-Freundinnen (welche?) an meine Türe und fragen mich, ob wir um die Häuser ziehen wollen. Spätestens dann, „wenn alles wieder aufmacht und man wieder mehr machen darf!“ Und dann würde irgendwann ein süßer Typ wie von Zauberhand an meine Türe klopfen, mit dem ich dann eben süße Dates und süßen Sex haben würde, alles ganz unverbindlich natürlich.

HALT, STOP!

Es wird Zeit für einen kleinen Reality Check: Ich bin fast 30. Ich bin in meinem engsten Freundeskreis der einzige Single. Meine Freundinnen sitzen nicht, so wie ich, auf heißen Kohlen und warten darauf, dass die Bars endlich wieder öffnen. Einige von ihnen sind mit der eigenen Kinderplanung beschäftigt, eine andere hat bereits einen kleinen Sohn, der ihr Leben auf den Kopf stellt, und wieder andere informieren sich darüber, ob es wohl besser ist, ein Haus zu kaufen oder auf einem Grundstück gleich selbst zu bauen. Themen, von denen ich Lichtjahre entfernt bin. Zum Glück. Immerhin habe ich mich erst kürzlich für dieses ganz andere Leben entschieden – und das fühlt sich nach wie vor richtig an. Aber so ganz im Außen kann ich das nicht zeigen. Statt es meinem Sim gleichzutun und an meinen Träumen zu arbeiten oder wenigstens endlich mit dem Dating-Leben anzufangen, sieht mein Leben gerade so aus: Ich bestelle viel zu oft Essen bei meinem Lieblingslieferdienst, ich habe in den letzten Jahren über 20 Kilo zugenommen und ich hatte seit einer gefühlten Ewigkeit keinen Sex mehr. Ich dachte die ganze Zeit, dass wenn ich mich erstmal von Jonas getrennt habe, kommt die neue, viel coolere Vany schon ganz wie von selbst. Also warte ich lieber weiter auf sie, anstatt endlich meinen Hintern hochzubekommen und zu ihr zu werden. Und während ich auf sie warte, bin ich in meiner Sims-Challenge bei Baby Nr. 54 angekommen. Immerhin.

Ich merke gar nicht, wie mir geschieht und schon ist das erste halbe Jahr nach der Trennung vorbei. Es fühlt sich an, als hätte ich einen Winterschlaf gehalten und währenddessen die Trennung auf meine Art verarbeitet. Normalerweise habe ich mich nach Herzschmerz immer in die Ablenkung gestürzt und mich direkt auf jemand Neues eingelassen. Dieses Mal versuche ich also ganz ohne Ablenkung auszukommen. Das bedeutet aber eben auch, ohne Ziel zu sein, ohne an mir zu arbeiten, ohne eine Richtung zu haben, wohin die Reise gehen soll und auch ohne einen richtigen Glauben an mich selbst. Wenn man es also ganz genau nimmt, hat sich mein Leben sogar von „ganz okay" zu „sterbenslangweilig" verschlechtert.

Es wird noch eine ganze Weile dauern, bis ich endlich begreife, dass sich die Dinge nicht wie von Zauberhand verändern, nur weil man einmal für ein paar Minuten mutig war und eine Entscheidung getroffen hat. Es ist nicht so, dass man sich aus seiner Beziehung löst, weil die Gefühle nicht mehr da waren und ZACK BOOM SCHNIPS: Da ist dieses Traumleben, das einem am Ende dieses Prozesses irgendjemand mal versprochen hat. Ich wünschte, dass es so einfach gewesen wäre. Die Arbeit muss man danach schon selbst machen. Und gleichzeitig hat sich dieses halbe Jahr nach Jonas, in dem ich nichts getan habe, angefühlt wie ein tiefer Atemzug nach dem anderen. Ich habe nichts getan, außer in meinem Leben eine riesengroße Stopptaste zu drücken. Eine Pause, die so dringend nötig war. Denn, wie soll man rausfinden, was man wirklich braucht oder wer man sein will oder noch besser wie man dieses „Traumleben“, von dem immer alle sprechen, bitte schön „erschaffen“ soll, wenn man nicht weiß, wo einem der Kopf steht.

Heute bin ich mit Lola bei unserem Corona-Spaziergang Nummer 29.372. Wir haben uns jetzt ein paar Wochen nicht mehr gesehen, also schulden wir uns gegenseitig ein kleines Lebensupdate. Nicht, dass während des Lockdowns sonderlich viel passiert, aber irgendwie findet man ja doch immer etwas, was einen gerade so beschäftigt. Und so dauert es auch nicht lange, bis (mal wieder) Fragen zu meinem Dating-Leben kommen. Hallo? Schließlich bin ich Single und damit habe ich quasi einen Vertrag unterzeichnet, der mich dazu verpflichtet, meine Freundinnen mit meinen Männergeschichten stets zu unterhalten. Und schon begehe ich einen Vertragsbruch, denn es gibt gerade nur – wie Beyoncé sagen würde – me, myself and I. Single sein ist nicht nur Dating.

Dating ist nur ein kleiner Teil davon und wir alleine entscheiden, wie groß der Anteil davon an unserem Singleleben sein soll. Wie traurig wäre das denn auch, wenn man sein Singleleben nur vom Dating abhängig macht? Ich merke, wie stattdessen nach dieser langen Zeit des „Nichtstuns" und des Heilens in mir der Wunsch größer wird, meine Sims-Realität wahrwerden zu lassen: Auf eigenen Beinen zu stehen, Entscheidungen für meine Zukunft zu treffen und mögliche Konsequenzen alleine auszubaden, wenn es darum geht, mir mein Leben so aufzubauen, wie ICH es will. Eine Single-Phase kann so bestärkend sein, denn wann hat man schon die Zeit, genau diese Weichen zu stellen und nur für sich allein verantwortlich zu sein? Und gleichzeitig störe ich mich an meiner eigenen Formulierung, Single zu sein nur als Phase abzutun. Es muss nicht immer das Ziel sein, jemanden kennenzulernen. Ständig auf der Suche zu sein. Lola nickt zwar, als ich ihr genau diesen Monolog auf ihre Frage „Was geht so mit den Boys?" runterrattere, bevor ich einen Schluck von meinem Cappuccino nehme. Ich kann aber sehen, wie ihr Kopf förmlich raucht. Single sein und keine witzigen Fail-Dates, von denen es zu erzählen gibt? Wie kann das denn sein?

Natürlich habe ich mir relativ schnell auch Tinder runtergeladen. Ich wollte mal sehen, was der Markt so hergibt und wie dieses Online-Dating eigentlich funktioniert. Denn ich bin tatsächlich schon so alt, dass es Online-Dating noch gar nicht gab, als ich das letzte Mal Single war. Aber die meisten Gespräche finde ich schnell langweilig und selbst, wenn nicht, und es doch zu einem

Treffen kommen könnte, blocke ich schnell ab. Ich bin noch nicht so weit. Und wenn ich ehrlich bin, macht es mir auch Angst. Was, wenn ich nicht gefalle?

Diese Frage allein zeigt, dass ich erstmal bei mir selbst ordentlich aufräumen muss, bevor ich mich in den Dating-Dschungel stürze. Also versuche ich, Lola zu erklären, wo gerade eher mein Fokus liegt.

„Ich versuche gerade einfach, mich selbst etwas besser kennenzulernen. Zu schauen, was ich wirklich brauche und was mir guttut. Aber ganz langsam und vor allem ohne Männer."

Wir laufen kurze Zeit schweigend mit unserem Kaffee in der Hand nebeneinanderher, während wir die Aussicht auf den Stuttgart Süden genießen.

Als wir uns auf eine Bank setzen, sagt Lola wie aus dem Nichts: „Also ... bist du gerade wie in einer Beziehung mit dir selbst ...? In einer Beziehung nimmt man sich ja auch Zeit für sein Gegenüber, lernt sich kennen und macht schöne Dinge zusammen. Oder?"

Ich mag diesen Gedanken. Denn in der Tat fühlt es sich an wie eine aufregende Kennenlernphase mit mir selbst. Aufregend in vielerlei Hinsicht. Ehrlich vor allem. Denn ich merke auch ziemlich genau, was ich an mir nicht so gerne mag und was mich gleichzeitig blockiert, jemanden kennenzulernen.

Mein Gedanke zu diesem Zeitpunkt ist vor allem dieser: Wenn ich erstmal eine glückliche Frau bin oder besser gesagt, die Frau bin, die ich schon so lange sein wollte, dann wird der Mann, der in Zukunft in mein Leben kommt, einfach nur die gute alte Kirsche auf dem Sahnebecher sein. Da bin ich mir sicher. Und ich verspreche mir selbst: Ich werde nur noch die süßeste, reifste, fruchtigste und leckerste Kirsche akzeptieren, weil ich dann endlich den Wert des Sahnebechers aka meines Lebens kenne.

Aber – ich sage es, wie es ist: Was sich jetzt so anhört, als wäre ich eine ziemlich selbstbewusste Eisverkäuferin, die genau weiß, welche Kirsche ihr zu welcher Sorte Gelato am besten schmeckt und was sie will (genug von den Eismetaphern jetzt, versprochen!), ist in Wahrheit nur der Idealzustand. NATÜRLICH habe ich mich in das Dating-Leben gestürzt, noch bevor ich richtig bereit dafür war. NATÜRLICH hatte ich eine Zeitlang immer die ein oder andere Fail-Date-Story parat, um meine Freundinnen zu unterhalten. Und NATÜRLICH haben mich all diese Erfahrungen in meiner Sahnebecher-Theorie bestärkt. Was sich bis hierhin wie ein Manifest für strong, independet women liest, ist auch genauso. Aber ich musste eben die ein oder andere schlechte Erfahrung mitnehmen, um das richtig zu fühlen.

FLUCHT NACH NEW YORK

Es ist Februar. Das Wetter ist ekelhaft und ich hänge wie jedes Jahr mitten in meiner Winterdepression. Der vierte Monat im Lockdown tut sein Übriges. Nein, ernsthaft: Das Beste in meinem Leben ist aktuell, dass es immer genau dann schneit, wenn ich nicht mit der Kehrwoche dran bin. Das bedeutet für alle, die nicht aus dem Schwabenländle kommen, dass ich dementsprechend keinen Schnee schippen muss.

Mit anderen Worten: Ich bin kurz davor durchzudrehen. Januar und Februar sind generell Monate, in denen ich aus Deutschland flüchten will. Das Fernweh (vor allem nach der Sonne) ist dann immer am schlimmsten. In Zeiten einer globalen Pandemie ist es aber sehr schwer, diesem Wunsch nachzukommen, also muss ich nach einer anderen Möglichkeit suchen, wie ich dieses Fernweh stillen kann. Am besten online. Vor meinem Laptop kann ich das Social Distancing immerhin am besten einhalten, nicht wahr? Ich finde eine Seite, mit der man virtuell Taxifahrten begleiten kann.

„Was soll das denn ..., wie unnötig ...“, denke ich, während ich eine Stunde später noch immer auf meinen Bildschirm starre und beobachte, wie sich ein Taxi durch die Straßen Havannas bewegt. Ich erinnere mich an meine Zeit auf Kuba und schwelge in Erinnerung. Das führt dazu, dass ich mich weiter durch verschiedene Städte klicke und verschiedene Taxifahrer auf der Rückbank sitzend für eine Weile begleite. Buenos Aires, Panama City, New York ... Mein Fernweh wird ein bisschen besser. Aber ich wünsche mir nichts mehr, als dass ich auch mit echten Menschen aus diesen Städten reden könnte. Das ist es doch, was ich am Reisen mit am meisten liebe: Neue Menschen kennenlernen (und mein Spanisch verbessern). Also fange ich an, wieder mehr spanische Serien zu schauen. Vor allem eine Serie auf Netflix hat es mir in dieser Zeit besonders angetan: „Valeria". Die Serie handelt von vier in Madrid lebenden Single-Frauen in ihren 30ern. Sie daten, sie machen Karriere, sie hinterfragen ihre Beziehungen, sie haben Sex und vor allem haben sie Spaß am Leben. Ein bisschen wie Sex and the City, nur deutlich moderner, jünger, spanischer. Ein bisschen, wie ich mir mein romantisiertes Leben als Single vorgestellt habe, nur deutlich aufregender als meine momentane Realität (wir erinnern uns: 100-Baby-Challenge).

Stundenlang schaue ich diesen Frauen dabei zu, wie sie ihr spannendes Liebesleben gestalten, wie sie Affären und One-Night-Stands haben, wie sie ihre Lust (neu) entdecken, experimentierfreudig sind ... und das natürlich mit hochattraktiven Männern. Ich schreibe meiner Schwester, denn ich brauche jemanden, der die gleiche Serie anschaut, damit man sich darüber ausgiebig unterhalten kann und füge meiner Empfehlung außerdem diesen Satz hinzu: „Kein Wunder habe ich keine Lust auf Tinder ... Ich will Spanier daten!"

Ich denke wirklich, dass ich das Problem meiner Dating-Unlust durch diese Serie erkannt habe. Die Stuttgarter sind scheinbar das Problem. Diese immer ernsten Schwaben, die gefühlt alle bei Porsche, Daimler oder Bosch arbeiten, und in deren Leben Sicherheit, ein eigenes Haus und die gottverdammte Kehrwoche die oberste Priorität haben. Nein, ich möchte hier kein Schwaben-Shaming betreiben. In meinem vom Lockdown vernebelten Hirn scheint es aber einfacher, mein frustriertes Single-Leben auf die rund 300.000 männlichen Einwohner Stuttgarts zu schieben, von denen ich noch keinen einzigen kennengelernt habe, als an meiner Einstellung etwas zu ändern. Diese Einsicht soll noch früh genug kommen. Erstmal komme ich nicht von meinem „Ich will Spanier daten"-Trip runter.

Ich zermartere mir den Kopf: Wo könnte ich vielleicht jemanden kennenlernen, der einerseits mein Fernweh stillt und auf der anderen Seite mir etwas ähnlicher sein könnte als die Menschen in Stuttgart? Und auf einmal – es war der klassische Fall einer göttlichen Eingebung oder besser gesagt eines Hirnfurzes – kam mir die Lösung: Tinder+! Und nicht, um irgendwelchen Typen ein Superlike geben zu können, oder welche wirren Features man da sonst so freischalten kann. Nein: Mir ging es darum, in Spanien matchen zu können. Ich will nicht lügen, aber fast zwei volle Tage verbringe ich damit, fast stündlich meinen Standort zu wechseln. Ja, in Madrid hat es angefangen (für den „Valeria-Vibe"). Aber ich mache noch einen Abstecher (haha!) in all meine spanischen Lieblingsstädte: Sevilla, Malaga, Cadiz ...

Und weil besagte „super süßen Spanier“ 1. gar nicht so aussehen wie Maxi Iglesias (der eine Hauptrolle bei „Valeria“ spielt und in den ich mich sofort unsterblich verliebt habe) und 2. so schlecht Englisch sprechen, wie ich Spanisch, mache ich kurzerhand eine ganze Weltreise daraus. Ich matche auf Bali, in Stockholm, Paris, Chicago, Toronto, Havanna und auch Kapstadt. Letztendlich ist es für mich mehr als nur ein sinnloses Rumgematche. Ich denke wirklich, dass ich durch diese verrückte Aktion womöglich jemanden kennenlerne – irgendwo auf der Welt – mit dem ich ein paar Dinge gemein habe. Denn mal ehrlich: Es gibt fast acht Milliarden Persönlichkeiten auf diesem Planeten und man denkt, man findet seinen Seelenverwandten zufällig am selben Ort, in dem man zufällig geboren ist und zufällig schon sein ganzes Leben verbringt? Also irgendwie geht die Rechnung für mich nicht ganz auf. Die Welt ist doch so groß ... Aber zum Glück gilt das nicht für Tinder! Jedem meiner Matches schreibe ich zu Beginn dieselbe Nachricht, die ich unter dem Kurzbefehl „Romance“ abgespeichert habe (schließlich möchte ich auf der Suche nach meinem Seelenverwandten möglichst effizient vorgehen): „Hey! How are you? If what I’m about to tell you sounds crazy to you: I’m sorry! Blame it on the lockdown! But what do you think about this: I currently live in Stuttgart, Germany, and I miss traveling and meeting new people sooo much. So I was thinking: why not meet new people on tinder from all over the world? So that means: We won’t be able to meet in person (at least for now!) but if you’re still up for getting to know me and talk to a Spanish/Italian girl that lives in Germany, then let me know!“

Da habe ich die „Halb Spanierin, halb Italienerin“-Karte spielen müssen, wo ich doch auf international Dating mache. Für jede Stadt, in der ich matche, male ich mir eine eigene kleine Love Story dazu aus, die immer mit demselben Gedanken beginnt: „Wo wollte ich schon immer mal knutschen?“

Eine Antwort von vielen: vor dem riesengroßen und hellleuchtenden Weihnachtsbaum am Rockafeller-Center! (Bitte verurteilt mich nicht, manchmal mag ich es doch auch ein wenig kitschig). Ich fange also auch an, in New York zu matchen. Manche meiner potenziellen Seelenverwandten lehnen direkt ab. Klar, denn mein Plan hat alle Nachteile einer Fernbeziehung (viel reden, wenig Sex), aber dann nicht mal mit einem Menschen, den du liebst, sondern mit einem Tinder-Date, das ja auch schon anstrengend sein kann, wenn man im selben Radius von einem Kilometer ist. Aber manche beweisen tatsächlich etwas „Soulmate-Potenzial“, indem sie genauso offen und neugierig wie ich sind und sich auf das Experiment einlassen. Bei den meisten stellt sich der Kontakt schnell wieder ein, denn wenn kein Treffen in Aussicht steht, ist es natürlich schwierig, am Ball zu bleiben.

Aber mit einem ist es anders. Julio ist anders. Mit ihm ist alles ein bisschen ernster und ich habe das Gefühl, wir beide sind ein Match made in Heaven. Und so flüchte ich aus dem „echten“ Dating-Leben in Stuttgart in eine Fantasiewelt mit einem Typen, der 6.300 Kilometer von mir entfernt lebt. Ich kann nicht sagen, dass ich es nicht genieße. Wir haben über mehrere Wochen intensiven Kontakt und es ist schön, morgens zu einer lieben Nachricht aufzuwachen. Wir haben viel gemeinsam und schicken uns teilweise Sprachnachrichten in Podcast-Länge. Die Themen scheinen uns nie auszugehen. Und wenn doch, witzeln wir über Zukunftspläne oder schicken uns Bilder aus unserer Stadt hin und her. Wobei er natürlich gewinnt. Als er Apartment-Hunting macht, schickt er mir Bilder von seiner Aussicht auf die New Yorker Skyline oder nimmt mich mit, wenn er mit seinem Hund namens Tequila durch den Central Park spaziert. Ich mag nicht nur Julio immer mehr, sondern die Tatsache, dass ich gerade mit jemandem aus New York echten Kontakt habe. Meinen Freundinnen erzähle ich (wie immer) ganz schnell etwas von Seelenverwandtschaft. Aber es ist wirklich so, dass ich zum ersten Mal seit Langem wieder das Gefühl habe, wirklich von jemandem verstanden zu werden. Es ist aber auch eine verrückte Situation: Da ist ein Typ, der wirklich bloß daran interessiert ist, mich kennenzulernen. Schnellen Sex, für den Tinder ja auch irgendwo bekannt ist, wird es zwischen uns nicht geben. So geht das hin und her, bis zu unserem ersten Video-Date. Wir verabreden uns am Samstagabend um 20 Uhr meiner Zeit. Ich trinke einen Wein und er hat sich gerade einen Kaffee gemacht. Auch hier verstehen wir uns gut, sehr gut. Wir lachen auch richtig zusammen und nicht nur wie sonst über unsere Podcast-Sprachnachrichten. Aber ich merke schnell, dass nicht die Stuttgarter das Problem sind, sondern ich selbst. Denn selbst bei Julio, der mir auf eine Art ja irgendwie vertraut ist, kann ich nicht aufhören zu denken, dass ich hasse, was wir hier tun. Wir haben ein erstes Date und ich mag keine ersten Dates. An dieser Stelle komme ich auch nicht ohne eine rhetorische Frage à la Carrie Bradshaw aus, wie: War es wirklich Julio, den ich aufregend fand, oder wollte ich einfach vor dem echten Dating in meiner Stadt flüchten, weil ich noch nicht bereit war, den Schritt aus meiner Komfortzone zu wagen?

Hand aufs Herz: Ich bin so gar nicht bereit. Allein der Gedanke an ein ECHTES Date (also nicht per Videocall) mit einem ECHTEN Mann macht mir Angst. Man mag darüber lachen, aber nach sieben Jahren in einer Beziehung fühle ich mich manchmal wieder wie ein unerfahrener Teenager. Ich habe, wenn ich ganz ehrlich bin, keine Ahnung von diesem Tinder-Game. Ich habe keine Ahnung vom Single-Sein und das macht mir Angst. Denn ich habe gerne Ahnung von dem, was ich tue, ich mag es zu wissen, wie gewisse Dinge funktionieren, wie die Abläufe sind. Ich muss wissen, welche möglichen ungeschriebenen Regeln es gibt und wie der Hase läuft. Aber hier fange ich wieder bei Null an. Und natürlich flüchte ich mich dann in die Möglichkeit, all das mit einem Mann auszuprobieren, der auf der anderen Seite des Ozeans lebt. Denn mit diesem Mann kann ein Treffen gar nicht erst zustande kommen. Es war der einfachere Weg. Sobald ich mir das eingestehe, weiß ich: Es führt kein Weg daran vorbei, mich auf das echte Single-Leben einzulassen, wenn ich meine eigene romantisierte Version von „Valeria“ leben will. Nicht in Madrid, sondern in Stuttgart. Eben als „Vany“. Also sage ich Julio, dass das alles doch irgendwie ins Nichts führt, kündige mein Tinder+-Abo und konzentriere mich wieder auf Stuttgart. Und siehe da: Nur wenige Tage später lerne ich einen waschechten Spanier kennen ...

JAVIER

Sein Name ist Javier. Wir lernen uns weder auf Tinder noch im echten Leben kennen, sondern auf die dritte Art und Weise, auf die man heutzutage Menschen kennenlernen kann: über Instagram. Er schreibt mich an und ich finde ihn interessant. Immerhin ist er ein Spanier, der erst seit ein paar Monaten in Stuttgart lebt. Sowas zieht bei mir immer. Aber noch kann ich meine durch Julio gewonnene Erkenntnis, dass ich eigentlich Angst vor Dating habe und mich dieser stellen muss, nicht anwenden und schiebe die Treffen mit Javier immer weiter auf. Retrospektiv betrachtet wäre es wohl klüger gewesen, mich einmal mit Javier auf die übliche Art und Weise zu treffen: Ein coronakonformer Spaziergang. Aber leider sollte alles ganz anders kommen.

Es ist ein kalter Tag im Februar, aber es ist einer dieser Tage, an denen man ein Gefühl von Frühling im Herzen braucht. Der Winter geht schon viel zu lange, man hat einen erheblichen Vitamin-D-Mangel und alles, wonach man sich sehnt, ist es, eine unbeschwerte Zeit mit Freunden zu verbringen. Am besten draußen. Ich bin damit nicht alleine – meine Freunde haben ein ähnliches Bedürfnis. Da man aber gerade nichts unternehmen kann, verabreden wir uns für ein „Daydrinking-Spektakel" am Feuersee. Es ist ein bisschen so wie früher, als wir vor dem Feierngehen in irgendwelchen Parkhäusern den billigen Wodka mit dem noch billigeren Energy Drink gemischt haben. Hauptsache man spürt den Alkohol und das möglichst schnell. Ganz so dramatisch ist es heute natürlich nicht. Wir bringen Snacks mit, unseren liebsten Wein aus der Weinhandlung, in der wir schon öfter Weinproben gemacht haben, und außerdem ist es kein schmieriges Parkhaus bei Nacht, sondern der schöne Feuersee im noch schöneren Stuttgarter Westen. Und das an einem recht sonnigen, aber dennoch verdammt kalten Februartag. Man könnte fast meinen: Dieses Besäufnis hat irgendwie Stil. Es konnte aber auch keiner ahnen, dass dieses harmlose Get-together mit Freunden noch eskalieren würde.

Denn leider vergesse ich an diesem Tag zu essen. Das passiert selten. Aber wir treffen uns um 14 Uhr und weil ich den ganzen Vormittag mit dem Schreiben an einer Kolumne beschäftigt war, war ich so im Flow, dass ich nicht daran dachte, eine gute Grundlage zu schaffen. Am Feuersee angekommen, warten Lola und Emma schon mit einem leckeren Pappbecher Wein auf mich, den Lola mir sofort in die Hand drückt. Zum Glück hat sie noch eine halbe Brezel für mich, die ich runterschlinge. Aber es ist okay, ich vergesse meinen Hunger schnell. Wir haben zum ersten Mal seit Monaten wieder zusammen Spaß draußen, tanken die Sonnenstrahlen auf und fühlen uns dennoch sicher, da wir genügend Abstand halten und an der frischen Luft sind. Aber auch der sonnigste Februartag geht irgendwann in Dunkelheit über und wir beschließen, bei mir noch einen Absacker zu machen und unseren Wein dort fertig zu trinken. Lange kann das sowieso nicht gehen, da Emma noch ein Date hat und auch Lola nicht lange bleiben will. Wahrscheinlich ist es der Wein, der aus mir spricht, aber ich frage mich ernsthaft, ob dieser Zustand wohl nicht der beste für ein erstes Date ist. Ich bin ein wenig (haha) betrunken, fühle mich locker, sexy und einfach gut drauf. Damit müsste doch jeder Mann erkennen, dass ich der Jackpot bin!

„Hey Lola! Ich glaube, ich habe nachher einfach auch noch ein Date!“, schreie ich durch meine Wohnung. Meine Freundinnen sind direkt Feuer und Flamme, denn sie wissen, dass ich Probleme damit habe, mich mit einem Typen zu treffen. Also tippe ich eine Nachricht in mein Handy: „Hast du Lust, nachher noch auf einen Vino vorbeizukommen?“, schreibe ich Javier, der in Windeseile auch direkt antwortet: „Gerne! Ich bringe Wein mit!“

Erst am nächsten Morgen realisiere ich, dass das nicht nur nach Booty-Call klingt, sondern dass ich das auch noch einem Typen geschrieben habe, den ich zuvor noch nie gesehen habe! Aber nun ja. Ich wünschte, das wäre am nächsten Morgen meine einzige Erkenntnis gewesen ... Gegen 22 Uhr verlassen Emma und Lola meine Wohnung und nur wenige Minuten später steht dann tatsächlich der waschechte Spanier namens Javier mit einer Flasche Wein auf meiner Matte.

Und da sitze ich also, zum ersten Mal seit Jonas, mit einem fremden Mann auf meiner Couch. Wahrscheinlich sind es die dreieinhalb Flaschen Wein, die wir heute geköpft haben, aber es ist ... merkwürdig. Er zeigt mir Bilder von seiner Heimat in Spanien auf seinem Handy, aber ich kann ihm kaum noch folgen. Ich habe nicht mal genügend Weingläser mehr und muss deswegen seinen mitgebrachten Wein aus einer Tasse trinken. Aus einer Tasse mit Bärchen, die einen Anzug tragen. Alles in allem ist es ein erbärmliches Bild. Vor allem ist er nicht mitten in der Nacht zu mir gekommen, sondern um 22:10 Uhr am Abend. Meine Wohnung sieht für diese Uhrzeit viel zu verwüstet aus. Gib drei Frauen, die nur mal schnell einen Wein austrinken wollten, niemals die richtige Playlist. ES. ESKALIERT. IMMER.

Javier lässt sich offensichtlich von diesem chaotischen Bild, das meine Wohnung gibt, nicht beirren und legt seine Hand auf mein Knie. Wir wissen beide, warum er hier ist, und das ist okay. Ich werde gleich Sex haben. Zum ersten Mal seit sieben Jahren mit einem anderen Mann als Jonas. Und ich ... ich merke, wie sich mein Kopf dreht und ich keinen klaren Gedanken fassen kann.

„Ich verschwinde mal schnell auf die Toilette!“, sage ich zu Javier. Und in diesem Moment merke ich, dass dieser fremde Mensch so schnell wie möglich aus meiner Wohnung verschwinden muss, weil ... weil mir unheimlich übel ist und sollten wir tatsächlich gleich Sex haben, ich nicht dafür garantieren kann, dass ich ihm nicht auf die Brust kotze. Also torkele ich aus dem Bad und noch bevor Javier irgendwas sagen kann, schmeiße ich ihn nach wahrscheinlich nicht mal zehn Minuten wieder vor die Türe. Er macht keine Anstalten, das in Frage zu stellen; vermutlich sieht er, wie betrunken ich wirklich bin. Er hat noch nicht einmal seine Jacke richtig an, da dränge ich ihn vor die Türe und verabschiede mich mit wenigen Worten. Die ganze Situation ist mir so unendlich peinlich. Aber ich habe keine Zeit, mich in diese Situation hineinzusteigern, denn tatsächlich renne ich nur wenige Sekunden später ins Bad, um mich zu übergeben. Und so geht das die ganze Nacht. Insgesamt hänge ich vier Mal über der Schüssel. Mir wären vier Orgasmen lieber gewesen. Um sechs Uhr morgens checke ich immer noch viel zu betrunken zum ersten Mal meine WhatsApp-Nachrichten und zu meinem Entsetzen sehe ich Lolas Nachricht: „Die Kondome liegen auf der Treppe vor der Tür! Viel Spaß und lasst es krachen, haha!"

Ich verschlucke mich fast, als mir das wieder einfällt! Ich hatte Lola und Emma darum gebeten, noch Kondome an der Tankstelle zu holen, da ich keine mehr zu Hause hatte. Die beiden wollten wahrscheinlich nicht stören und haben sie auf die Treppen vor meine Haustüre gelegt. Aber an diesen Treppen laufen meine Vermieter auch vorbei. Und ich weiß, dass sie auch sehr früh mit dem Hund rausgehen. Also renne ich in meiner Unterhose und einem Top nach draußen (es ist immer noch Februar), weil ich die Kondompackung so schnell wie möglich nach drinnen bringen muss – bevor meine Vermieter sie noch vor mir finden. Ich habe Glück: Sie liegen noch auf der Treppenstufe! Mir fällt ein Stein vom Herzen. Aber noch bevor ich eine kleine Party über die Kondome feiern kann, merke ich, dass ich tatsächlich ohne Hausschlüssel nach draußen gestürmt bin und mir die Türe zugefallen ist. FUCK! Ich stehe nun also vor der Haustüre mit nichts anderem bekleidet als meiner Unterhose und einem Top, einer Packung Kondomen in der Hand und kreidebleich, weil mir immer noch übel ist, sowie von der Peinlichkeit gebeutelt, dass ich den süßen Spanier verschreckt und wahrscheinlich für immer verscheucht habe. Und obwohl ich mir die Peinlichkeit ersparen konnte, dass meine Vermieter die Kondome finden, erspare ich ihnen nicht DIESEN Anblick. Es gibt schließlich nur zwei Optionen: Erbärmlich erfrieren oder erbärmlich klingeln.

Nach langem Abwägen beider Optionen komme ich zu folgendem Entschluss: Bei Option eins würden mich doch mehr Menschen in Unterhose und mit Kondomen in der Hand sehen als bei Option zwei. Da sind es „nur" meine Vermieter. Also klingele ich am Sonntag um 6:15 Uhr in der Früh bei ihnen und bitte sie kleinlaut um den Ersatzschlüssel, während ich versuche, die Kondome hinter meinem Rücken zu verstecken. Mein Vermieter öffnet mir sichtlich überrascht die Türe. „Na, Sie haben ja ein Glück. Ich wollte gerade sowieso Schnee schippen." Er lacht. Und mustert mich von oben bis unten. Und ich möchte einfach nur im Erdboden versinken. Passiert das hier gerade wirklich? Ich schließe die Türe zu meiner Wohnung hinter mir und nehme mir vor, sie nie wieder zu verlassen. NIE WIEDER.

Gut, ich kann mir das sowieso nicht vorstellen, da mir schon wieder schlecht ist, aber auch ganz generell gesprochen: Anscheinend kann man die Single-Vany nicht auf Männer loslassen, denn sie hat sich nicht im Griff und ist eines ganz besonders: peinlich. Und vor allem tut mir mein Verhalten gegenüber Javier leid. Jemanden in seine Wohnung zu bestellen und nach nicht mal zehn Minuten wieder rauszuschmeißen, das zeugt nicht von den besten Manieren. Ich schreibe ihm eine Nachricht und entschuldige mich dafür, aber ich sehe, dass er mich auf Instagram schon entfernt hat. Autsch.

EGO-KUMMER

Nach dem Desaster um Javier und dem promPten Ende zwischen mir und Julio will ich mir selbst etwas beweisen. Und zwar, dass ich eben doch bereit bin, mich mit einem Mann zu treffen – ganz normal, nüchtern – zum Beispiel zu einem Spaziergang. Ohne zu viele Erwartungen zu haben.

„Zu dem nächsten Mann, der mich nach einem Date fragt, sage ich Ja. Punkt, fertig, aus." Ich schreibe Lola diesen Vorsatz am Montagmorgen. Ich denke, dass ich so die ganze Woche noch Zeit habe, um mich damit anzufreunden.

Aber Roman gibt mir diese Zeit nicht. Als hätte er den Braten gerochen, schreibt er mir wenige Stunden später, ob ich Lust auf einen Spaziergang habe. Verdammt. Irgendwie blöd, wenn man sich an seine eigenen Vorsätze halten muss. Roman ist ein Arzt, 32 Jahre alt, sieht auf seinen Bumble-Bildern ganz nett aus und ich finde keinen Grund nicht zum Date einzuwilligen. Ich sehe es als Übung. Dating als Sport: Je mehr ich das mache, desto besser werde ich. Und mit besser meine ich lockerer, denn die Nervosität vor ersten Dates ist unerträglich. Den ganzen Tag bin ich furchtbar aufgeregt und möchte (wie bei so vielen anderen Dates zuvor) am liebsten wieder absagen. Aber tatsächlich treffen wir uns am Abend auf der südlichen Seite des Schwabtunnels. Und dann passiert das, was doch bezeichnend für die meisten Tinder-Dates ist. Ich merke schon bei der Umarmung, dass das hier nichts mehr wird. Und dabei möchte ich nicht oberflächlich wirken, aber ich bin davon überzeugt, dass gerade bei einem Tinder-Date (das von Oberflächlichkeiten geprägt ist) die ersten Sekunden des Treffens entscheidend darüber sind, wie der weitere Abend verläuft. Und meistens weiß man eben auch schon nach wenigen Sekunden, ob man ein zweites Date haben will oder nicht. In diesem Fall habe ich leider heute kein Foto für Roman.

Aber ich habe eine gute Erziehung genossen und würde diese Gedanken niemals laut aussprechen. Roman möchte mir eine Aussichtsplattform mit Blick auf den Stuttgarter Süden zeigen. Ich liebe schöne Aussichten (auch wenn dieses Date wohl keine versprach) und ich denke an meine Schrittebilanz. Also laufen wir los und unterhalten uns, während wir die Stuttgarter Stäffele erklimmen. Ich mache es geschickt und stelle ihm viele Fragen. So redet er die meiste Zeit und ich kann mich auf meine Atmung konzentrieren. Wer schon einmal in Stuttgart eine Stäffelestour gemacht hat, wird mir wohl beipflichten: Es ist scheiße nochmal anstrengend. Wer kommt auf die Idee, hier ein erstes Date zu haben ... Und auch wenn Roman nicht mein Typ ist und ich jetzt schon weiß, dass ich kein zweites Date will, möchte ich trotzdem nicht wie eine unsportliche Kuh wirken, sondern möglichst so, dass ich an der ganzen Sache hier auch Spaß habe. Als wir auf der Aussichtsplattform ankommen, setzen wir uns noch auf eine Bank. Aber ich kann das Gespräch nicht wirklich genießen. Dieser Ort ist viel zu romantisch! Was, wenn er gleich versucht mich zu küssen? Das will ich nicht. Was, wenn er die Zeichen nicht richtig deutet? Wenig später wird sich herausstellen, dass möglicherweise ICH die Zeichen falsch gedeutet habe. Denn als wir uns verabschieden, bin ich mir nach wie vor sicher, dass es kein weiteres Treffen geben wird. Ich überlege mir, wie ich die Nachricht formulieren werde, wenn er mich nach einem zweiten Treffen fragt. Schließlich möchte ich seine Gefühle nicht verletzen.

Als ich abends zu Hause im Bett liege und noch keine Nachricht von Roman habe, denke ich mir noch nicht wirklich etwas dabei. „So ist das heute im Dating-Game. Niemand schreibt wahrscheinlich direkt nach dem Date eine Nachricht. Er möchte nicht bedürftig wirken ... Morgen dann."

Aber als ich am nächsten Tag und auch am darauffolgenden Tag noch immer keine Nachricht von Roman auf meinem Handy habe, werde ich stutzig: Gibt er mir gerade genauso einen Korb wie ich ihm? Und warum ist das überhaupt so schlimm für mich, wenn ich doch gar kein Interesse an ihm hatte? Ich weiß, warum. Dieses Spektakel nennt sich „Ego-Kummer". Denn was hier leidet, ist nicht mein Herz, weil meine Gefühle verletzt wurden, sondern mein Ego, das scheinbar mit Zurückweisung nicht besonders gut umgehen kann. Vor allem dann nicht, wenn ich mich offensichtlich extrem selbst überschätzt habe. Ich meine: Niemand wird gerne abgelehnt. Vor allem dann nicht, wenn man von sich selbst dachte, richtig unwiderstehlich zu sein. Und nicht nach einem zweiten Date gefragt zu werden, ist immer eine Art der Ablehnung. Aber nicht nur in diesem Fall, sondern generell ist Ablehnung ein Teil des Datings. Es gehört dazu, denn sonst wären ja alle ersten Dates sofort perfect Matches. Schön wär's! Das würde uns allen einiges ersparen. Man braucht schon ein dickes Fell, wenn man sich ins Dating stürzt. Denn auch ich frage mich nach dem Date mit Roman, woran es gelegen hat, wieso ich ihm nicht gefallen haben könnte und warum er mich wohl nicht wieder sehen will. Was ist falsch mit mir, dass er mich nicht will? Obwohl ich schon lange zuvor beschlossen habe, dass ich ihn auch nicht will. Ich mache genau das, was man beim Dating auf keinen Fall tun sollte: es persönlich nehmen.

Man trifft schließlich auf einen wildfremden Menschen, den man durch eine App kennengelernt hat. Nichts, aber auch wirklich nichts, bietet eine gemeinsame Grundlage, an die man anknüpfen kann. Dass hier eine Chemie herrscht, ist nicht unmöglich, aber eben selten. Ich sag ja immer: Mahatma Glück, mahatma Pech, Mahatma Ghandi. In dem Fall hatte ich eben Pech. Aber deswegen ist nichts falsch mit mir. Und mit Roman schon gar nicht.

Eine gute Sache hat das Date dennoch: Ich spüre, wie mein Dating-Muskel stärker wird und möchte mir einen doppelten Spaß daraus machen: Ich beschließe meine eigene Dating-Kolumne zu schreiben.

Schritt 1: Hab ein Date.

Schritt 2: Sag es nicht ab.

Schritt 3: Schreib darüber.

Ich konnte zu diesem Zeitpunkt noch nicht wissen, dass so viele Menschen meine upDATES, so nenne ich meine Dating-Kolumne auf Instagram, so sehr feiern würden. Und dass das mein Leben noch einmal mehr auf den Kopf stellen sollte.

WAS IST DIESER FUNKE, VON DEM ALLE REDEN?

„Es war wirklich ein cooles Date. Wir haben uns gut verstanden, er hat über alle meine Witze gelacht, er sah ganz gut aus und wir hatten echt viel gemeinsam ..."

„... AAABER?"

Lola weiß, dass es ein „Aber" gibt. Denn obwohl alles richtig cool mit Tim war und er mir am nächsten Tag geschrieben hat, dass er mich gerne noch einmal sehen will, bin ich mir nicht sicher, ob ich ein zweites Date will. Das war ja klar. Und dann sage ich solche Dinge wie „Der Funke ist eben nicht übergesprungen!" Aber was soll das überhaupt bedeuten? Und seit wann ist dieser berühmt-berüchtigte Funke, der wenn er denn überhaupt überspringt, ein loderndes Inferno der Leidenschaft entfachen soll, zur Standarderwartung für (erste) Dates geworden?

Noch dazu gebe ich dem Funken nicht einmal die vielleicht nötige Zeit, sondern erwarte, dass er sofort überspringt. Sonst endet es wie bei Roman, bei dem ich schon in den ersten zwei Sekunden wusste, dass das nichts mehr wird.

In meiner romantisierten Vorstellung von Dates schaut man sich beim ersten Treffen tief in die Augen, die Welt bleibt für einen Moment stehen, die Vögel hören für eine Sekunde auf zu zwitschern und im nächsten Augenblick tanzen wir alle wie in einem Musical herum, um unsere Gefühle auszudrücken. Ja, klar. Das ist kein Funke, das ist Hollywood vom Feinsten. Und obwohl ich selbst immer stark dazu tendiere, mein Leben und alles, was so passiert, zu romantisieren (ein bisschen Hollywood-Feeling ist ja schließlich auch wichtig), muss ich mich ehrlich fragen: Soll das wirklich meine Erwartungshaltung an jeden Mann sein, den ich kennenlerne, und vor allem: Mache ich mir dadurch nicht selbst das Leben unnötig schwer?

Und nein: Das hier soll nicht bedeuten, dass wir unsere Erwartungen runterschrauben und unter unseren Standards daten sollen. Es geht auch nicht um die Dates, bei denen wirklich gar nichts gepasst hat (so wie bei Roman). Da braucht man nicht über zweite Chancen reden. Es geht um Situationen, in denen man sich wegen seiner eigenen Erwartungshaltung manchmal selbst im Weg steht, eine gute Zeit zu haben. Ich möchte auch gar nicht ausschließen, dass es bei manchen Menschen sofort „Boom“ macht (also im besten Fall bei beiden).

Ich möchte in Zukunft aber mal diesen Ansatz ausprobieren: dem Funken Zeit geben sich zu entfachen und schauen was passiert. Schließlich gibt es auch in meinem engsten Freundeskreis ein Paradebeispiel nach dem anderen für meine Theorie. Nur vergebene Pärchen und bei fast keinen von ihnen hat es beim ersten Mal gefunkt. Im Gegenteil: Bei den meisten von ihnen liegen Monate oder teilweise sogar Jahre ohne jeglichen Kontakt zwischen dem ersten Treffen und dem tatsächlichen

Zusammenkommen. Das liegt daran, dass es manchmal der falsche Zeitpunkt war oder auch daran, dass sich die körperliche Anziehung erst mit der Zeit entwickelt hat. Und auch, wenn ich meine letzte Single-Phase Revue passieren lasse, merke ich: Eigentlich waren das alles Männer, die ich mit ziemlich großer Wahrscheinlichkeit auf Tinder nicht gematcht hätte. Der Unterschied ist, dass ich sie nicht auf einer Dating-Plattform kennengelernt habe, sondern auf Partys, in Bars, über Freunde und so weiter. Das ist eine andere Atmosphäre, in der es erstmal überhaupt keine Erwartungen gibt. In einer Bar brauche ich schließlich keinen Funken, sondern ein Bier. Und schwupps: Irgendwann springt der Funke doch über. Weil ein guter Charakter oder ein guter Spruch tausendmal anziehender sind als nur eine schöne Hülle. Natürlich spielt Aussehen eine Rolle, aber: you get my point.

Das ist der Real-Life-Funke. Und dieser kommt ganz ohne die theatralische Inszenierung aus. Die Welt dreht sich ganz normal weiter und es ist trotzdem schön. Mir geht es dabei nicht nur um das Date mit Tim, sondern dass man generell öfters Menschen und Gelegenheiten eine zweite Chance gibt bzw. „Ja“ zu ihnen sagt. Dieses Funkenprinzip lässt sich schließlich nicht nur auf Dating übertragen. Viel zu oft sagt man „Nein“, weil irgendwas mal wieder nicht zur eigenen Erwartungshaltung passt.

Am Abend schreibe ich ähnliche Zeilen zu meinem Anti-Funkel-Date mit Tim in einer upDATE-Kolumne zusammen. Ohne zu große Erwartungen zu haben, poste ich sie auf meinem immer noch recht jungen Instagram-Account mit gerade einmal 367 Followern. Nur wenige

Minuten später habe ich bereits einige Kommentare unter dem Post. Vielleicht war es doch keine Schnapsidee, mir einen Instagram-Account zuzulegen und einen Ort für meine Texte zu schaffen. Zum ersten Mal denke ich: Vielleicht kann ich mir hiermit wirklich etwas aufbauen und Menschen mit meinen Texten zum Schmunzeln, womöglich sogar zum Lachen bringen. Und genau dieser Gedanke treibt einen Funken in mein Herz – noch wird es nicht zu einem lodernden Feuerwerk der Leidenschaft, aber ich spüre, dass es mir Spaß macht und ich das Gefühl habe, nach meinem langen Winterschlaf endlich in die richtige Richtung zu gehen. Und da wo ein kleiner Funke zu spüren ist, da kann das Feuerwerk ja nicht weit weg sein. Es geht also immer weiter, ganz nach dem Motto „Chase the Funke!" Das bedeutet mit anderen Worten, dass ich nicht mehr zu Hause rumsitzen und darauf warten will, bis jemand ein Feuer der Leidenschaft in mir entfacht, sondern dass ich rausgehe und mein Leben selbst wieder zum Funkeln bringe. Also: Öfters das machen, worauf man Lust hat. Sich mal was trauen. Raus aus der Komfortzone, wie es immer so schön heißt.

Ich mag die Vorstellung davon, dass wir an unserem Lebensende in einem Raum landen, in dem jeder Tag unseres Lebens ein Bild darstellt. Wie in einem riesengroßen Museum laufen wir durch die Ausstellung unseres Lebens und betrachten jedes einzelne Bild, das wir von diesem Tag gemalt haben. Hand aufs Herz: Wie viele Bilder in diesem Raum wären, wie du dir deine Lieblingspizza bestellst, während du dir deine Lieblingsserie in deinem Bett reinziehst? Natürlich dürfen diese Bilder auftauchen, sie machen bei mir auch einen großen Teil aus, aber ich möchte am Ende in diesem Raum stehen und Bilder sehen, die mein Leben wirklich lebenswert gemacht haben. Im Endeffekt sind es doch genau diese funkelnden Geschichten, an die wir uns für immer erinnern werden.

Wer hätte gedacht, dass ich das, was Tim mir hier so schön gespiegelt hat, nur wenige Tage später direkt anwenden könnte ...

HOT GIRL SUMMER

Ich sitze an meinem Schreibtisch und schaue aus dem Fenster. Seit Tagen regnet es schon und auch wenn ich die Ästhetik des Stuttgarter Westens bei Schmuddelwetter auf eine Art liebe – es reicht. Wir haben einen monatelangen Lockdown hinter uns.

Es ist MAI. WO SIND DIE SONNENSTRAHLEN GEBLIEBEN? WOOO?

Ich kann den Funken lange suchen, wenn der Regen ihn ständig im Keim erstickt. Die guten Vorsätze und die Richtung, in die ich gehen will, sind inzwischen da. Aber meinen Hintern kriege ich bei dem Wetter leider doch nicht so hoch, wie ich es mir gewünscht habe. Mir fehlt die Energie und aus meinem Trott auszubrechen ist schwerer, als ich dachte. Dass ich jeden Tag über zehn Stunden Bildschirmzeit auf meinem Handy verzeichnen kann, tut sein Übriges. Während des ersten Lockdowns habe ich mir die App TikTok runtergeladen. Ich wusste damals noch nicht, dass ich einmal süchtig nach dieser vermeintlich „dummen App für Kinder" sein würde. Pah! Während da draußen die Welt noch immer stillsteht, habe ich auf TikTok die beste Zeit. Manches Video entlockt mir ein Schmunzeln, bei manchen bin ich verblüfft oder lache allein laut los und wieder andere Videos verführen mich dazu, Dinge zu kaufen, die ich eigentlich gar nicht brauche. So wie meinen Hula-Hoop-Reifen, der seit Wochen sein Dasein damit fristet, unberührt wie der junge James Dean an meine Wand zu lehnen. Aber an diesem Abend stoße ich auf ein Video, in dem es um den „Hot Girl Summer" geht.

Zwei junge Mädchen, vielleicht sind sie erst 18, posieren vor einer IPhone-Notiz als Hintergrund, die wie eine Liste aufbereitet ist. Zu sehen ist eine Art Checkliste. Zum Beispiel: Mit einem Typen knutschen. Meine innere Stimme kitzelt mich und ruft mir zu: „Chase the Funke!"

Ich weiß nicht, ob es der Tatsache geschuldet ist, dass ich richtig Lust habe, mal wieder mit einem Typen zu knutschen oder doch meine Liebe für Checklisten aufblüht ... Aber ich kann nicht aufhören, diesen „Hot Girl Summer"-Gedanken weiterzuspinnen.

„Hot Girl Summer" – zugegeben: Das klingt manchmal etwas merkwürdig, wenn ich das mit meinen 29 Jahren sage. Ich würde mich ja schließlich nicht mehr als Mädchen betiteln, sondern als Frau. Aber wenn ich mal für einen Moment damit aufhöre, Begrifflichkeiten zu zerdenken, dann merke ich schnell, dass es weniger darum geht, mit einem Typen betrunken in einer Bar zu knutschen, um das dann von einer Liste streichen zu können, sondern dass es sich dabei um eine innere Haltung handelt. Ich will auch gar nicht anfangen, Männern hinterherzurennen. Denn was passiert, wenn der „Hot Girl Summer" im September vorbei ist und es mit keinem Typen hinhauen wollte? Kommt dann der „Depresso Girl Winter"? Nein, ich mache das jetzt richtig.

Und nachhaltig. Und deswegen ist es egal, ob ich nach dem Sommer noch Single bin oder schon morgen meinen Traummenschen kennenlerne. Ich möchte den „Hot Girl Summer“ als eine Art Einstellung sehen. Wir sollten alle die selbstbewusste, heiße, zielstrebige Frau, die in unserem Inneren schlummert, noch mehr zum Vorschein bringen. IMMER. „Heiß sein“ ist nämlich nicht von männlicher Bestätigung abhängig (auch, wenn sich unser Ego natürlich bei Komplimenten geschmeichelt fühlt) und „heiß sein“ hat auch überhaupt nichts damit zu tun, ob man einem bestimmten Schönheitsideal entspricht oder nicht ... „Heiß sein“ fängt im Kopf an und es bedeutet, selbstbewusst zu sein und sich so zu akzeptieren (und zu lieben), wie man ist. „Heiß sein“ bedeutet auch, dass man ganz genau weiß, wer man ist und was man zu bieten hat. Weg von „Was, wenn ich nicht gefalle?“ und hin zu „ICH gefalle MIR!“. „Heiß sein“ ist auch, dass man an seinen Träumen und Zielen arbeitet und jeden Tag das Beste aus sich herausholt. Und bevor das jetzt doch in einem Manifest endet, das den Titel „That's hot“ (in Paris Hiltons Stimme lesen) haben könnte, hör ich an dieser Stelle auf. Ich denke, das Prinzip ist klar!

Womöglich ist der „Hot Girl Summer“ der letzte Tritt in den Hintern, den ich jetzt noch gebraucht habe, um WIRKLICH aus meinem Winterschlaf aufzuwachen. Ich setze mich aufrecht auf mein Bett und schwöre mir selbst, dass ich ab sofort nicht mehr auf bessere Tage, bessere Entscheidungen und besseres Wetter warte. Ab jetzt nehme ich mein Leben wieder selbst in die Hand und mache das Beste draus. Ich werfe einen Blick auf meinen Kalender. Heute ist der 11. Mai. In 100 Tagen ist der Sommer so gut wie vorbei. In 100 Tagen haben wir nämlich den 31. August. Es ist ein persönliches Experiment, aber ich wage mir die Frage zu stellen: „Was passiert, wenn ich 100 Tage lang täglich das Beste aus meinem Leben raushole, JA zu Chancen und Möglichkeiten sage und endlich wieder richtig viel Spaß habe?" Könnte das die Definition meines „Hot Girl Summers" sein?

Es ist nicht so, dass ich in den letzten Jahren keinen Spaß hatte. Natürlich hatte ich Spaß. Aber anderen Spaß. Pärchenspaß. Vor allen Dingen GEMÜTLICHEN Pärchenspaß. Ich habe gerade sieben Jahre Beziehung und einen ersten Winter als Single (im Lockdown) hinter mir, also kann ich eines mit Sicherheit sagen: Ich bin jetzt, und ganz besonders in diesem Sommer, bereit für anderen Spaß. Dabei bin ich mir sicher: Dieser Spaß wird weniger gemütlich als ein kuscheliger Samstagabend auf der Couch, aber ich freue mich schon jetzt auf die Momente, in denen ich raus aus meiner Komfortzone muss, neue Menschen kennenlerne und vor allen Dingen mich selbst auf eine neue Art kennenlernen darf.

Also nehme ich mir vor, diesen Sommer zu flirten, tanzen, witzige Date- und Sexgeschichten zu erleben, zu trinken, aber vor allem: mich zum wichtigsten Menschen in meinem Leben zu machen und meine Bedürfnisse neu kennenzulernen. Mich zur obersten Priorität zu machen und zu lernen, mich selbst zu lieben. Ich bin mir sicher, dass wir, wenn wir uns innen wohl fühlen, ganz wunderbare Menschen und Erlebnisse in unser Leben ziehen werden.

Ich konnte ja nicht wissen, dass ich schon am nächsten Tag meinen neugefassten Vorsatz, öfters mal „Ja“ zu Gelegenheiten zu sagen, auf den Prüfstand stellen sollte ...

„JA"-SAGEN REALLY IS TAKING YOU PLACES

Es ist zwar noch immer sehr trist in Stuttgart, aber trotz allem kommt mit dem Frühling automatisch auch wieder die Lebensfreude zurück. Auch wenn die Gastronomie noch geschlossen hat, sieht man draußen wieder mehr Menschen verweilen. An diesem Nachmittag treffe auch ich mich auf einen Kaffee mit Lola auf dem Marienplatz. Wie immer trinke ich einen leckeren Iced Coffee mit Hafermilch und wir machen es uns gemütlich. Fast schon beiläufig erzählt Lola mir, dass sich ihre Freundin Marie überlegt hat, das Homeoffice für ein paar Wochen nach Barcelona zu verlegen. „Ich werde wahrscheinlich mitgehen. Sinkende Inzidenzen und das Fernweh machen es möglich."

Ich nicke, aber spüre gleichzeitig ein Kribbeln im Bauch. Mobiles Arbeiten? In Spanien? Kann mich mal jemand kneifen oder ist das nicht haargenau der Grund, wieso ich mich überhaupt erst selbstständig gemacht habe, aber was ich seit der Trennung von Jonas noch immer nicht in Angriff genommen habe?

Lola spricht einfach von Barcelona und ihren Plänen weiter, ohne mich dabei anzuschauen. Plötzlich dreht sie sich zu mir und ist so begeistert, als hätte sie gerade die Idee des Jahrhunderts gehabt: „Komm doch einfach mit!"

Leider ignoriere ich das erste Funkeln im Herzen (wie so oft) und tue das als Scherz ab. „Ach, ich weiß nicht, ob das deiner Freundin so Recht ist, wenn du mich jetzt einfach fragst. Klär das doch lieber erstmal mit ihr."

„Ach, Marie ist da nicht so! The more, the merrier! Ganz bestimmt. Aber ich frage sie mal."

Gut. Soll sie Marie mal fragen. So verschaffe ich mir Zeit. Zeit, um Ausreden zu finden und mich selbst zu sabotieren. Der „Hot Girl Summer"-Gedanke ist scheinbar doch noch nicht ganz bei mir angekommen. Schon am Abend kommt bereits eine Nachricht von Lola: „Ich habe mit Marie gesprochen und sie hat richtig Bock, das zu dritt zu machen. Also: Kommst du mit?"

Ich lege mein Handy wieder weg und gehe den ganzen Abend nicht mehr in WhatsApp. Lola wird bestimmt verstehen, dass ich erstmal eine Ausrede fi... ähh ... eine Nacht darüber schlafen muss. Und so beginnt mein Bullshit-Bingo wieder auf ein Neues: Kann ich mir das überhaupt leisten? Immerhin muss ich dann einen Monat lang doppelt Miete zahlen? Was, wenn wir uns nicht verstehen? Ich kenne Lolas Freundin kaum.

Warum überhaupt Barcelona? Ich war schon oft dort und kann mit der Stadt nichts anfangen. Barcelona ist so überlaufen, außerdem mag ich das Katalanische nicht und so schön ist die Stadt jetzt auch nicht. Es gibt viel aufregendere Städte in Spanien. Soll ich das wirklich machen, obwohl mir eine andere Stadt lieber wäre und das dann lieber allein durchziehen? Und außerdem: Was, wenn die Coronazahlen dort wieder hochgehen und wir dann in einem Lockdown in Spanien sitzen? Was, wenn

... Was, wenn ... Was, wenn ... Wow! Ich bin wahrlich ein Naturtalent, wenn es darum geht, Ausreden zu finden. Nein, ernsthaft. Ich kenne niemanden, der so akribisch darauf hinarbeitet, alle Rahmenbedingungen zu schaffen, um sich die eigenen Träume zu erfüllen und dann aber gleichzeitig die Gelegenheiten NICHT beim Schopf packt, wenn sie sich ergeben. Würde das eine Frau tun, die sich gerade vorgenommen hat, ihren „Hot Girl Summer" zu leben? Natürlich nicht. Ohne eine Entscheidung zu treffen, gehe ich erstmal schlafen.

Am nächsten Morgen schaue ich wieder auf mein Handy. Lola hat mir nochmal eine Nachricht geschrieben: „Melde dich mal, Girl. In zwei Wochen geht es ja theoretisch schon los und wir wollen heute mal nach einer Wohnung schauen. Bist du dabei?"

Außerdem hat sie den Screenshot ihrer Flugbuchung mitgeschickt. In nicht mal zwei Wochen um 12 Uhr ist Abflug. Erst fünf Wochen später dann der Rückflug.

Ich nehme einen tiefen Atemzug. Ich habe Angst. Angst, mich finanziell zu übernehmen (obwohl ich alles durchgerechnet habe und es passt) oder dass es mir nicht gefällt und ich mich unwohl fühle. Aber ich vertraue darauf, dass das Kribbeln im Bauch das richtige Zeichen war.

„Chase the Funke."

Bevor ich Lola antworte, buche ich in einem Moment, in dem der Kopf mal kurz Sendepause hat, denselben Flug, den die beiden zuvor gebucht haben. Jetzt gibt es kein Zurück mehr für mich.

„Ja, ich bin dabei.“, schreibe ich und schicke den Screenshot meiner Flugbuchung direkt hinterher, um jegliche Zweifel auf der anderen Seite direkt aus dem Weg zu räumen.

Ich bin alles andere als begeistert, dass es nach Barcelona geht, aber ich freue mich, dass ich auf dieses Kribbeln im Bauch ausnahmsweise mal „Ja“ gesagt habe.

Wer hätte auch ahnen können, dass das eine der besten Entscheidungen meines Lebens sein würde?

DAS DATE MIT DEM BWL-JUSTUS

Und dann geht alles ganz schnell: Nur zwei Wochen später sitze ich meiner Flugangst zum Trotze in einem Flieger Richtung Spanien. Aufgrund der Pandemie war ich seit über einem Jahr nicht mehr in meiner zweiten Heimat. Und ich habe es vermisst! Die Stimmung in Spanien, das gute Essen, Tinto de Veranos, die Sprache ... Ich liebe alles daran! Die Nacht vor unserem Abflug mache ich fast kein Auge zu. Viel zu aufgeregt bin ich über diese Gelegenheit, die sich mir da bietet: ein echtes Abenteuer. Fünf Wochen Spanien. Bei einer Art Workation – also Arbeit und Urlaub in einem Aufenthalt kombiniert. Genau das, was ich immer wollte. Die Kirsche on top dieser Erfahrung ist, dass ich mir vorgenommen habe, in Barcelona zu daten. Zum einen für meine immer beliebtere upDATES-Kolumne, aber eben auch, um meinen „Hot Girl Summer" zu leben. In Barcelona ist das Nachtleben fast wieder normal und ja: Ich freue mich zu flirten, zu knutschen und zu daten. Und ich habe es damit ziemlich eilig.

Wir sind gerade erst in Barcelona gelandet und sobald ich die erste Palme und den strahlendblauen Himmel da draußen sehe, kickt dieses „Hot Girl Summer"-Gefühl bei mir rein. Das bedeutet konkret: Während wir noch auf unsere Koffer warten, bin ich schon damit beschäftigt, die Männer auf Tinder auszuchecken. Ich bin schließlich schon seit dem Moment, in dem ich meinen Flug gebucht habe, neugierig, was oder besser gesagt wer mich in Spanien so erwartet. Ich möchte diesen Sommer neue Leute kennenlernen. Also warum nicht sofort damit anfangen? Und tatsächlich: Die Kofferausgabe hat noch nicht mal begonnen, da habe ich schon mein erstes Match mit Coen. Coen ist ein Niederländer, der erst vor einem Monat nach Barcelona gezogen ist. Ich bin sofort schockverliebt in seine Bilder: Er ist groß, blond und hat wirklich schöne blaue Augen. Er fackelt nicht lange und fragt, ob wir am Abend noch etwas trinken gehen wollen. Das geht mir dann aber doch etwas zu schnell. Der erste Abend gehört uns drei. Ich möchte mit Lola und Marie erstmal mit einem leckeren Tinto de Verano auf unser kleines Abenteuer anstoßen und gemütlich ankommen. Aber gleichzeitig habe ich mir auch vorgenommen, nicht mehr für alles Ausreden zu suchen und stattdessen die Zeit in Barcelona wirklich voll auszukosten. Also schlage ich einfach den nächsten Abend vor. Er ist dabei und schreibt: „So should we just get some drinks and sit on the beach?".

Ich schmelze noch ein bisschen mehr dahin, wenn ich mir vorstelle, dass ich morgen Abend am Strand sitze und ihm live und in Farbe in seine blauen Augen blicken werde. Den ganzen Tag freue ich mich auf das Date. Bier, Strand und ein netter Typ: Barcelona startet gut für mich. Und ich sage noch zu Marie und Lola: „Ich glaube, es kann eigentlich nichts passieren, dass er mir doch nicht gut gefällt. Ich bin echt ein bisschen geflasht."

Ich möchte die Vergangenheits-Vany durchschütteln und sie fragen: VON WAS? Von drei Bildern und der Tatsache, dass er ein Date am Strand vorgeschlagen hat? The bar is so low ... Es sollte nämlich doch ein wenig anders kommen. Denn auch, wenn der erste Eindruck noch immer stimmt, merke ich bei unserem Date nach und nach, dass wir überhaupt nicht auf einer Wellenlänge sind. Wahrscheinlich schwimmen wir nicht mal im selben Gewässer, so schlimm ist es. Nun kann man sich fragen: „Woran hadded jelegen?" War es vielleicht seine leicht negative Einstellung (nach dem dritten Mal meckern habe ich dann auch verstanden, dass er Barcelona eigentlich ziemlich kacke findet und sowieso nichts an seine Heimatstadt Amsterdam kommt) oder war es doch eher die Tatsache, dass er am liebsten den ganzen Abend nur über seine Karriere sprechen wollte? Zumindest habe ich in diesen Momenten so etwas wie ein Leuchten in seinen Augen aufkommen sehen ... Romantik kommt dadurch zwar keine auf, aber immerhin habe ich ungefragt einen Tipp bekommen, was in meinem Lebenslauf besser ausgesehen hätte. Schade nur, dass ich ja gar nicht mehr ändern kann, was ich 2012 so getrieben habe. Aber nein. Stopp, ich glaube mein persönliches Highlight war die kostenlose Nachhilfe in Sachen Humor gegen Ende des Dates. Ich verstehe ihn falsch, lache darüber und mache einen Witz. Er lacht nicht, nimmt erstmal einen Schluck Bier und erklärt mir danach seelenruhig, mit welcher anderen Pointe der Witz noch besser gewesen wäre. Ein richtiger Scherzkeks bist du, Coen. Dann verabschieden wir uns. Ich rufe Lola an und wir lachen darüber. Ich taufe ihn liebevoll BWL-Justus und weiß, dass sich unsere Wege nicht mehr kreuzen werden. Aber ich spüre, dass sich langsam etwas in mir verändert: Ich suche den Fehler nicht mehr bei mir und nehme so ein schlechtes Date nicht persönlich. Das habe ich sonst leider getan, erst kürzlich bei meinem Ego-Kummer mit Roman, aber vor allem dann, wenn mir ein Mann optisch so gut gefallen hat wie Coen. Ich frage mich jetzt aber nicht mehr, was ich hätte anders machen können, so dass er vielleicht doch mehr Interesse an mir gehabt hätte. Ich bereue meine schlechten Witze nicht. Stattdessen nutze ich so ein Date, um herauszufinden, was ich will und was ich nicht will und frage mich: Will ICH IHN überhaupt nochmal wiedersehen? Warum sollte ich jemandem gefallen wollen, mit dem ich scheinbar nichts gemeinsam habe, außer, dass wir zufällig zur selben Zeit am selben Ort sind? Und natürlich könnte ich jetzt traurig sein. Denn eines wäre das auf jeden Fall gewesen: die perfekte Summer-Romance. Es war das erste Match noch am Flughafen. Er ist optisch genau mein Typ. Es war mein allererstes Date in Barcelona. Daran hätte man richtig anknüpfen können. Wirklich perfekt und fast wie im Film. Und das ist eben auch der Punkt: In der eigenen Vorstellung romantisiert man solche Situationen und ist hinterher möglicherweise enttäuscht, wenn es dann anders kommt. Ich bin mir sicher, dass ich noch ganz viele hollywoodreife Momente in meinem Leben erleben werde. Dieser hier war keiner und das ist okay. Stattdessen laufe ich nach Hause und bin stolz auf mich: Ich habe das Date nicht wieder kurz vorher abgesagt. Ich war ganz ich selbst, habe mich wohl in meiner Haut gefühlt und bin mir sicher, dass ich das auch ausgestrahlt habe. Außerdem ist nicht alles schlecht: Ich habe den ganzen Abend Englisch geredet, was mir immer großen Spaß macht. Und ich habe meinen ersten Sonnenuntergang in Barcelona am Hafen gesehen. Vielleicht habe ich mich auch ein paar Mal selbst zum Lachen gebracht.

„Hot Girl Summer" bedeutet für mich auch, dass ich mir abends diese Fragen mit einem „Ja" beantworten kann: War ich heute ich selbst? Bin ich glücklich? Habe ich mich etwas getraut, vor dem ich Angst habe? Habe ich aus tiefstem Herzen gelacht?

Und bei all diesen Fragen ist es egal, ob man abends mit dem Ehemann einschläft oder mit einem süßen Holländer – oder doch wieder allein. Das Date mit Coen hat mich daran erinnert, dass keine Erwartungen zu haben immer eine gute Idee ist, vor allem aber daran, dass die Qualität meines Barcelona-Aufenthaltes oder allgemein meiner Lebensqualität nicht von einem Mann abhängig ist. Ich kann an diesem Abend schließlich alle Fragen mit einem klaren „Ja" beantworten und weiß, dass es trotz allem ein richtig guter Tag war. Es ist eben einfach gut, sich mal auf ein Abenteuer einzulassen und zu schauen, wohin die Reise führt. Für Coen führt seine Reise nach unserem Date noch zum Grocery-Shopping und für mich zu meinen Freundinnen und einem Tinto de Verano. Jackpot, Baby.

BARCELONA

Nach einer Woche hat sich der Alltag von uns dreien in Barcelona eingependelt: Tagsüber arbeiten wir zusammen an unserem großen Tisch, und das erste „Frühstück" ist ein leckerer Iced Coffee mit Hafermilch, den wir meistens gegen 10:30 Uhr gemeinsam auf unserem Balkon trinken, während uns die Sonne auf die Füße scheint (mehr Sonne kriegen wir dort morgens noch nicht ab). Irgendwann zwischen 12 und 14 Uhr machen wir unsere Mittagspause und auch die sieht fast immer gleich aus: Im obersten Stock unseres Gebäudes befindet sich – natürlich – eine Dachterrasse inkl. Pool. Dort brutzeln wir jeden Mittag zwischen 30 und 60 Minuten, bevor wir uns danach wieder ein paar Stunden an den Tisch setzen und weiterarbeiten. Am frühen Abend gehen wir entweder was essen, machen einen Spaziergang zum Strand, gehen ein wenig shoppen, machen ein paar Touri-Sachen oder gehen Tapas essen. In der ganzen Zeit in Barcelona denke ich vor allem ständig eins: Life is good. Life is soooooo good!

Es ist das erste Mal seit der Pandemie, dass wieder so etwas wie Normalität in meinem Leben herrscht. Ich rede nicht mehr nur von dieser Lebensfreude, sondern ich fühle sie endlich wieder. Ich habe das Gefühl, zur richtigen Zeit am richtigen Ort zu sein – mit den richtigen Leuten und zu den richtigen Umständen.

Auch mit Barcelona kann ich mich immer mehr anfreunden. Ich merke schnell, dass ich der Stadt Unrecht getan habe und es nur ein paar Anläufe gebraucht hat, bis ich sie wirklich verstehe. Barcelona bedeutet für mich vor allem Leichtigkeit und Freiheit. Während ich die letzten Monate zu Hause vor mich hingedümpelt bin und in meinem Trott gefangen war, erlebe ich in Barcelona einen Energieschub nach dem anderen. Es ist verrückt was dieser Tapetenwechsel mit mir macht. Ein bisschen Sonne und ein paar Tinto de Veranos in guter Gesellschaft bei Sonne und ich bin wieder glücklich. Aber eben nicht nur glücklich, sondern wieder so frisch in der Birne, dass ich wieder mehr schreibe.

Auf meinem Instagram-Account tippe ich jetzt nicht nur über mein (schlechtes) Dating-Leben, sondern habe angefangen, Fernsehformate in Kolumnen zusammenzufassen. Ich dachte immer: Wie passt das denn zusammen, wenn man als Autorin ernstgenommen werden will? Reality-TV ist doch ... irgendwie blöd?

Aber wie blöd ist es denn bitte, sich NICHT mit den Dingen zu beschäftigen, die einem Spaß machen? Auch, wenn andere es vielleicht als unseriös abtun würden.

Aber wir erinnern uns: Es ist vollkommen egal, was andere von dir denken. Und gerade hier in Barcelona kann ich dieses Gefühl von „scheiß drauf, was andere Leute als seriös empfinden und was nicht" mehr und mehr stärken. Hier bin ich nur eine von vielen und ich liebe die Anonymität. Das fängt schon bei kleinen Sachen wie der täglichen Klamottenwahl an: Während ich in Stuttgart oftmals sehr kritisch vor dem Spiegel stehe und mich vor allem im Sommer frage, ob ich mit diesem kurzen Kleidchen wirklich das Haus verlassen kann oder ob ich unter dem dünnen Top vielleicht doch lieber einen BH tragen sollte, da man sonst ja meine – Gott bewahre – Nippel sehen könnte, denke ich in Barcelona gar nicht über solche Fragen nach. Ich ziehe an worauf ich Lust habe, und fühle mich wohl. Man wird hier nicht dafür verurteilt, wer man ist – oder aber ich schaffe es hier besser zu ignorieren. Was es auch ist: Barcelona gibt mir ein Gefühl von Freiheit, das ich so lange vermisst habe, und wenn es nur eine Sache gibt, die ich nach der Trennung von Jonas wirklich gesucht habe, dann ist es dieses Gefühl hier.

Ich spüre, wie ich von Tag zu Tag mehr von der spanischen Sonne aufsauge und wie gut es mir tut, hier zu sein. All diese positiven Gedanken und neugefundene Kreativität fließen in meine Arbeit auf Instagram ein und der Erfolg zeigt sich bald: In dieser Zeit in Barcelona knacke ich meine ersten 10.000 Follower. Nur wenige Monate später wird mein virtuelles Sims-Traumleben, in das ich mich die ersten Monate nach der Trennung gestürzt habe, meine waschechte Realität sein. Das Einzige, was sich zu der Simulation von damals unterscheidet: Ich wusste nicht, welche wichtige Rolle Barcelona noch in meinem Leben spielen würde. Und 54 Babys habe ich selbstverständlich im echten Leben auch nicht aus mir herausgepresst.

DIE SCHATTENSEITEN MEINES SINGLE-LEBENS

Lola ist wunderschön. Sie ist vor allem eine sehr natürliche Frau. Selbst wenn wir ausgehen, schminkt sie sich kaum und sieht trotzdem großartig aus. Viele Frauen unterspritzen sich aktuell die Lippen, damit diese voller aussehen. Aber Lola braucht das nicht. Der liebe Gott segnete sie mit einem natürlichen Schmollmund. Und als ob das noch nicht genug wäre, hat Lola auch noch eine tolle Figur, ist generell sehr sportlich und weiß, wie „es“ geht. Ich kann gut verstehen, was Männer in ihr sehen. Denn wenn wir am Wochenende um die Häuser ziehen, dann steht Lola nicht lange allein rum. Irgendjemand verwickelt sie immer in ein Gespräch. Und was ich an Lola besonders mag: Egal, wer sie anspricht, sie bleibt dabei immer freundlich. Es geht ihr in erster Linie darum, eine gute Zeit zu haben, neue Leute kennen zu lernen, ein bisschen Spanisch zu reden und „Anschluss“ zu finden. Und den finden wir Dank ihr tatsächlich schnell. Am ersten Abend landen wir auf einer Hausparty, weil sie mit einem Italiener ins Gespräch kommt. Am zweiten Abend, an dem wir ausgehen, werden wir auf eine Grillparty bei drei Kolumbianern eingeladen, die direkt an der Sagrada Familia wohnen.

Ein anderes Mal bekommen wir den ganzen Abend kostenlose Drinks, weil sie den Barkeeper eines Clubs auf Tinder kennen gelernt hat und das ihr erstes „Date“ mit ihm ist. Ich bin mir sicher, dass unsere Zeit in Barcelona auch deswegen so schön war, weil Lola mit dabei und die treibende Kraft in unserer Runde war, wenn es darum ging auszugehen und Menschen kennenzulernen. Manchmal habe ich mit Lola gescherzt und ihr gesagt, dass sie der Main Character in diesem Film namens „Hot Girl Summer“ ist und Marie und ich nur die Nebenrollen spielen. Denn sie kostet die Zeit in Barcelona so aus, wie ich es mir auch für mich gewünscht habe. Stattdessen merke ich, wie mit jedem Barbesuch am Wochenende mein Selbstwertgefühl immer weiter in den Keller sinkt. Ich kann mir nicht helfen, aber ich denke immer öfters: Warum werde ich eigentlich nur so selten angesprochen, wenn wir ausgehen? Sehe ich echt so scheiße aus?

An einem Abend ist es besonders schlimm. Wie immer machen wir uns samstags gemeinsam fertig, hören unsere liebsten Bachata-Lieder rauf und runter und trinken nebenher einen Tinto de Verano. Die Vorstellung, dass wir gleich auf der Carrer del Born einen Mojito trinken werden, man auch nachts noch ohne Probleme kurze Sache tragen kann, ohne zu frieren und wieder viel los sein wird, tut ihr Übriges. Unsere Stimmung ist bombastisch! Nur wenige Minuten später sind wir an unserer Zielbar angekommen und wie immer dauert es nicht lange, bis sich ein paar Typen um Lola scharen. Dieses Mal sind sie aus Argentinien und gefühlt alle von ihnen haben ein Auge auf sie geworfen. Kurze Zeit später entscheiden sich zwei von ihnen für ein Gespräch mit

Marie. Und während ich versuche, mich immer an passender Stelle einzubringen, merke ich, wie ich nicht mal eines Blickes von ihnen gewürdigt werde. Ich fühle mich, als wäre es total egal, ob ich gerade da bin oder nicht. Es ist, als wäre ich unsichtbar. Und das ist ein richtig beschissenes Gefühl. Ich möchte diese fremden Typen anschreien und ihnen sagen, dass das verdammt nochmal unhöflich ist, was sie da gerade machen und dass ich mich sicherlich nicht sofort verlieben werde, nur weil sie mir das Mindestmaß an Höflichkeit und Respekt entgegenbringen. Aber ich sage nichts und nippe mit gesenktem Blick hin und wieder an meinem Mojito. Ich warte, bis sich die Situation möglicherweise von selbst auflöst. Manchmal ist es ja nur das: ein Gespräch mit einem fremden Menschen, ohne dass es zu etwas führen muss. Aber dieses Gespräch zieht sich immer mehr in die Länge und von meinem Mojito ist inzwischen nichts anderes mehr übriggeblieben als das Eis. Meine Laune ist im Keller und ich hasse es, diese Person zu sein, die wie eine Außenstehende auf das Geschehen blickt, während alle anderen offensichtlich Spaß haben. Gleichzeitig möchte ich aber auch niemandem etwas kaputt machen, denn Lola und Marie haben Gefallen an den Argentinos gefunden, und es sei ihnen von Herzen gegönnt. Als die beiden dann noch mit ihnen weiterziehen wollen, klinke ich mich aber aus. Ich nehme mir ein Taxi und fahre allein zurück nach Hause. Die Wahrheit ist, dass ich keine Lust habe, mich weiterhin wie das fünfte Rad am Wagen zu fühlen.

Als ich mich zu Hause in mein Bett fallen lasse, denke ich darüber nach, was da gerade passiert ist. Ich bin wütend auf mich selbst, dass ich fremden dahergelaufenen Dudes aus Argentinien so viel Macht erlaube, MIR ein schlechtes Gefühl zu geben. Wahrscheinlich gehört das aber dazu zum Single-Sein: Jede einzelne Unsicherheit, die man hat, wird einem auf irgendeine Art und Weise gespiegelt. Vielleicht schlummern die „Was, wenn ich nicht gefalle?"-Selbstzweifelkäferchen doch tiefer in mir, als ich glaube. Vielleicht ist meine Herausforderung, endlich Frieden mit mir selbst zu schließen, um mich von solchen Momenten nicht aus der Bahn werfen zu lassen. Und dann ploppt schnell mal dieser Gedanke auf: „Wieso hat es mit Jonas nicht einfach klappen können? Es war alles so einfach." Und das stimmt schon. Wenn man jahrelang in einer Beziehung war, in der man sich blind versteht, kommt es nicht mehr nur auf Äußerlichkeiten an. Man muss sich auch diesem Kampf nicht mehr stellen, der Online-Dating nun mal manchmal ist, andere Menschen von sich überzeugen zu müssen. Es IST einfacher, ja. Aber glücklicher war ich deswegen nicht. Und das weiß ich ganz genau. Es hilft also nur eins an solchen Abenden: Hinschauen, wenn solche blöden Gedanken auftauchen, mich selbst weiter lieben lernen und darauf vertrauen, dass ich eines Tages eine wunderschöne Beziehung haben werde – zu mir selbst!

ADAM

Lola, Marie und ich haben übers Wochenende Besuch von unserer Freundin Adriana. Adriana, Lola und ich kennen uns schon über 15 Jahre aus Schulzeiten und obwohl wir recht unterschiedlich sind und auch unterschiedliche Wege in unserem Leben eingeschlagen haben, verstehen wir uns sehr gut.

Die Freude ist groß, als wir sie endlich an der Bushaltestelle in unserem Viertel El Raval abholen und ihr unseren Plan fürs Wochenende erklären. Wir möchten, dass sie Barcelona so authentisch wie möglich erlebt – und damit meinen wir, dass sie Barcelona so erleben soll, wie wir es gerade erleben: alltäglich, routininiert und lässig. Sprich: So wenig „Touri-Sachen“ wie möglich bitte. Stattdessen stehen Freitagabend-Drinks auf der Carrer del Born an, am Samstag machen wir eine kleine Tour durchs Raval, im Anschluss holen wir uns Empanadas bei „La Fabrica“, machen einen kleinen Stopp im Parque de la Ciutadella und abends probieren wir uns auf der Calle de Pinxos durch, bis uns der Bauch weh tut. Und natürlich gibt es dazwischen genügend Tinto de Verano – zur Erfrischung! Lola und ich sind ganz aufgeregt und erzählen Adriana von ihrem bevorstehenden, bereits durchgetakteten (ziemlich lässig, was?) Wochenende auf dem Weg zurück in unsere Wohnung.

Adriana zieht ihren Handgepäckskoffer hinter sich her, und als wir an einer Ampel stehen, sagt sie vorsichtig: „Okay, das klingt ja alles gut ...".

Lola und ich schauen sie an und sagen fast gleichzeitig: „... aber?"

„Nichts aber!", sagt Adriana, „Obwohl ... naja, ich weiß nicht genau, wie ich es sagen soll. Ich weiß, dass ihr nicht begeistert sein werdet. Aber heute Abend spielt Italien gegen England und ich würde das Spiel gerne anschauen. Das erste Bier geht auch auf mich!"

Wie konnte ich das vergessen? Normalerweise bin ich bei einer WM die Erste, die die Fahnen schwingt, sich irgendwelche Flaggen ins Gesicht malt und daraus ein richtiges Happening macht (Fußball-WMs eignen sich einfach zu gut für kleine und große Partys). Aber dieses Mal ist es komplett an mir vorbeigegangen. Sonst hätte ich das von vornherein in unseren Plan aufgenommen – ich weiß ja, dass Adriana das wichtig ist. Sie ist immerhin Italienerin und hat jahrelang Fußball gespielt. Man muss jetzt kein Genie sein, um zu erkennen, dass wir das machen müssen. Lust haben weder Lola, Marie noch ich so wirklich, aber wir machen es natürlich und sind guter Dinge, am Abend das Spiel anzuschauen.

Aber Barcelona macht es uns dabei nicht leicht. Natürlich haben wir vorher unseren „Anschluss" (aka Lolas neuste Bekanntschaft, die sie mittags beim Sonnenbaden auf unserer Dachterrasse kennengelernt hatte) gefragt, aber die ausgewählte Bar, bei der diese Bekanntschaft auf uns wartet, hat aufgrund von Covid-Bestimmungen den Einlass gestoppt. Also machen wir uns auf den Weg, so schnell wie möglich eine neue Bar zu finden. Das Spiel hat nämlich bereits angefangen und Adriana checkt, während wir durch die Straßen Barcelonas irren, immer wieder ihren Live-Ticker, um auch nichts zu verpassen.

Und dann sehen wir endlich ein Licht am Ende des Tunnels: das McCarthys auf der Via Laietana. Ein typischer Irish Pub, in dem nicht ganz so viel los ist, aber in dem eben das für Adriana so wichtige Länderspiel läuft. Was wir nicht sehen: Italiener, die sich das Spiel anschauen. Was wir stattdessen sehen: einen Pub voller Briten, die für Englands Einzug ins Viertelfinale mitfiebern. Mit anderen Worten: Ich bin im Paradies. Schon immer habe ich ein Faible für Briten. Oder besser gesagt ihre Art zu sprechen. British English lässt mich dahinschmelzen. Adriana kann in Ruhe das Spiel schauen und Lola, Marie und ich trinken einen Aperol Spritz (in einem Irish Pub) und machen das Beste aus der Situation. Das bedeutet: Wir halten ein bisschen Ausschau nach süßen Briten. Ich nehme einen Schluck von meinem Aperol Spritz und drehe mich um, um nach Adriana zu sehen. Lola ist bereits in ein Gespräch verwickelt, während ich versuche, aufkommende negative Gedanken wegzutrinken und mich nicht sofort wieder unsichtbar zu fühlen, als ein Typ an mir vorbeiläuft und mich anlächelt. Seine Augen sind strahlend blau und sein Lächeln ist sehr süß. Beim Weglaufen dreht er sich noch einmal um, um mich anzulächeln. Dann taucht er in der Menge unter. Ich bin inzwischen bei meinem dritten Aperol Spritz angekommen, und auch wenn ich kein Fußballfan bin: Marie und ich haben Spaß. Lola auch. Sie wurde an diesem Abend bereits von einem Isländer nach Reykjavik eingeladen, da er ihr unbedingt seine Schaffarm zeigen will. Sie erzählt uns ganz aufgeregt davon und ich weiß nicht, ob es der Aperol ist, der aus ihr spricht oder ob sie sich doch plötzlich für Schafswolle interessiert, aber sie zieht ernsthaft in Erwägung, nach unserem gemeinsamen Trip nach Island zu gehen. Um die Kultur dort kennenzulernen und mal auf einer Farm gearbeitet zu haben. Und weil der Isländer so süß ist. Natürlich.

Dann sehe ich aus dem Augenwinkel heraus, wie dieser süße Typ von vorhin wieder in meine Richtung läuft. Ich schaue ihm direkt in die Augen und lächle in der Hoffnung, dass das gerade einigermaßen verführerisch und so wenig peinlich wie möglich aussieht. Er stoppt direkt vor mir und sagt: „You have a beautiful smile!" Und da sehe ich erst, wie gut er mir auch noch aus der Nähe betrachtet gefällt. Er ist größer als ich, hat dunkle Haare, schöne Lippen, und vor allem diese blauen Augen haben es mir angetan.

„Where are you from?", sagt er und das war der Moment, wo dieses Länderspiel für mich so richtig uninteressant wurde. Weder ich noch er warfen nach diesem Spruch auch nur noch einen Blick auf die Leinwand.

DER ZAUBER EINES FLIRTS IN EINER BAR

Wir unterhalten uns den ganzen Abend. Sein Name ist Adam, er kommt eigentlich aus der Nähe von London, aber wohnt jetzt seit ein paar Wochen in Barcelona. Ich liebe seinen britischen Akzent ... Das war ja zu erwarten, dass ich allein deswegen an seinen Lippen hängen werde. Aber ich merke auch schnell, dass ich ihn wirklich interessant finde. Ich bewundere ihn für seine Entscheidung, nach Barcelona zu ziehen. Er sagt mir, dass er Spanien liebt und sowieso mehrere Monate im Jahr in Spanien verbringt. Das hat in der Vergangenheit deswegen so gut funktioniert, da er selbstständig ist und von überall aus arbeiten kann.

„Hat hier gerade jemand meinen Traummann gebacken?“, frage ich mich, während ich nicht aufhören kann, in diese blauen Augen zu schauen. Er erzählt mir, dass er die letzten Jahre auch in verschiedenen Vierteln von Barcelona gewohnt hat, um zu sehen, welche Gegend ihm am besten gefällt. Nun hat er sich ein schickes Apartement in El Poblenou angemietet – dort fühlt er sich wohl. Und ich kann es verstehen: Am Platja Bogatell gehen wir immer zum Strand. Der Weg ist zwar etwas weiter für uns, aber es lohnt sich allemal, als schon am Barceloneta den Strand-Stopp einzulegen. Die Zeit mit ihm vergeht wie im Flug, bis ich merke, wie mir jemand auf die Schulter tippt. „Ich störe ja wirklich nur ungern, aber wir würden jetzt weiterziehen. Das Spiel ist ja schon eine Weile vorbei ..." Ich schaue auf den Bildschirm und bin innerlich dankbar, dass meine Freundinnen mir noch etwas Zeit gegönnt haben. Adam versteht natürlich kein Deutsch, aber er sieht, dass meine Freundinnen in Aufbruchsstimmung sind.

„Next time you're at Platja Bogatell, let me know!", sagt er. Ich spüre, dass das ein „Jetzt oder nie"-Moment ist. Wenn ich ihn nicht nach seiner Nummer frage, dann werde ich das für immer bereuen. In meinem Inneren geht ein kleiner Kampf los: Das „Frag ihn nach seiner Nummer"-Engelchen kämpft mit meinem „Warum frägt er dich denn nicht nach DEINER Nummer?"-Ego-Teufelchen. Ich verdanke es letzten Endes wahrscheinlich den drei Aperol Spritz, die mir zu Kopf steigen, aber tatsächlich nehme ich meinen ganzen Mut zusammen, schaue ihm tief in die Augen und sage: „And how can I let you know?". Er lacht und ich meine zu erkennen, dass er froh darüber ist, dass ich ihn das frage. Er schnappt sich mein Handy und tippt seine Nummer ein. Beim Abschied drückt er mich noch einmal fest an sich und verspricht mir, sich zu melden. Während ich mich an den vergangenen Abenden oft unsichtbar gefühlt habe, hat Adam mich gesehen. Ich gebe zu: Das tut gut.

Den restlichen Abend verbringen wir im Club „Bonbon". Ich tanze so ausgelassen wie schon lange nicht mehr und fühle mich gut. Und ich trinke und trinke und trinke ... So sehr, dass ich mich um fünf Uhr neben Adriana ins Bett fallen lasse. Sie hatte uns schon etwas früher verlassen, da sie müde war, und schläft schon. Leider wecke ich sie, da ich im Dunkeln über meine eigenen Füße stolpere und dabei natürlich sehr laut bin. Sie erschreckt sich, murmelt ein „Wie spät ist es eigentlich?“ vor sich hin (ich glaube zumindest, dass sie das sagt) und legt sich wieder hin.

„Hey, jetzt wo du gerade schon wach bist ...“ Ich muss diese Gelegenheit selbstverständlich nutzen, um ihr von meinem neuen Traummann zu erzählen.

„Hm?“ Adriana hat die Augen noch immer geschlossen, aber zieht ihre Augenbrauen nach oben. Das zeigt mir, dass sie aufnahmefähig ist. Ich erzähle ihr von der Begegnung mit Adam und wie schön das für mich war. Sie hört zu. Oder sie ist wieder eingeschlafen. Das ist nicht so wichtig. Ich möchte mich einfach nur mitteilen und freuen. Und während ich in meinem Monolog bin, habe ich auf einmal eine grandiose Idee. Adam hat mir seine Nummer gegeben, also könnte ich ja sein WhatsApp-Bild sehen. Das wird meine imaginären Szenarios vor dem Einschlafen nochmal richtig schön anfeuern. Ich suche seinen Namen auf WhatsApp, doch ich finde ihn nicht. „Oh mein Gott, Adriana. Aaron hat mir wirklich eine falsche Nummer gegeben. Ich bin so traurig.“

Und tatsächlich: Fast beginne ich zu weinen. Aber auf Adriana ist Verlass. Sie tut nicht nur so, als ob sie zuhört, sondern ist wirklich mit allen Sinnen dabei. Sogar ich bin überrascht von meiner eigenen Dummheit, als sie (noch immer mit geschlossenen Augen) sagt: „Aaron? Warum Aaron? Hast du nicht die ganze Zeit gesagt, dass er Adam heißt?“. Ein Stein fällt mir vom Herzen! Ich bin so betrunken, dass ich mich in mein eigenes Ego-Kummer-Problem stürze. Und das auch noch unbegründet!

Denn einen Adam finde ich tatsächlich auf WhatsApp und sein Profilbild gefällt mir. Sehr sogar. Ich schmachte es ein paar Sekunden an, als ich eine neue WhatsApp-Nachricht bekomme. Spielt mir mein Kopf schon wieder irgendwelche Streiche oder habe ich just in diesem Moment gerade eine Nachricht von Adam erhalten? Nein, es stimmt wirklich. Wir müssen Seelenverwandte sein, denn diese Art von Gedankenübertragung ist ... einzigartig!

„Hello Vanessa, this is Adam! We met in the McCarthy-Bar tonight. It would be nice to see you again. What are you doing this Sunday?"

Aaron, äh Adam hat sich tatsächlich bei mir gemeldet und möchte mich wieder sehen. Könnte ich wohl glücklicher einschlafen als in diesem Moment?

I DOUBT IT!

DAS PERFEKTE ERSTE DATE

Nur wenige Tage später ist es schon so weit: Ich sehe Adam wieder! Den ganzen Tag freue ich mich schon riesig auf dieses Date und wie immer bin ich viel zu früh fertig. Ich trage ein rotes Midi-Kleid und ich habe lange gewartet, bis ich dieses Kleid in Barcelona endlich anziehen kann, weil ich es vor allem dann an mir mag, wenn meine Haut etwas gebräunt ist. Nach zwei Wochen Mittagspause am Pool gefällt mir mein Hautton immer besser und ich bin bereit für dieses Kleid. Für mich gibt es auch keinen schöneren Anlass als das Date mit diesem charmanten Briten mit den schönen blauen Augen. Marie und Lola sitzen auf unserem Balkon. Für den obligatorischen Outfit-Check vor einem Date stolziere ich auf sie zu und werfe die Haare in den Nacken.

„Na? Wie gefalle ich euch?“, frage ich.

„Du siehst richtig gut aus, Girl!“

Ich drehe mich noch einmal im Kreis, damit sie dieses tolle Kleid nochmal aus allen Blickwinkeln bestaunen können. Es freut mich, dass sie mich pushen, aber heute fühle ich mich auch richtig gut!

„Ich habe dir schon mal einen Tinto de Verano gemischt. Für die Nerven!“

Lola drückt mir mein Glas in die Hand und ich bin in der Tat sehr dankbar dafür. Denn ich bin generell vor jedem Date nervös. Aber dieses Mal ... Dieses Mal ist es auch noch Adam. Irgendwie ist er schon jetzt etwas Besonderes für mich. Noch bevor wir uns treffen, imponiert mir schon eine Sache: Er hat die gesamte Planung für dieses Date in die Hand genommen. Er hat mir gesagt, wann ich wo sein soll und hat sich darum gekümmert, dass alles reibungslos funktioniert. Das weiß ich zu schätzen. In Stuttgart habe ich oft das Problem, dass ich Typen von außerhalb der Stadt date, die sich nicht wirklich auskennen und dann Erwartungen an mich haben, dass ich alles organisiere. Dabei finde ich es schöner, wenn ich mich fallen lassen kann und auch mal jemand anderes fürs Pläneschmieden zuständig ist. So wie Adam zum Beispiel.

Ich nehme die Metro und steige bei ihm in El Poblenou aus. Er wartet schon auf mich am Ausgang der Metro und seine blauen Augen strahlen mich schon aus der Ferne an (ich höre bald auf, die blauen Augen ständig zu betonen, versprochen!).

„I love your dress!“, sagt er und gibt mir zur Begrüßung einen Kuss auf die Wange. Und ich denke mir nur, dass ich mich dringend mal zusammenreißen muss, weil ich ihn eigentlich gar nicht kenne und jetzt schon so hin und weg bin. Auf der anderen Seite ist es schön, mal wieder so von jemandem geflasht zu sein. Wir spazieren zuerst am Strand entlang und setzen uns dann noch in eine kleine Strandbar. Wir haben so viele Gemeinsamkeiten – unter anderem denselben Lieblingscocktail. Also bestellen wir Piña Coladas und stoßen auf unser Wiedersehen an. Mit Blick auf das Meer, während die Sonne untergeht. Klingt kitschig? Es wird noch besser. Als die Sonne sich endgültig verabschiedet hat und es dunkel ist, beginnt in bester Aussicht direkt vor uns ein Feuerwerk. Beim Bachelor würde das locker als halbes Dream-Date durchgehen! Ich mag Adam. Er bringt mich zum Lachen und er lacht über meine Witze. Er gibt mir ein gutes Gefühl. Er legt seine Hand auf mein Knie, aber nicht so, dass es zu früh oder gar unangenehm ist, sondern er macht es genau richtig. Auch die Komplimente, die er mir macht, sind genau die richtigen. Schon wieder fühle ich mich von ihm vor allem eins: gesehen. Das kann er wirklich gut. Aber es ist nicht nur das. Wir haben ähnliche Vorstellungen davon, wie unser Leben aussehen soll. Er ist, genauso wie ich, ein kleiner Freigeist und so weit weg von dieser schwäbischen „Schaffe, schaffe, Häusle baue"-Mentalität, wie es mir guttut. Und wem mache ich was vor? Er sieht verdammt gut aus. Es herrscht einfach dieser besondere Vibe zwischen uns, den man so selten bei ersten Dates hat. Wo alles passt, und man spürt, dass das hier nicht das letzte Mal ist, dass man sich sieht. Ich nehme einen Schluck von meinem Cocktail und spüre seinen Blick auf mir.

„What are you doing on Tuesday? I would like to watch the sunset at the Bunkers with you."

Sonnenuntergang bei den Bunkers? Das ist ja wohl die romantischste Date-Location in ganz Barcelona! Natürlich habe ich Lust, ihn wieder zu sehen und vor allem freut es mich, dass wir auch schon ein zweites Date vor uns haben. Die Zeit mit ihm verfliegt wie im Flug und irgendwann ist es so spät, dass der Chiringuito – also die

Strandbar – dabei ist zu schließen. Ein guter Aufhänger, um sich zu verabschieden. Er bezahlt schnell für die Drinks und wir laufen noch ein Stück zusammen am Strand entlang. Dann ruft er mir – wie der Gentleman, der er nun mal ist, ein Uber und wartet, bis es da ist. Während wir warten, zieht er mich plötzlich zu sich. Er schaut mich an und lächelt wieder. Ich weiß, dass es gleich passieren wird und bin so aufgeregt, als wäre es mein erster Kuss. Auf eine Art ist es das sogar. Aber ich habe (zum Glück) keine Zeit, um viel darüber nachzudenken. Noch bevor ich in Panik verfalle und mich frage, ob man küssen eigentlich verlernen kann, macht Adam den ersten Schritt und küsst mich einfach. Es ist ein Kuss, der definitiv Lust auf mehr macht, ohne dass dieses „mehr" noch am selben Abend passieren muss. Es ist das erste Mal seit Jonas, dass ich knutsche. Und auch, wenn ich monatelang dachte, dass ich sowas wie ein Kribbeln im Bauch gar nicht mehr fühlen könnte, werde ich in diesem Moment eines Besseren belehrt: Mein ganzer Körper kribbelt und ich liebe alles an diesem Moment. Und vor allem an dem Bild, an das ich mich wahrscheinlich für immer erinnern werde: Ich stehe in meinem roten Kleid am Strand in El Poblenou in Barcelona, hatte gerade ein tolles Date, bei dem ich unglaublich viel gelacht habe und bei dem ich mich gut und begehrenswert gefühlt habe und knutsche mit einem Briten. Kann es irgendwie besser sein?

Auf dem Nachhauseweg grinse ich wie ein Honigkuchenpferd bis über beide Ohren. Ich habe das Gefühl, dass das hier der Anfang von etwas ganz Großem ist.

Schließlich hat er das zweite Date vorgeschlagen, hat mir den ganzen Abend Komplimente gemacht, mich zum Lachen gebracht und mir ein gutes Gefühl gegeben. Ich will mein Glück und meine Gefühle in die ganze Welt rausschreien. Innerlich wiederhole ich einen Satz immer und immer wieder: Endlich bekomme auch ich meine Barcelona-Liebesgeschichte! Endlich! Hätte ich doch nur gewusst, dass das mein letztes Dream-Date mit Adam war und er leider keine Rose mehr für mich hat.

DIE WICHTIGSTE REGEL BEIM DATEN

Wie schnell soll ich wieder auf dem Boden der Tatsachen landen? Mein Leben: JA!

Wer jetzt die große Liebesgeschichte erwartet hat, der wird wahrscheinlich genauso enttäuscht sein wie ich, ungefähr zwei Tage nach dem traumhaften Date mit Adam. eR iSt EtWaS BeSonDeReS FüR MiCh mimimi und blablabla. Manchmal möchte ich mich gerne selbst ohrfeigen, wenn ich mich mal wieder so schnell in etwas reinsteigere. Denn nur eins ist klar: Es wird kein Wiedersehen zwischen mir und Adam geben. Woran hadded jelegen, mag man sich fragen. Nun ja. Ich weiß es nicht. Vielleicht war es zu schnell zu schön. Oder vielleicht hatte er auch einfach kein Interesse an mir. Egal, woran es lag: Alles wäre besser gewesen, als so geghostet zu werden wie ich von Adam. Es ist das erste Mal seit Jonas, dass mir das passiert.

Ghosting bedeutet nichts anderes, als dass ein anderer Mensch sich von jetzt auf gleich nie wieder bei dir meldet. Du weißt nicht, was los ist, weil in einem Moment noch alles gut war, während du im nächsten Moment nie wieder etwas von der Person hörst. Das fühlt sich scheiße an. Egal, ob man dabei schon mehrere Dates hatte und dann geghostet wird oder wenn es nach einem richtig guten ersten Date passiert. Was soll das überhaupt?

Warum kann man nicht einfach dazu stehen und sagen: „Ich fand es auch nett (oder was auch immer), aber ich habe gemerkt, dass der Funke nicht übergesprungen ist. Ich wünsche dir noch eine gute Zeit in Barcelona (oder sonst wo auf dieser Welt)." Bricht man sich wirklich einen Zacken aus der Krone, wenn man ein wenig Ehrlichkeit an den Tag legt und seinen Mitmenschen mit Würde und Respekt begegnet? Na gut, vielleicht übertreibe ich auch etwas. Aber ich bin eben ein strikter „Ghosting-Gegner". Meiner Meinung nach geht das nur in zwei Fällen klar: Entweder du hast schon einmal kommuniziert, dass du kein Interesse hast, und dein Gegenüber will es nicht verstehen. Dann ist Ignorieren oder sogar Blockieren der beste Weg. Oder Möglichkeit Nr. 2: Es besteht auf beiden Seiten kein Interesse und man ghostet sich gegenseitig. Das ist fein. Keiner muss einen Korb kassieren, nach dem er nicht gefragt hat. Aber in Adams und meinem Fall sieht das anders aus. Bei unserem Date hatte er mir tief in die Augen geblickt und mir erst ein Kompliment für meine schönen Augen gemacht und dann gesagt, wie sehr er den Abend mit mir genießt.

„I am having a really good time with you.", sagte er mit seinem britischen Akzent.

Aber es ist nicht nur die Tatsache, dass er beim ersten Date bereits vom zweiten sprach. Es ist auch die Tatsache, dass er weiterdachte als das. Er sprach davon, mich in Stuttgart zu besuchen. Er bot mir an, dass ich jederzeit zurück nach Barcelona kommen könne und es immer einen Platz für mich bei ihm gäbe. Es ist nicht so, dass er das freundschaftlich gemeint haben könnte. Das ist ausgeschlossen. Es war ein richtiges Date, er suchte schließlich den Körperkontakt. Nur um sich dann nie wieder bei mir zu melden und mich fallen zu lassen wie eine heiße Kartoffel. Autsch. Da schwimmt meine Barceloan Love Story mit dem fließend spanisch sprechenden Briten, der ortsunabhängig arbeiten kann und in Barcelona wohnt, dahin. Das tut weh. Dieses Mal ist es ein bisschen mehr als nur Ego-Kummer. Es kommt noch eine gute Portion „We could have been so good together"-Kummer dazu. Denn natürlich spinnt man sowas direkt weiter. Ich habe mich schon mit Adam und einem guten Wein auf den Bunkers beim Sonnenuntergang gesehen. Ich habe mich schon zwischen Stuttgart und Barcelona pendeln sehen. Ich habe mich schon einen perfekten britischen Akzent entwickeln sehen. Ich habe mich schon wieder einen Boyfriend haben sehen. We could have been so good together.

Zwei Monate später sitze ich in Stuttgart nach dem Feiern mit Lola und Marie ein wenig betrunken beim Shawarma-Mann unseres Vertrauens und sage wie aus dem Nichts: „Schon blöd von Adam, mich so abzuservieren ... Ich brauche ‚Closure'!" Es ist verrückt, dass ich nach sieben Jahren Beziehung zwei Tage Liebeskummer habe und nach EINEM Date mit einem dahergelaufenen Briten, zwei Monate nachdem ich geghostet wurde, immer noch an ihn denke. Die Wahrheit ist: Natürlich wäre ich gerne die coole Single-Frau, die einen Korb ganz easy wegsteckt, sich die Krone richtet und wieder weiter macht, als wäre nie etwas passiert. Aber hier brauche ich einen „Rachel Green Moment“. Wir alle erinnern uns doch an ihre betrunkene Nachricht an Ross, dem legendären „You are over me? When were you under me?“ und der Tatsache, dass Rachel mit Ross offiziell abschließen musste, um ihren Frieden zu finden. Nun sind Vany und Adam bei Weitem nicht Rachel und Ross, aber trotzdem: Ich muss irgendwie mit Adam abschließen und ich will wissen, wo wir an unserem für mich perfekt empfundenen Date falsch abgebogen sind. Also formuliere ich eine Nachricht, meine Freundinnen nicken ab und versprechen mir, dass es nicht peinlich ist, und ich verschicke sie. Eine Antwort erhalte ich darauf nie. Aber ein paar Wochen später lädt Adam ein Foto auf Instagram hoch. Er hat es in Madrid aufgenommen, in seinen Armen hält er eine schöne Blondine und er bedankt sich in der Caption für die letzten sechs Monate, die mit ihr angeblich einfach wundervoll waren. Nun ja, so wundervoll kann es nicht gewesen sein, wenn er mich vor zwei Monaten noch geküsst hat. Aber wenigstens weiß ich nun, dass es nicht daran lag, dass ich möglicherweise Mundgeruch hatte und ihn bei unserer Knutscherei damit verscheucht habe. Es lag nicht an mir, Adam ist einfach ein Arsch. Vor allem seiner Freundin gegenüber.

Jeder wird mal geghostet. Alle meine Freundinnen wurden mindestens einmal geghostet. Es kann jedem passieren und hat in den wenigsten Fällen etwas damit zu tun, wie man sich verhalten hat. Es ist ein schwacher Move von demjenigen, der ghostet, und es tut gut zu wissen, dass man damit nicht allein ist. Aber was ich wirklich aus diesem Date mitnehme, ist, dass ich mich wieder an meine einzige Dating-Regel zurückerinnere. Denn noch bevor ich realisiere, dass Adam mich gerade geghostet hat, besteht mein Alltag vor allem damit: mich zu fragen, wieso er sich nicht meldet, ob ihm wohl etwas passiert ist, ob er sein Handy verloren hat und meine Nachricht einfach nicht bekommen hat oder sonst wie sein Verhalten zu rechtfertigen. ABER: Wenn er dich wirklich mag, dann weißt du es. Wenn er dich wirklich mag, dann musst du nichts überanalysieren, seine Nachrichten oder die Abwesenheit derer interpretieren, Entschuldigungen für sein Verhalten suchen, dich fragen, ob er womöglich einen tragischen Autounfall hatte, dir unsicher sein, ob er dies und jenes so oder so gemeint haben könnte und so weiter und so fort. Das alles sind Spielchen. Und ich will klare Signale. Und gleichzeitig verliere ich langsam die Lust am Dating in Barcelona. Ich sage mir selbst: Das war's jetzt mit deinem „Main Character"-Moment. Wir haben nur noch viel zu wenige Tage hier, um eine echte Liebesgeschichte zu erleben. Warum sich jetzt noch anstrengen? Aber die Tindernachricht von Ruben sagt: „Vamos a tomar un cafe mañana?" Und natürlich treffe ich mich in den nächsten Tagen auf einen Kaffee mit Ruben. Spoiler Alert: Hätte ich doch bloß mal auf mein Bauchgefühl gehört.

RUBEN

Noch immer gefrustet wegen Adam (und damit ich nicht alle paar Minuten auf mein Handy starre, um zu checken, ob er mir vielleicht doch noch eine Nachricht geschrieben hat), möchte ich mich mit einer ausgiebigen Shopping-Runde ablenken. Und ich werde schnell fündig, denn ich verliebe mich Hals über Kopf in ein weißes Spitzenkleidchen, das wirklich den besten Ausschnitt zaubert, den ich je gesehen habe. Nicht zu viel, aber dennoch zeigt es meine sogenannten Vorzüge. Perfekt für das Date mit Ruben am Donnerstag. Er hat nicht lockergelassen und mich immer wieder angeschrieben. Und ich freue mich inzwischen auch ein wenig darauf. Schließlich habe ich noch keinen einzigen Spanier kennengelernt und kaum ein Wort Spanisch gesprochen. In Barcelona! Könnte eine nette Gelegenheit sein, um genau das endlich zu ändern. Also ziehe ich mir mein neues, weißes Kleid an und bin bereit, eine gute Zeit zu haben. Mir gefällt was ich sehe, wenn ich in den Spiegel schaue, und ich hoffe, dass ich das auch ausstrahle. Da Ruben nicht weit weg von mir wohnt, treffen wir uns in El Raval am Sant Antoni Markt. Ich laufe gerade mal fünf Minuten dorthin und bin froh darum. Je mehr Zeit ich vor einem Date habe, desto aufgeregter werde ich. Dann sehe ich ihn schon auf mich zulaufen. Er sieht ein wenig kleiner aus als auf seinen Bildern, aber das ist nicht so schlimm. Er wirkt sehr aufgeregt und ich merke schnell, wieso er das ist. Ruben spricht kaum Englisch. Und ich untertreibe nicht, wenn ich das sage. Sein Englisch ist eine einzige Katastrophe. Es ist nicht so, dass er mich nicht vorgewarnt hatte. Schon als wir geschrieben haben, hat er mir offen gesagt, dass sein Englisch sehr schlecht ist. Aber ich dachte nicht, dass es so schlecht ist. Ich habe es nicht mal dann in Frage gestellt, als er anfing, meine Nachrichten auf Spanisch zu beantworten, obwohl ich beim Englisch blieb. Ich dachte, dass wir notfalls unser Date auch so führen könnten: Ich spreche englisch (und verstehe sein Spanisch) und er spricht spanisch (und versteht mein Englisch). Nun ja – Pustekuchen.

Man kann sagen: Ruben war stets bemüht. Aber wenn man nicht dieselbe Sprache spricht, also so gar nicht, kann es schon sehr schwer sein, einen guten Vibe zu haben. Man sagt ja, dass man eine Sprache dann erst fließend spricht, wenn man auf ihr lustig sein kann. Auf Englisch schaffe ich das. Mein Spanisch ist allerdings schon der Witz selbst und entsprechend nicht fürs Dating geeignet. Und so dümpeln wir vor uns hin. Wir haben zwar erstaunlich wenig peinliche Stille (ich kämpfe gefühlt um mein Leben, damit das nicht passiert), aber ich bin sehr froh, als sich das Date dem Ende neigt. Zum Schluss versucht Ruben, mich zu küssen, aber ich kann nicht anders, als ihm meine Wange hinzustrecken. Für mich war die Stimmung so schlecht, dass selbst die Tatsache, dass er mir optisch gut gefallen hat, das nicht mehr gut machen kann. Mir ist vor allem eins wichtig: Der richtige Vibe.

„Wenn mir ein Typ gefällt, nehme ich mir, was ich will. Ich würde es gar nicht so lange aushalten ohne Sex."

Das ist das Urteil von Lola nach meinem Date mit Ruben. Und ganz so falsch liegt sie damit nicht. Dass ich das letzte Mal mit einem Mann geschlafen habe, ist so lange hier, wie „mit jemandem schlafen" altbacken klingt: SEEEHR. Eigentlich bin ich fein damit. Aber was, wenn ich etwas verpasse, dadurch, dass ich mich gerade offensichtlich nicht so auslebe, wie ich es mir vorgenommen habe?

Es gibt Frauen, die sagen „Ich bin nicht so eine!", wenn sie unverbindlichen Sex nicht haben möchten. Ich habe das nie verstanden und in den letzten Jahren meine Freundinnen immer dazu ermutigt, sich sexuell auszuleben. Natürlich hat man verschiedene Sexualpartner, wenn man in ein bestimmtes Alter kommt und ich habe das Slut-Shaming drum herum noch nie verstehen können. Aber in diesem Moment muss ich mich wirklich fragen: Was, wenn ich nicht so eine bin? Und ja, ich merke selbst, dass das unglaublich nach „Pick-Me"-Girl schreit.

„Pick-Me"-Girls sind Frauen, die Männern auf Biegen und Brechen gefallen wollen und dabei fragwürdige Positionen vertreten, während sie meistens andere Frauen dann dafür verurteilen, wenn sie es anders als sie selbst machen. Ich verurteile aber niemanden. Im Gegenteil: Ich wäre gerne lockerer drauf. Aber ich glaube immer mehr, dass ich nicht einfach so Sex haben kann. Ich brauche eine gewisse Connection. Einen Vibe. Irgendwas, das Spannung verspricht und sich aufbaut, und bisher hatte ich das noch nie bei einem Mann innerhalb eines Abends oder auch nur eines Gesprächs. Viel zu oft denke ich mir: Was, wenn ich morgen früh neben ihm aufwache und er ein totaler Idiot ist? Oder die AfD wählt? Ich weiß über diesen Menschen doch gar nichts. Die Frage ist: Wie viel muss man wissen, damit Anziehung entsteht? Mein Problem ist, dass für mich eine Anziehung vor allem dann erst entsteht, wenn ich einen Menschen besser kennenlerne. Aber die Zeit hat man bei einem One-Night-Stand nicht und ich bin zu verkopft, um das alles auszublenden. Ich wünschte, ich könnte es, denn mit der Zeit als Single steigt bei mir vor allem eines: der Huidhonger.

HUIDHONGER

„Guten Sex kriegst du auch allein, aber das Kuscheln – das ist der tricky Part beim Single-sein!“

Noch immer unterhalten Lola, Marie und ich uns über das Thema Sex: Haben oder nicht haben? Kopf ausschalten oder nicht? Warum überhaupt etwas erzwingen? Aber vor allem über diesen Satz von ihr kann ich nicht aufhören nachzudenken. Jede Frau, die schon mal mit dem Satisfyer in Berührung kam, gibt ihr in ihrer Theorie wohl Recht: Zum Höhepunkt kommt man allein wahrscheinlich sowieso schneller als bei einem One-Night-Stand. Aber was wirklich fehlt, sind die Berührungen eines anderen Menschen. Das Knutschen, die Schmetterlinge im Bauch – und vor allem das Kuscheln danach. Sich nach Nähe eines anderen Menschen zu sehnen, ist eigentlich ganz normal. Die Holländer haben während der Pandemie sogar ein Wort dafür erfunden: Huidhonger. Übersetzt bedeutet das so viel wie Haut-Hunger und das wiederum steht für den Wunsch, danach einen anderen Menschen zu berühren – und berührt zu werden. Ich frage mich: Darf man das als Single eigentlich laut aussprechen oder wirkt das gleich verzweifelt? Schwach? Peinlich? Getreu meines Mottos „I am cringe, but I am free“, sage ich euch, wie es ist: Wir müssen auch über diese Seiten des Single-seins sprechen. Neben all den Vorteilen, die das Single-Leben bietet, ist das für mich einer der schwierigsten Bereiche. Und es wäre doch gelacht, wenn es dafür nicht irgendeine Lösung geben würde. Also tue ich das, was jeder normale Millenial tun würde: Ich frage Google nach Hilfe. „Single und Kuschelbedürfnis“ gebe ich hoffnungsvoll in die Suchleiste ein und die Ergebnisse sind ernüchternd: „Hol dir ein Haustier“ lautet der erste Vorschlag. Mein Bedürfnis nach Freiheit und Reisen ist dann doch etwas größer als mein Huidhonger. Also geht die Suche weiter. „Geh auf Kuschelparties“. Fremde Menschen KUSCHELN? Nein, Danke.

Es zeigt mir aber, dass nicht nur ich hungrig auf Haut bin, sondern dass es scheinbar vielen anderen Menschen genauso geht. Und der dritte Vorschlag, den ich finden kann, kommt von solowolf6 in einem Internetforum für Singles: „Geh einfach dorthin, wo viele Menschen sind. Schunkel im Bierzelt mit den Ladys mit oder geh auf ein Konzert, wo man sich sowieso dicht aneinanderdrängt.“

Ist das wirklich alles, was dieses Internet zu bieten hat? Ich soll ein Creep werden und fremden Menschen auf die Pelle rücken? Ich kann nicht glauben, dass es wirklich so weit gekommen ist mit mir und meinem romantisierten Dating-Leben. Ich wollte Carrie Bradshaw und bekam ein Zölibat. Es ist ja ganz süß, dass ich mich bei Adam gefragt habe, ob man knutschen verlernen kann. Im Moment frage ich mich aber viel mehr, ob man Sex verlernen kann. Aber vor allen Dingen nervt mich der Druck, den ich mir selber damit mache, weil ich die coole Single-Freundin sein will, die stets witzige

Geschichten zu erzählen hat. Man sagt doch immer, dass es für eine Frau total easy ist, jederzeit Sex zu haben. Wie schwer kann es also sein? Ich nehme mir ganz fest vor, einen One-Night-Stand zu haben und meinen Hoidhonger ein für alle Mal oder zumindest für eine Zeitlang loszuwerden. Nicht irgendwann, sondern jetzt!

LORENZO

Unser letztes Wochenende in Barcelona steht an. Die Zeit ist wie im Flug vergangen und natürlich möchten wir es noch ein letztes Mal so richtig krachen lassen. Ich habe außerdem noch eine persönliche Mission: Ich werde heute Nacht einen One-Night-Stand haben. Ich werde mir genau das nehmen, was ich will. Punkt. Aus. Ende. Fertig. Ich werde selbstbewusst auf den Typen zugehen, der mir gefällt und ihn mit nach Hause nehmen. So wie meine Freundinnen das schon ganz oft gemacht haben. Denn das kann ja nicht so schwer sein. Verdammt nochmal. Am Abend ziehen wir also ein letztes Mal unser immer gleiches Programm ab: Tinto de Verano zum Vorglühen auf unserem Balkon und dann Drinks im Born mit Open End: Wo immer uns die Nacht hin verschlägt – wir sind spontan und offen für alles. Gegen 22 Uhr landen wir in einer kleinen Bar und bestellen einen weiteren Tinto de Verano. Ich genieße die Zeit mit Marie und Lola sehr, denn heute sind wir besonders viel am Lachen. Als wir den zweiten Tinto bestellen, fällt mir der süße Kellner auf. Ich sage nichts, aber mein Blick hat mich wohl verraten.

„Oh mein Gott! Das wird er, Vany! Den schleppst du heute ab!!!“, schreit Lola für meinen Geschmack etwas zu laut in meine Richtung. Sie hat Glück, dass wir noch immer in Spanien sind und uns hier niemand versteht. Schon gar nicht der süße, blonde Kellner. Hoffe ich zumindest.

Ich merke, wie mir der dritte Tinto langsam in den Kopf steigt, als ich vor mich hin grinse und nur „okay“ sage. Ich weiß auch schon ganz genau, wie ich das anstelle, ohne zu sehr meine Komfortzone verlassen zu müssen: indem ich einen kleinen Liebesbrief hinterlasse. Keine Sorge, es klingt viel schlimmer, als es ist. Ich hinterlasse ein Zettelchen, auf den ich meine Nummer schreibe und ihm sage, dass er sich nach Feierabend ja gerne noch melden kann. Ich kichere einen Ticken zu viel vor mich hin vor Aufregung, aber ganz so schlecht war der Plan scheinbar nicht. Nachdem wir gezahlt haben, werfe ich ihm einen letzten Blick zu, lächle ihn an und verschwinde so schnell wie möglich aus der Bar, bevor er den Zettel sieht. Falls ich einen Korb bekomme, will ich nicht in der Nähe sein.

Aber ich bekomme keinen Korb. Nur fünf Minuten nachdem wir aus der Bar gelaufen sind, bekomme ich eine WhatsApp-Nachricht von Lorenzo. Das ist der Name des süßen Kellners, der sich tatsächlich bei mir gemeldet hat. WOW! Sowas funktioniert ja wirklich?!

Er schreibt mir, dass er bald Feierabend hat und mich gerne noch treffen würde. Bis hierhin scheint mein Plan aufzugehen. Auch Marie und Lola nicken stolz in meine Richtung, als würde ihr Küken endlich flügge werden. Wir landen in einer anderen Bar, Lorenzo habe ich den Standort geschickt und während wir warten, trinken wir – natürlich – einen weiteren Tinto de Verano. Immer wieder blicke ich nervös in die Richtung der Eingangstüre. Und dann spaziert er in die Bar: Lorenzo, der süße Kellner. Oder mit anderen Worten: mein One-Night-Stand.

Leider habe ich eine klitzekleine Kleinigkeit in dieser ganzen Geschichte nicht bedacht: Ich kann das nicht. Ich wünschte, ich wäre so lässig, dass ich irgendeinem Kellner lässig meine Handynummer zustecke, mit ihm lässig ein paar Gläser Wein trinke, ihn ganz lässig mit nach Hause nehme, um dann ganz lässig mit ihm Sex zu haben.

Hallo? Hab ich vergessen, wer ich bin? Madame „verkopft“ lässt grüßen. Denn natürlich bekomme ich total schnell den „Ick“. Das bedeutet, dass er irgendwas sagt oder tut, das mich abturnt. Ich weiß nicht einmal mehr, was es ist. Vielleicht möchte ich mir auch einreden, dass er ein komischer Kauz ist, weil ich mich von meinem eigenen Vorhaben unter Druck gesetzt fühle, aber das Ergebnis ist, dass ich Lorenzo mehr oder weniger einen Korb gebe. Unsere Wege in der Bar trennen sich schneller wieder, als sie sich gefunden haben und ich gehe zurück zu Marie und Lola, die sich inzwischen mit einer Gruppe spanischer Mädels angefreundet haben. Eine von ihnen ist Teresa. Und wenn Teresa eins ist, dann das: mein perfect Match. Auf Anhieb verstehen wir uns blind! Betrunken, wie ich bin, erzähle ich Teresa, was gerade mit Lorenzo passiert ist, dass ich heute Abend eigentlich unbedingt Sex haben wollte und dass ich es einfach nicht schaffe, meinen Kopf auszuschalten. Ich frage sie nach einem Ratschlag, als würde ich sie schon ewig kennen und nicht gerade mal zwei Minuten. Entgegen meinen Erwartungen schaut sie mich nicht an, als wäre ich ein Alien, sondern sagt mir mit ihrem charmanten spanischen Dialekt die Worte, die ich hören will: „All you need right now is a Putivuelta."

PUTIVUELTA

„Excuse me – a Puti what?“

Ich schiebe es auf die Lautstärke in der Bar, aber ich habe Teresa nicht nur akustisch nicht verstanden, sondern ich habe keinen blassen Schimmer, was eine Putivuelta bitte schön sein soll. Aber sobald ich die Erklärung aus Teresas Mund höre, verliebe ich mich in dieses Wort wahrscheinlich mehr, als ich sollte.

Putivuelta ist ein Mischwort aus den spanischen Wörtern „Puta“ und „Vuelta“. „Puta“ bedeutet so viel wie Schlampe und „Puti“ ist die Verniedlichung davon, während „Vuelta“ so viel heißt wie „eine Runde drehen“. Klingelt es schon? Es heißt so viel wie eine „Schlampenrunde“ drehen. Das klingt ... absolut furchtbar auf Deutsch. Auf Spanisch hingegen ist es ein Vibe. Und Teresa erklärt weiter: „Bei einer Putivuelta läufst du durch eine Bar und hältst Ausschau nach etwas, das dir gefällt. Und wenn dir jemand gefällt, gehst du auf Angriff.“

„Worauf warten wir noch?“, sage ich zu Teresa, während ich sie gleichzeitig schnappe und wir uns auf meine erste, aber definitiv nicht letzte Putivuelta begeben. Vielleicht ist es ja noch nicht zu spät, um meinen tollkühnen Plan zu vollenden.

Teresa und ich laufen durch die Bar und checken aus, was sie so zu bieten hat. So richtig überzeugt uns niemand, aber dann zeigt sie auf einen blonden, großen Typen und sagt: „Was hältst du von diesem Tom-Holland-Verschnitt da drüben?"

Darüber muss ich sehr lachen, denn eine gewisse Ähnlichkeit kann man nicht abstreiten. Ich möchte mich voll und ganz auf meine erste Putivuelta-Experience einlassen und sage ihr, dass ich ihn gut finde.

„Was jetzt, Teresa?"

„Jetzt überzeugen wir ihn davon, dass du seine Zendaya bist!"

Noch bevor ich richtig schalten kann, was hier passiert, stiefelt Teresa mit mir rüber, tippt ihm auf die Schulter und verwickelt ihn in ein Gespräch. So einfach ist das also mit der Putivuelta. Denn tatsächlich verbringe ich daraufhin meinen gesamten restlichen Abend mit Roger, der eigentlich gar nicht Roger heißt, sondern irgendeinen ähnlich klingenden holländischen Namen hat, den ich aber nicht aussprechen kann. Ist ja auch eigentlich egal. Roger ist süß, charmant und vor allem flirty unterwegs. Um sechs Uhr werden wir aus der Bar geschmissen. Ich möchte aber nicht, dass die Party schon endet und lade kurzerhand die halbe Bar zu uns ins Apartment ein, wo wir noch ausgelassen weiterfeiern. Roger kommt auch mit. Bei uns angekommen, fragt er mich, ob ich ihm die Dachterrasse unseres Appartements zeigen möchte, von der ich zuvor geredet habe. Ich grinse vor mich hin, denn ich weiß, dass das ein Codewort für „Hast du Lust, ein bisschen rumzuknutschen?" ist, und das muss er mich nicht zwei Mal fragen. Tatsächlich sehen wir gar nicht so viel vom Sonnenaufgang über Barcelona auf unserer Dachterrasse, denn Roger fackelt nicht lange, zieht mich zu sich und küsst mich. Er ist ein guter Küsser und eigentlich passt alles. Ich könnte meinen Plan noch immer durchziehen. Aber ich merke, dass das hier gar nicht weitergehen muss. Genauso wie es bis jetzt war, reicht es mir. Ich möchte nichts erzwingen und hatte trotz allem den besten Abend überhaupt.

Heute Nacht schlafe ich allein in meinem Bett und Roger wird auch allein in seinem Bett aufwachen. Weil ich niemandem etwas beweisen muss. Ich habe mir genau das genommen, was ich wollte. Nicht mehr und nicht weniger und ganz, ohne mich dabei selbst unter Druck zu setzen.

„Das ist sowieso der beste Part an einem One-Night-Stand: das Rumknutschen, bevor es zur Sache geht." So lautet Lolas Urteil, als ich ihr am nächsten Morgen (oder besser gesagt Mittag) von der süßen Knutscherei mit Roger auf der Dachterrasse erzähle. Damit hat sie möglicherweise gar nicht so Unrecht. Aber um ganz ehrlich zu sein: Woher soll ich das wissen?

KINDER? NEIN, DANKE!

Roger, der holländische Tom-Holland-Verschnitt, und ich treffen uns ein paar Tage nach unserer „Rooftop-Knutscherei“ auf einen Kaffee am Strand. Wir verstehen uns glücklicherweise auch nüchtern noch ganz gut und schlendern die Promenade entlang.

„Du willst ja keine Kinder, oder?“

Ich fühle mich von der Frage etwas überrumpelt, da sie gefühlt aus dem Nichts für mich kommt.

„Also ... ich frage nur, weil wir es am Wochenende kurz davon hatten.“

Das stimmt. Ich hatte Roger davon erzählt, dass man bei manchen Dating-Apps bestimmte „Tags“ zu seinem Profil hinzufügen kann: Sternzeichen. Raucher/Nichtraucher. Politische Interessen. Und ja, eben auch: Kinderwunsch. Vor ein paar Monaten habe ich meine Angaben zu letzterem Thema von „weiß ich noch nicht“ zu „Nein“ geändert. Fair Play, dachte ich mir: Bevor ich mich auf Fail Date Nr. 7979 einlasse, soll mein Gegenüber wenigstens vorher wissen, dass er mit mir keine Familie gründen wird. Da Roger sich mit mir treffen wollte, scheint es also zumindest kein Problem für ihn zu sein. Er legt aber doch nochmal nach und erklärt mir, dass er sich nur für mein „Warum“ interessiert und vor allem, wie ich mir dabei so sicher sein kann. Früher hätte ich rumgedruckst, wahrscheinlich versucht, mich zu rechtfertigen. Heute ist das anders. Auf die Frage, ob ich Kinder will, antworte ich heute nur noch mit einem „Nein“. PUNKT. Auf die darauffolgende Frage „Warum?“ nur noch mit einem „Darum“.

„Ich weiß es einfach.“, sage ich ihm. „So wie jemand weiß, dass er Kinder will, spüre ich eben, dass ich keine will.“

Aber es hat Jahre gedauert, bis ich so weit war, das überhaupt so deutlich für mich selbst zu erkennen. Als ich zum ersten Mal laut ausspreche, dass aus mir wohl keine Mutter wird, bin ich gerade mal 16 Jahre alt. Und wie wahrscheinlich jede Frau, die in ihrem jungen Leben jemandem erzählt, keine Kinder haben zu wollen, habe ich damals nur Folgendes zu hören bekommen: „Das kannst du jetzt noch gar nicht wissen. Das ändert sich, wenn du älter bist und den richtigen Mann an deiner Seite hast.“

Was ein Mann mit meiner Entscheidung zu tun hatte, leuchtete mir damals schon nicht ein. Aber ich glaubte all denen, die mir die Welt erklärten, und redete mir ein: „Ich bin zu jung, ich kann das noch nicht wissen. Es wird sich ändern.“

Ich hinterfragte meinen eigentlich gar nicht vorhandenen Kinderwunsch nicht mehr und blieb lange in dem Glauben: Normales Leben = normale Beziehung = Hochzeit, Haus & Kind(er). Dann wurde ich älter.

„Vany, wir sind doch keine 16 mehr. Menschen planen in unserem Alter bewusst, schwanger zu werden, und freuen sich auf das Kind“, hatte eine Freundin einmal zu mir gesagt, als ich mal wieder schockiert auf eine Schwangerschaft einer ehemaligen Klassenkameradin reagierte. Ich war auch Mitte 20 nicht bereit für Kinder, fühlte mich selbst manchmal noch wie ein Kind. Die Vorstellung, dass ich mich mit meinem Partner hinsetze und sage: „Wir versuchen jetzt ein Baby zu kriegen, okay?“, das war für mich so weit weg. Überhaupt nicht greifbar. All das änderte sich auch dann nicht, als mit Jonas der vermeintlich „richtige Mann“ kam. Erst jetzt kann ich wirklich in Worte fassen, warum ich damals nicht glücklich war und neu anfangen musste: Ich wollte das alles nicht und ich wollte es nie: Ein Haus auf dem Dorf, einen „9 to 5“-Job und vor allem Kinder. Erst jetzt kann ich mir diesen Gedanken wirklich eingestehen und erlaube mir noch einmal wie mit 16 laut auszusprechen, was ich eigentlich schon mein ganzes Leben lang weiß: Ich will keine Kinder. Ich weiß es einfach, ich fühle es. Und ich bin weder egoistisch oder karrieregeil, noch hasse ich Kinder.

Natürlich liebe ich meinen Job und habe viele Ziele, die ich erreichen will. Aber das ist nicht alles für mich. Und ich verstehe auch nicht, wieso es immer nur heißt, man müsse sich entweder für Kind oder Karriere entscheiden. Dazwischen gibt es doch noch so viel anderes, was mein Leben für mich lebenswert macht: An einem Sonntag ausschlafen, mir die Zähne putzen, irgendwas überwerfen und in meinem Lieblings-Café um die Ecke Pancakes frühstücken. Mir, so wie jetzt, Sommernächte in Spanien um die Ohren schlagen und erst nach Hause kommen, wenn morgens die Sonne aufgeht. Die Möglichkeit, für ein paar Wochen oder sogar Monate an einem anderen Ort zu leben, andere Menschen und Kulturen intensiv kennenzulernen, zu reisen. Darüber zu schreiben. Mich abends mit Wärmflasche und einem guten Buch in mein Bett zu kuscheln und dabei die Stille zu genießen. STILLE. Absolute Stille. Aber natürlich ist es noch mehr als das. Ich kann mir nicht vorstellen, für einen anderen Menschen Verantwortung zu tragen. Kinder zu kriegen und sich um sie zu kümmern, ist wahrscheinlich das selbstloseste was ein Mensch tun kann. Vor allen Eltern und Erziehungsberechtigten ziehe ich da meinen Hut. Aber ich bin damit ausgelastet, mich um mich selbst und mein Leben zu kümmern. Auch hat mir eine Schwangerschaft und vor allem die Geburt an sich immer mehr Angst gemacht – mehr als die mögliche Freude auf ein eigenes Kind.

Wenn andere ihre Erfüllung darin sehen, eine Familie gründen zu wollen, dann ist das für mich in Ordnung. Aber ich wünsche mir eben auch mehr Akzeptanz für meine Lebensrealität. Eine Realität, in der ich darin keine Erfüllung für mich sehe. Das heißt nicht, dass ich Kinder nicht leiden kann. Im Gegenteil: Ich mag Kinder. Kinder sind neugierig auf die Welt, stellen viele Fragen, entdecken gerade alles zum ersten Mal und sind manchmal unbewusst auch ziemlich komisch dabei. Seiten, die viele Erwachsene mit der Zeit verlieren. Ich liebe es, Blödsinn mit ihnen zu machen und mein eigenes inneres Kind herauszulassen – wie eine coole Tante eben. Deswegen freue ich mich, wenn meine Freundinnen und meine Schwestern einmal Kinder bekommen. Aber ich mag auch die Vorstellung, dass ich das Kind dann wieder an seine Eltern abgeben kann, am Abend, wenn ich mich dann wieder um mich kümmern will. Ob ich Angst hätte, einmal allein zu sterben, werde ich dann manchmal gefragt. Und diese Frage ist so dramatisch formuliert, dass man natürlich kein gutes Gefühl bei der Vorstellung hat, allein auf seinem Sterbebett zu liegen. Aber das ist noch so weit weg. Genügend Zeit für mich, bestehende Freundschaften zu pflegen und neue Freundschaften zu schließen – mir meine Wahlfamilie aufzubauen.

Ja, möglicherweise ändern sich Freundschaften, wenn Kinder ins Spiel kommen. Das ist normal. Aber man sollte dabei nicht vergessen, dass Kinder trotz allem auch keine Garantie dafür sind, im Alter nicht allein zu sein. Was, wenn deine Kinder sich dazu entscheiden, auf einen anderen Kontinent auszuwandern? Was, wenn man kein gutes Verhältnis zueinander hat? Was, wenn, was, wenn, was, wenn ... Man kann die Zukunft nicht planen. Und gleichzeitig weiß ich einfach mit jeder Faser meines Körpers, dass ich nicht einsam sein werde. Ich war noch nie einsam, warum sollte ich es in Zukunft sein?

Für mich ist es keine Entscheidung gegen ein Kind, sondern eher eine Entscheidung für mich. Die Vorstellung, bis an mein Lebensende frei und flexibel leben zu können ist das, was mich wirklich erfüllt. Aber die Gründe einer Frau, keine Kinder in diese Welt setzen zu wollen, sind so individuell wie sie selbst. Und jeder Grund davon ist vollkommen akzeptabel. Auch wenn die Antwort nur „Darum“ lautet.

IT'S ALL GOOD

Der Sommer neigt sich inzwischen dem Ende zu. Seitdem ich aus Barcelona zurückgekommen bin, war ich auch zu Hause so gut wie jedes Wochenende feiern. Und damit meine ich nicht, dass ich mich mit meinen Freundinnen auf einen Wein getroffen habe. Meistens war ich so fertig von unserer Feierei, dass ich den ganzen Sonntag mit ausnüchtern verbracht habe. Auch daran merke ich, dass ich älter werde. Auf einen Tag Spaß kommen MINDESTENS zwei Katertage. Aber auf eine Art nehme ich das gerne in Kauf.

Auch an diesem Abend wollen wir es noch einmal wissen und wie so oft in letzter Zeit landen wir in irgendeinem Schuppen, der eigentlich mehr eine Bar ist, in der dann aber gegen später getanzt wird. Also alles ganz nach meinem Geschmack. Es ist inzwischen zwei Uhr und ich habe eigentlich schon zu viel getrunken. Da Lola gerade den Barkeeper datet, bekommen wir mal wieder den ganzen Abend Drinks for free. Auch das ist wieder ganz nach meinem Geschmack. Wir sind alle gut drauf und tanzen ausgelassen. Es tut gut, gerade in dieser Bar zu sein und die Musik durch den Körper vibrieren zu spüren. Dann läuft „I will survive" von Aretha Franklin und wir grölen alle lauthals mit. Ich liebe diesen Song. Boomer-Scheidungsmusik vom Feinsten, da es nicht mal ein fancy Remix ist, aber ganz ehrlich: Es ist der perfekte Song, um diesen Sommer abzuschließen.

Und während ich diese Zeilen mitschreie und dabei meine Freundinnen anblicke, spüre ich mit jeder Faser meines Körpers: Alles ist gut. Ich erlebe gerade eine wahnsinnig tolle Zeit. Und es wird sogar noch besser werden. Ich habe noch so viele Abenteuer vor mir, von denen ich heute noch gar nichts weiß. Wahrscheinlich ahne ich nicht mal ansatzweise, was das Leben noch bereithält. Das ist angsteinflößend und aufregend zugleich. Auf mich warten noch so viele erste Male, ich werde mich wieder in einen anderen Menschen verlieben, werde die Welt bereisen, werde neue Freundschaften schließen und verrückte Dinge tun. Wer weiß, wo ich in einem Jahr stehe, geschweige denn in zehn? Ich möchte jede Sekunde davon genießen. Ich tanze und singe und mein ganzer Körper füllt sich mit unendlicher Dankbarkeit. Und dafür habe ich keinen Mann an meiner Seite gebraucht. Ich fühle mich zum ersten Mal seit Langem auch allein schon vollkommen. Ich bin niemandes bessere Hälfte. Ich bin auch niemandes Freundschaft+ und heute Nacht werde ich auch niemandes One-Night-Stand sein. Und das ist okay. Ich bin mir endlich selbst genug. Und in diesem Moment so authentisch, glücklich und zufrieden wie selten zuvor. Ich schließe das Kapitel dieses Sommers und bin bereit, das nächste in meinem Leben zu schreiben, in dem es nicht um Jonas gehen soll und auch nicht um die Adam-, Ruben- und Tom-Holland-Verschnitte dieser Welt, sondern um den wichtigsten Menschen in meinem Leben. Um mich.

ICH

NEU ANFANGEN FÜR ANFÄNGER

Ich wollte raus aus der Mittelmäßigkeit und habe fast ein ganzes Jahr darauf gesetzt, dass wieder ein Mann in mein Leben kommt und mich davon erlöst. Dass er mir all das gibt, was ich so vermisst habe. Die Leidenschaft, die Spontaneität, den Mut, jederzeit an einen anderen Ort zu reisen und dort länger zu leben ... Leider habe ich dabei eine wichtige Sache völlig übersehen und mich gewundert, warum das erhoffte Glück nicht einsetzte: Niemand anderes kann mir das geben, was mir fehlt, außer ich mir selbst. Ich fasse also einen neuen Vorsatz: Ab sofort möchte ich all das verkörpern, was mir in einem Mann wichtig ist. Ich werde mir all das selbst geben, was mir so sehr fehlt und was ich in anderen Menschen suche. Und das nicht, um jemanden damit zu beeindrucken, sondern um mich selbst damit zu beeindrucken. Ich habe die Schnauze gestrichen voll, mir ständig selbst das Herz zu brechen, weil ich nicht die Dinge mache, die ich mir schon so lange vorgenommen habe. Ab sofort will ich nicht mehr nur labern. Ich will MACHEN.

SOLO-SILVESTER

Me, myself and I – once again! Ich schwöre dem Dating eine Weile ab, konzentriere mich eine Zeitlang wieder nur auf mich selbst und bestärke mich selbst darin, in dem ich an mein erstes Solo-Silvester als Single zurückdenke.

Ich hatte damals einfach beschlossen, mein erstes Silvester als Single zu feiern. Punkt. Eigentlich will ich persönlich keine große Sache daraus machen, aber jeder um mich herum macht eine sehr große Sache daraus. Eine Riesensache, wenn ich ehrlich bin.

Die letzten sieben Silvester habe ich immer mit Jonas gefeiert. Mal in größerer Runde mit Freunden oder einem Teil unserer Familie und mal auch ganz gemütlich nur zu zweit. Jedes Silvester davon war schön. Und trotzdem beginnt meistens schon Mitte November die quälende Frage im Freundeskreis nach dem: WOHIN AN SILVESTER? Und wenn ich ganz ehrlich bin, bin ich tatsächlich auch immer ganz vorne mit dabei. Viele sagen ja, dass Silvester ein Abend wie jeder andere ist. Aber für mich war es immer ein besonderer Abend. Man feiert den Start eines neuen Jahres, kann in Dankbarkeit mit dem alten abschließen. Ein schöner Moment, um sich neue Ziele zu setzen (nein, nicht Vorsätze, die sowieso nichts werden, sondern Ziele) und sich noch einmal fragen: Was will ich erleben? Was möchte ich erreichen? Wohin will ich reisen? Und im besten Fall kann man das Jahr mit lieben Menschen abschließen, mit Menschen, die einen das ganze Jahr schon begleitet haben.

Aber in diesem Jahr war es eben anders. Mitte November trenne ich mich von Jonas und verschwende noch keinen Gedanken an das anstehende Silvester. Dann kommt der Dezember und es gibt wieder mehr Kontaktbeschränkungen in Deutschland. Und obwohl Haushalte wieder gezählt werden und alle meine Freunde mit ihren Partnern allein feiern, habe ich viele Einladungen, mich irgendwo anzuschließen. Ich weiß das sehr zu schätzen und fühle mich überall willkommen. Natürlich nehme ich die Lage um Corona sehr ernst, aber ich kann auch jeden verstehen, der Single ist und diesen Abend nicht allein verbringen will und sich entsprechend einem Haushalt anschließt. Allein zu wissen, dass ich nicht allein sein müsste, bestärkt mich aber in meiner Entscheidung, den Abend wirklich allein zu verbringen. Ich entscheide mich ganz bewusst dafür.

Dann kommt der 31. Dezember. Ich lasse den Tag ganz entspannt auf mich zukommen. Zuerst mache ich einen kleinen Spaziergang in „meinem Garten“. Damit meine ich die Stuttgarter Karlshöhe. Im Sommer verbringe ich dort viel Zeit, im Winter laufe ich nur selten hoch. Ich habe zwar ausgeschlafen, aber bin trotzdem relativ früh auf den Beinen. Um zehn Uhr bin ich oben und genieße den verschneiten Ausblick auf den Stuttgarter Süden. Für einen Augenblick setze ich mich auf die Bank und genieße diesen Moment ganz bewusst für mich. Die Luft ist klar. Ich bin allein hier oben. Es scheint mir, als würde die ganze Stadt noch schlafen und sich anders auf diesen Abend vorbereiten, als ich es tue. Vielleicht werden gerade irgendwo schon Vorbereitungen für den Abend getroffen, die Dips für das Wintergrillen gemacht oder die Vorfreude auf das Raclette durch einen Blick in den Kühlschrank ins Unermessliche gesteigert. Aber nicht so bei mir. Ich bin hier oben und genieße die Seltenheit, die Karlshöhe ganz für mich allein zu haben. Als ich nach Hause komme, sehe ich zwei Nachrichten auf meinem Handy von Lola: „Bist du dir sicher wegen heute Abend? Du bist bei uns herzlich willkommen!" und die andere, zehn Minuten später: „Wir haben genügend Raclette auch für dich besorgt!"

Ich lächle und fühle mich weiterhin bestärkt in meiner Entscheidung. So rede ich mir den ganzen Nachmittag ein, dass es doch bloß ein Tag wie jeder andere auch ist. Ich scherze, dass ich Mitternacht wahrscheinlich gar nicht mehr wach sein werde und wenn ich am nächsten Morgen aufwache, ist es eben ein neues Jahr. No Biggie. Alles cool. Nur, dass es eben am späten Nachmittag nicht mehr ganz so cool ist. Es ist nämlich nicht nur Silvester ... Der 31. Dezember hat noch eine weitere Besonderheit für mich: Es ist Jonas' Geburtstag. Und weil wir erst seit ein paar Wochen getrennt sind und bisher noch ab und zu freundschaftlichen Kontakt hatten, fühlt es sich für mich falsch an, ihm eine unpersönliche „Happy Birthday"-Nachricht zu schreiben. Ich habe das Gefühl, dass es richtig ist, ihn anzurufen und persönlich zu gratulieren. Gegen 16 Uhr packe ich meinen

Mut zusammen und rufe ihn an. Ich höre an seiner Stimme, dass er sich sehr darüber freut. Er erzählt mir, wie er mit seinem besten Freund gemütlich in seinen Geburtstag reingefeiert hat. Und dann erzählt er mir von seinen Silvesterplänen. Er wird mit drei Freunden ein besonderes Raclette machen, dafür waren sie vorher noch im Feinkostladen und haben keine Kosten und Mühen gescheut, damit der Abend etwas Besonderes wird. Dann fragt er mich nach meinen Plänen und ich stelle plötzlich alles in Frage. Als ich ihm sage, dass ich allein feiern will, sagt er „Oh ...“, während ich versuche ihm klarzumachen, dass das meine eigene Entscheidung war und ich mich sogar darauf freue. Aber ich höre in seiner Stimme, dass er sich Sorgen macht. Wahrscheinlich bilde ich es mir nur ein, aber ich habe das Gefühl, dass er sogar für eine Sekunde darüber nachgedacht hat, mich zu fragen, ob ich auch dazustoßen will. Und eine weitere Sekunde später hoffe ich sogar, dass genau das passiert. Aber er fragt nicht. Wir legen auf und ich breche in Tränen aus.

Was mache ich hier eigentlich? Ganz plötzlich fühle ich mich wie der einsamste Mensch der Welt und eine innere Leere macht sich in mir breit. Ich will so nicht gesehen werden (und schon gar nicht von meinem Ex-Freund): wie jemand, der einsam als Single ist, der mutterseelenallein ist und keine Freunde hat und der anderen Menschen (vor allem dem eigenen Ex-Freund) leidtut. Wahrscheinlich ist es mein Ego, aber in diesem Moment verletzt mich vor allem der Gedanke, dass ich dieses erste Telefonat nach unserer Trennung eindeutig verloren habe. Das resultiert aus dieser bescheuerten Einstellung, die ich habe: Wenn Ex-Partner aufeinandertreffen, dann gibt es immer einen Gewinner und einen Verlierer. Einer, dem die Trennung guttat. Und einer, der irgendwie nichts draus gemacht hat. Ich bin ja wohl offensichtlich die Verliererin in dieser ganzen Geschichte. Duh.

Völlig aufgelöst rufe ich Lola an. Ich erkläre ihr, was passiert ist, und sie versucht mich zu beruhigen. Sie bietet an, dass sie mich zu Hause abholt und wir uns einen schönen Abend machen. Ich atme tief durch und höre auf zu weinen. Da ist es wieder: die Gewissheit, dass ich doch gar nicht allein sein muss, sondern allein sein WILL. In diesem Moment bin ich wieder dankbar für meine Freunde, die sich um mich sorgen, die nicht wollen, dass ich diesen für mich sonst immer so besonderen Abend allein verbringen muss und mir immer und immer wieder versichern, dass ich willkommen bin. Das tut gut. Das brauche ich auch dringend in diesem Moment. Als ich mich wieder etwas beruhigt habe, erinnere ich mich aber wieder an meinen Plan für diesen Abend. Denn nur, weil ich allein bin, heißt das ja nicht, dass der Abend nicht besonders werden kann. Eigentlich macht es genau diese Tatsache zum für mich spektakulärsten Silvester, das ich bis zu diesem Zeitpunkt hatte. Es fühlt sich so an, als würde ich zum ersten Mal in meinem ganzen Leben den Silvesterabend richtig für mich „nutzen". Denn was ich am frühen Abend tue, ist das: Ich mache eine Meditation und versuche, mal richtig in mich reinzuspüren: Was darf das nächste Jahr wirklich für mich bereithalten? Und dann ist da plötzlich diese Klarheit, die ich noch nie zuvor an Silvester gespürt habe – es ist aber auch das erste Silvester seit meiner Kindheit, an dem ich nüchtern bin. Möglicherweise besteht da ein klitzekleiner Zusammenhang.

Ich fange an, diese klaren Gedanken aufzuschreiben. Ich schreibe alles auf, was mir im Kopf nach der Meditation rumschwirrt. Ohne darüber nachzudenken und ohne es zu bewerten. Ich höre nur zu, was da alles so aus mir raussprudelt. Was vielleicht schon seit längerer Zeit raus will, das ich gar nicht mehr hören konnte, weil ich so voller Zweifel, Ängste und Sorgen war, weil ich unbedingt eine Entscheidung treffen musste, was Jonas angeht. Und als ich damit fertig bin, versuche ich, mein Gedankenwirrwarr etwas mehr zu sortieren. Dafür öffne ich mir den leckeren Wein, den ich gestern noch extra besorgt habe. Dafür darf es dann doch etwas flowen und ich glaube, ich traue mir mehr zu, wenn ich ein wenig übermütig werde.

Ich leite also meine Ziele für das nächste Jahr davon ab. Formuliere jedes davon in einen Satz, als hätte ich es schon erreicht. Am Ende blicke ich auf zwölf Ziele. Ambitioniert, ja. Das auf jeden Fall. Unerreichbar? So fühlt es sich in diesem Moment nicht an. Überhaupt nicht. Ich denke, dass ich all das, was ich mir da aufgeschrieben habe, schaffen kann. Weil es aus meinem tiefsten Inneren kommt und mir nichts und niemand diese Gedanken von außen auferlegt hat. Es sind meine tiefsten Wünsche und Ziele für das nächste Jahr, und ich nutze den wohl dafür wichtigsten Tag, um diese zu formulieren. Am Ende des Abends schreibe ich einen Brief. Ich schreibe der wichtigsten Person in meinem Leben, dass ich sie für all das schätze, was sie bisher erreicht hat. Für ihren Mut, einen Schlussstrich zu ziehen und nochmal ganz neu anzufangen. Ich verspreche ihr, dass sie alles schaffen kann, was sie sich vornimmt, und dass sie ein guter Mensch ist und deswegen niemals allein sein wird. Ich versichere ihr, dass alles gut werden wird. Dieser Brief geht an mich selbst. Was ich aber an diesem Silvesterabend, den ich ganz allein verbringe, wirklich herausfinde, ist das: Wer keine Angst davor hat, die Feiertage allein zu verbringen, der muss sich vor gar nichts fürchten – schon gar nicht davor, sich lieber auf eine miese Beziehung einzulassen, nur um genau solchen Situationen aus dem Weg zu gehen. Denn sind Feiertage – so schön und besonders sie auch sein können – eben nicht doch nur Tage wie alle anderen, wenn wir ihnen einmal die Bedeutung nehmen? Was sagt ein Tag im Jahr im Vergleich zu 364 anderen Tagen im Jahr aus? Wenn dein Partner dich das ganze Jahr über schlecht behandelt und dann am Valentinstag einen auf Bachelor macht und dir einen Strauß Rosen schenkt: Welche Bedeutung hat das? Richtig: gar keine. Es kommt auf die Summe an. Wenn du dich das ganze Jahr mit lieben Menschen umgibst, tolle Dinge erlebst und an deinen Träumen arbeitest, dann ist es plötzlich nicht mehr ganz so wild, wenn du einen Abend davon alleine verbringst. Aus welchen Gründen auch immer. Vielleicht, weil dir nicht nach einer wilden Party mit deinen Freunden ist, sondern eher nach einem guten Buch und danach das Licht um 22:30 Uhr ausknipsen zu können, oder weil du gar nicht im Lande bist, sondern spontan einen Flug nach Kapstadt gebucht hast, obwohl du dort noch keine Leute kennst. Es ist vollkommen egal, warum. Das ist auch eine Form von Freisein. Es fühlt sich gut an, diese Form von Freiheit, nach der ich mich so lange gesehnt habe, endlich zu spüren.

An diesem Abend schreibe ich unter anderem auch dieses Ziel auf: „Ich arbeite fürs Fernsehen."

HEY TV-WELT! HIER BIN ICH!

Wenn ich auf mein vergangenes Jahr als Single zurückblicke, dann sehe ich vor allem eines: beruflichen Erfolg. Das war aber nicht immer so. In den ersten Jahren meiner Selbstständigkeit hatte ich immer wieder zu kämpfen. Ich wusste zwar immer, dass ich meine Kreativität gerne nutzen würde, um Geschichten zu erzählen, aber irgendwie deckte sich das nicht ganz mit dem, was ich den lieben langen Tag tat.

Kurz bevor Jonas und ich uns getrennt haben, waren wir mit seinem Bruder Jens und dessen Ehemann Philip zu einem Abendessen verabredet. Beide sind, wie auch Jonas, sehr erfolgreich in ihren Jobs und ich würde sie als Topverdiener bezeichnen. Ich liebe die beiden als Jonas' Familie sehr, aber ich habe mich auch oft eingeschüchtert gefühlt – und irgendwie auch ein wenig fehl am Platz. Weil ich meinen Job nie so richtig auf die Kette kriegen wollte. Außerdem passte ich mit meinen Vorstellungen davon, wie meine Arbeit oder auch mein Arbeitsalltag aussehen soll, nie so richtig rein. Aber das Gespräch an diesem Abend bleibt mir wohl für immer in Erinnerung. Bei diesem Abendessen sprechen wir nämlich auch über meinen Job, was wir selten tun, da ich es zu vermeiden weiß. Es ist nicht gerade schön, über etwas zu sprechen, wenn man das Gefühl hat, damit auf ganzer Linie zu scheitern. Aber ich versuche, mich mehr zu öffnen. Also erzähle ich von meiner aktuellen Unzufriedenheit und dass ich eigentlich lieber etwas anderes machen würde. Etwas, das mehr meiner Leidenschaft entspricht.

„Ach ja? Und was ist das denn?“, fragt Philip mich.

Das ist der Moment, vor dem ich mich so fürchte. Ich habe sowieso ständig Angst davor, dass andere Menschen mich verurteilen könnten oder über meine Wünsche lachen – aber es wäre noch viel schlimmer, wenn ich das Gefühl bei der Familie von Jonas hätte. Aber ich bin ehrlich. Und das Besondere daran ist, ist dass ich zum allerersten Mal GANZ ehrlich bin. Zum allerersten Mal spreche ich aus, was ich wirklich gerne machen würde: „Ich hätte ja große Lust, beim Fernsehen zu arbeiten.“

Die Reaktionen bleiben gefühlt eine Ewigkeit aus. Aber wahrscheinlich kommt mir das nur so vor. Ich stochere in meinem Essen herum und schiebe schnell ein: „Aber es ist sowieso unglaublich schwer, in diese Branche reinzukommen. Ich habe gar keinen Background in dieser Richtung. Also wird das wahrscheinlich sowieso nichts werden.“

Ich blicke von meinem Teller auf und sehe zu meinem Erstaunen überhaupt nicht in verwunderte Gesichter. Im Gegenteil! Jens fragt weiter nach: „Was interessiert dich so am Fernsehen?“

Ich bin weiter mutig und rede von meiner Leidenschaft zu Reality-TV. Ich schaue dabei insbesondere Philip an, mit dem ich bereits den ein oder anderen Mittwochabend gemeinsam verbracht habe, um den Bachelor zu schauen. Dazu gab es immer einen leckeren Sekt und Snacks und wir haben auch danach noch lange darüber geredet, wer wohl das Rennen um das Herz des Bachelors macht. Im Übrigen: Woher kommt diese Ablehnung gegenüber Reality-TV? Angeblich schaut es keiner, dafür ist es zu verpönt, aber mitreden können dann doch immer alle.

Ich bestärke mich in diesem Moment selbst, was unnötig ist, da ich auf gar keinen Gegenwind stoße.

Jens und Philip und auch Jonas sprechen mir gut zu. Jens gibt mir sogar Tipps, wie ich gut netzwerken könnte, um erste Kontakte in dieser Branche zu knüpfen. So könnte ich herausfinden, was es braucht, um dort Fuß zu fassen. Das leuchtet mir ein. Und es macht mir Mut, auch wenn ich aktuell noch mit nichts dastehe. Dieses Abendessen war der Moment, als ich dachte: Chase the Funke. Vielleicht sollte ich es ausprobieren. Was ist schon das Schlimmste, was passieren kann?

Nicht einmal ein Jahr später habe ich mir den Wunsch, fürs Fernsehen zu arbeiten, erfüllt. Ich habe meinen eigenen Instagram-Account gestartet, auf dem ich über meine Leidenschaft Reality-TV spreche. Über 40.000 Menschen verfolgen meine mal mehr und mal weniger witzigen Kommentare inzwischen. Und nicht nur Zuschauer sind dabei. Auch der ein oder andere Mitwirkende ist dadurch auf mich aufmerksam geworden. Und was soll ich sagen? In kurzer Zeit habe ich mir ohne Vorkenntnisse, Ausbildung oder Studium in diesem Bereich meinen Traumjob geangelt. Ich werde manchmal von Leuten gefragt, wie ich das angestellt habe. Und natürlich habe ich dafür kein Geheimrezept, aber ich glaube, es hat mir geholfen, dass ich mit all meinen Eigenarten und meinem Humor ganz ich selbst war und dass ich mich auf der Plattform, die ich geschaffen habe, nicht verbogen habe, um jemandem zu gefallen. Ich weiß, dass ich mich gerne in Sachen reinsteigern kann, und manchmal kann das auch nerven. Aber jetzt habe ich Menschen gefunden, die genau das lieben: Dass ich mich mal wieder in ein Format reinsteigere, alle dabei mitreiße und ihnen das Gefühl gebe, dass wir gerade alle auf einer Couch sitzen und zusammen die Show genießen.

„I am cringe, but I am free", habe ich vor allem anfangs fast schon Mantra-artig immer wieder gesagt. Denn es ist schwer, wenn man sich nicht im klassischen Arbeitsleben sieht, aber das gesamte Umfeld genau das macht und man mit seinen Vorstellungen aus der Reihe tanzt. Was, wenn mich alle peinlich finden? Was, wenn hinter meinem Rücken über mich gelacht wird? Was, wenn ich nicht ernstgenommen werde, weil ich nur 300 Follower habe? Nun ja ... JEDER erfolgreiche Content Creator hatte an irgendeinem Punkt mal „nur" 300 Follower. Ich habe diese vermeintlich wenigen Supporter aber immer ernst genommen und Content gemacht, als hätte ich 300.000 Follower. Ganz unbewusst bin ich hier also dem Funken gefolgt. Es hat sich gut angefühlt, ich konnte endlich wieder kreativ auf meine Art und Weise sein und vor allem hatte ich Spaß. Ich glaube man unterschätzt, was passiert, wenn man auch beruflich diesem Funken folgt. Ich weiß, dass es schwer ist, weil man oft nicht weiß, was dieses lodernde Feuer der Leidenschaft in einem überhaupt auslöst. Aber hier ist es wie mit dem Funken beim Daten: Am Anfang ist es nur ein kurzanhaltendes gutes Gefühl, dem folgt man, bis sich immer mehr und mehr Türen für einen öffnen. Ich glaube, man unterschätzt welche Möglichkeiten sich auftun, wenn man sich mal traut, aus der Reihe zu tanzen. Mein ursprünglicher Plan mit dem Account war eine Art Portfolio für mich zu schaffen. Somit könnten potenzielle Arbeitgeber sehen, wie ich schreibe und mich besser kennenlernen. Ich hätte niemals gedacht, dass ich damit mal meinen Lebensunterhalt bestreiten würde und dass am Ende des Monats weitaus mehr als 13,37 Euro für mich übrigbleiben würden. Genau genommen bin ich jetzt endlich an dem Punkt, an dem ich immer sein wollte: Ich kann von überall auf der Welt aus arbeiten, da ich endlich die nötige finanzielle Sicherheit dafür habe. Und alles nur, weil ich irgendwann mal auf „Account erstellen“ geklickt habe.

DIE SCHMALLIPPIGE ZIPFELNASE

Mit dem Instagram „Fame“ kommt leider auch der sogenannte „Hate“. Ich kann mich nicht beschweren, denn auf eine negative Nachricht kommen wahrscheinlich mindestens 10.000 positive. Aber wie es ja so oft im Leben ist: Die negativen Bemerkungen nisten sich als Selbstzweifelkäferchen ein und meistens wird man sie auch nicht ganz so schnell wieder los. Was meinen Account angeht, bin ich hin und her gerissen: Ich möchte gerne mehr Persönliches zeigen, mehr Bilder von mir. Bisher zeige ich nur Memes und meine Artikel und Kolumnen. Aber das bin nicht ich. Ich liebe es zu fotografieren, meine Erlebnisse einzufangen und ja – auch selbst vor der Kamera zu stehen. Aber an diesem Morgen merke ich wieder, wieso genau ich das nicht tue. Denn in meinen Nachrichten wartet folgendes Schmankerl auf mich: *„Man sieht deine Oberlippe gar nicht, die würde ich definitiv auffüllen lassen und die Unterlippe auch. Damit würdest du direkt viel besser aussehen. Die Nasenspitze würde ich auch auf jeden Fall verändern – sieht komisch aus mit diesem langen Zipfel da unten. Schlupflider noch wegspritzen und dann siehst du bestimmt gut aus. So macht man aus einer 2 eine 8!“*

Ich würde lügen, wenn ich sage: Solche Nachrichten treffen mich nicht. Gerade weil ich mich in dieser Reality-TV-Bubble bewege und vermehrt den Fernsehschönheiten folge, merke ich: Ich vergleiche mich immer mehr. Ich stehe manchmal vor dem Spiegel und überlege, ob mir vollere Lippen nicht doch besser stehen würden. Seit dieser Nachricht sehe ich einen Zipfel an meiner Nase, der mir vorher nie aufgefallen ist. Ich möchte diesem Selbstoptimierungswahn nicht verfallen, aber es ist schwer, wenn fremde Menschen im Internet ständig dein Aussehen kommentieren. Nicht nur ich bekomme solche Nachrichten. Man sieht es bei anderen Influencerinnen ja genau so: „Deine Brüste sind zu klein, deine Brüste sind zu groß, du bist zu dick, zu dünn, zu laut, zu leise, deine Lippen sind zu künstlich, deine Lippen sind zu schmal ... "

Warum ist es so normal geworden, das Aussehen anderer Menschen ständig hinter einem anonymen Account versteckt zu kommentieren? Instagram ist inzwischen mein Job und ich bin dankbar dafür. Aber es gibt diese Tage, an denen ich an mir zweifle und an denen ich es eben nicht schaffe, mich alleine aus meinem Loch zu holen.

Heute ist so ein Tag, an dem die Selbstzweifelkäferchen mal wieder am Wuseln sind. Also möchte ich mich zurückziehen, den Kopf in den Sand stecken (für immer) und wenn ich ganz dramatisch unterwegs bin (so wie heute), dann möchte ich auch am liebsten sofort meinen Account löschen. Zurück in mein altes Leben mit einer netten Festanstellung, wo ich nach 16 Uhr Feierabend habe, aber wo niemand meine Nase kommentiert. Klar: Ich bin einerseits stolz auf all das, was ich bisher erreicht habe, aber auf der anderen Seite denke ich mir immer wieder: Wenn das in diesem Schneckentempo weitergeht, weil ich mich immer wieder verstecken will, sobald mich eine dumme Nachricht erreicht, dann bin ich ja erst mit 40 da, wo ich eigentlich wirklich sein will. Ich mache mir Druck, will immer mehr, immer schneller an mein Ziel kommen und immer höher hinaus. Und je ambitionierter ich werde, desto mehr Selbstzweifelkäferchen tummeln sich in mir.

Heute ist so ein richtig ekliger Tag, wo genau diese Überforderung meinen Kopf übernimmt. Ich sitze im Zug und beobachte die Häuser, die an mir vorbeiziehen. In meinem Ohr läuft irgendein Lied von Flora Cash. Noch immer schwirrt mir diese unliebsame Nachricht im Kopf herum. Und in diesem Moment denke ich mir zum ersten Mal nach der Trennung: Verdammt, ich vermisse Jonas.

Aber dann nehme ich einen tiefen Atemzug, drehe die Musik noch etwas lauter, so als würde ich den Gedanken daran vertreiben wollen, bevor ich schon wieder von selbst merke: Natürlich vermisse ich Jonas nicht. Aber ich vermisse das Gefühl, das ich mit ihm verbinde: Sicherheit. Vertrautheit. Verständnis. Jemanden, der mich nach einem schlechten Tag in den Arm nimmt und für mich da ist, mir zuhört und mit dem ich das Gefühl habe: Wir beide gegen den Rest der Welt!

„Was ist so schlecht an ‚okay'?", hatte mich die Paartherapeutin damals gefragt. Während ich damals noch fast eine Panikattacke bekommen hatte bei dem Gedanken daran, ein Leben zu leben, das nur okay ist, sehe ich das heute etwas anders. Gar nichts ist schlecht an „okay".

„Okay“ gibt dir auch eine Stabilität, die mir heute eben fehlt. Und in diesem Moment merke ich: Ich vermisse das, was Jonas mir gegeben hat: Balance. Ausgeglichenheit. Ein Gefühl von Beständigkeit, von Resilienz, von ... „okay“. Ich vermisse nicht Jonas und ich will auch nicht mein altes Leben zurück. Ich glaube, ich bin einfach wieder bereit, mich zu verlieben.

Wow, das ist mir schwergefallen. Ich, die unabhängige, mutige, Single-Powerfrau, die inzwischen Putivueltas im Club macht, ohne mit der Wimper zu zucken und feiert, als wäre sie gerade 20 geworden und sich das Leben aufgebaut hat, das sie immer haben wollte und sich einen Traum nach dem anderen erfüllt?

Diese Vany ist nun wieder bereit für eine Beziehung – oder wie?

Ja, es klingt auch für mich verrückt. Es ist nämlich nicht mehr nur dieses „Ich habe Huidhonger“-Gefühl, sondern etwas mehr. Ich wünsche mir jemanden, mit dem ich mein Leben teilen kann, der denselben bescheuerten Humor wie ich hat und der genauso flexibel mit seinem Wohnort sein kann wie ich. Jemanden, der meine Nase mag und meine Lippen schön findet, wie sie sind, und mir das sagt, an Tagen, an denen ich das selbst nicht schaffe. Jemanden, mit dem ich mir etwas aufbauen kann und der mir seine starke Schulter anbietet, an die ich mich lehnen kann, wenn mir kurzzeitig alles zu viel wird. Ich spiele sehr gerne die coole Tante, die viel reist und ihr Leben genießt. Aber darf diese coole Tante vielleicht auch den adretten Onkel auf Familienfeiern mitbringen? Das wäre toll.

Generell habe ich ein Problem mit dem Schwarz-Weiß-Denken, wenn es ums Single-Sein geht: Warum soll es sich ausschließen, als Single glücklich, stark und unabhängig zu sein und sich gleichzeitig jemanden an seiner Seite zu wünschen? Bin ich gerne allein, bin ich ein Eigenbrötler, aber sehne ich mich nach einer Partnerschaft, bin ich verzweifelt? Warum kann es nur das eine oder das andere Extrem geben, anstatt dass beide Bedürfnisse nebeneinander existieren?

Und im Namen aller strong, independent singlewomen, die ihr Leben auf der Kette haben, glücklich sind und sich TROTZDEM jemanden an ihrer Seite wünschen: Wir sind nicht verzweifelt, hoffnungslos oder traurig. Bitte hört auf, uns diesen Stempel aufzudrücken.

Danke.

GUTER SINGLE VS. SCHLECHTER SINGLE

„So, jetzt erzähl mal: Was gibt es Neues aus der Männerwelt?“

Diese Frage wird zur Standarderöffnungsfrage für Gespräche in meinem Leben. Egal, wo ich auftauche und mit wem ich spreche: Sie alle hoffen auf interessante und vor allem witzige Anekdoten aus meinem Single-Leben. Und eine Zeitlang war das für mich okay. Auch ich kann selbstverständlich darüber lachen, dass mein Dating-Leben eine Katastrophe ist, dass es nicht ganz so ist, wie ich mir das vorgestellt habe, und erzähle nur zu gerne von den Peinlichkeiten meines Lebens (Grüße an Ruben gehen an dieser Stelle raus). Aber irgendwann beginne ich mich auch etwas darüber zu ärgern. Ich habe mich von den Anforderungen an eine Beziehung befreit. Ich bin fast 30 und habe mich erneut ins Single-Leben gestürzt. Aber was ich dabei übersehen habe: Es gibt mindestens genauso viele Anforderungen daran, wie ein guter Single zu sein hat, wie man sie auch an Beziehungen stellt. Am besten hat man mehr Sex als Menschen in einer Beziehung (weil alles ja so unverbindlich ist) oder man hat immer gerade MINDESTENS eine Person „am Start“. Auf jeden Fall muss man viel feiern gehen und ständig wilde Geschichten zu erzählen haben. Außerdem darf man auch nicht länger als ein Jahr Single sein, sonst wird es kritisch. Keiner möchte schließlich als Dauer-Single abgestempelt werden, wo es doch das Furchtbarste auf der Welt ist, wenn man es wagt, allein sein Leben zu bestreiten. Ob man das nun freiwillig tut oder nicht – denn manche wünschen sich ja wirklich wieder einen Partner, aber es scheint einfach nicht zu klappen. Aber die Todsünde unter den Singles ist ja, wenn man es wagt, noch nie der richtigen Person über den Weg gelaufen zu sein und noch nie eine Beziehung hatte. DANN STIMMT DOCH WAS MIT DIR NICHT!

Ich hasse all das so sehr. Probleme in einer Beziehung bekommt nicht selten überhaupt niemand mit, weil nach außen hin alles gut und „normal" aussieht. Ist man Single, wird das eigene Liebesleben (ob vorhanden oder nicht vorhanden) lang und breit ausdiskutiert, und on top gibt es noch ungefragt Tipps, wie man denn jetzt besser im Single-Game wird. Was dabei scheinbar niemand bedenkt: Man hat es selbst nicht in der Hand, ob man den richtigen Menschen nun trifft oder nicht – egal, ob es der richtige Mensch für eine Beziehung oder für etwas Unverbindliches ist. Zusätzlich haben normschöne Menschen viel mehr Möglichkeiten, jemanden kennenzulernen, da sie öfters angesprochen werden oder selbst auf Datingapps mehr potenzielle Matches haben. Ich bin sehr schlecht in Mathe, aber sogar ich weiß, dass das irgendwas mit Wahrscheinlichkeiten zu tun hat. Weil ich genau diesen Anforderungen aus meinem Umfeld nicht gerecht werden konnte, habe ich mich ab einem gewissen Punkt verloren. Viel zu oft habe ich mich nach schlechten Dates gefragt „Was stimmt nicht mit mir, dass es bei allen anderen so einfach aussieht und bei mir nicht klappen will?"

Sich zu fragen, was mit einem nicht stimmt, ist manchmal schon der richtige Ansatz. Selbstreflexion und so. Aber wollte ich wirklich wissen, was mit mir nicht stimmt, weil es um MICH ging oder wollte ich wissen, was mit mir nicht stimmt, weil meine Dating-Stories nicht ganz so cool waren wie die meiner anderen Single-Freundinnen? Es geht dann oft nicht mehr darum, als Single glücklich zu sein, sondern darum, witzige Geschichten erzählen zu können und für das Entertainment meiner Freunde zu sorgen (was ich natürlich auch ohne Männergeschichten tun kann). Ich habe mich erst von dem einen Level-up-Game befreit, nur um mich Hals über Kopf wieder in das nächste Game zu stürzen: Level up – aber in Dating-Version. Und ich nenne es: Guter Single vs. schlechter Single.

Ich bin aber nicht nur eine Single-Frau. Mein Dating-Leben ist nur ein Aspekt von vielen, der mich ausmacht. Ich bin außerdem eine Frau, die sich gerade ihren Traumjob bastelt, sich etwas aufbaut und einen spannenden Karriereweg eingeschlagen hat. Und gar nicht mal so wenig Erfolg damit hat. Warum werde ich nie dazu etwas gefragt? Oder zumindest erst dann, wenn die Männergeschichten abgehakt sind (was bei mir ja glücklicherweise recht schnell passiert). Aber ich verstehe es auch. Als ich in meiner Beziehung mit Jonas war, war ich genauso hungrig darauf, Geschichten „von der anderen Seite" zu hören und habe sogar regelmäßig für meine Single-Freundinnen auf Tinder geswiped. Das Vertrauen ihrerseits war groß. Denn meistens warfen sie nicht mal einen prüfenden Blick auf die Männer, die ich da so matchte. Damals dachte ich mir immer, wie sie so entspannt sein konnten. Vielleicht wischte ich hier gerade ihren Traummann in die falsche Richtung. Aber inzwischen swipen auch meine vergebenen Freundinnen für mich auf Tinder und alles, was ich darüber denke, ist „Meh!".

Ich habe keine Angst mehr, irgendetwas zu verpassen oder dass jemand meinen Traummann wegwischen könnte. Ich bin oftmals nur noch genervt von dem ganzen Online-Dating-Game und wenn ich meinen vergebenen Freundinnen damit eine Freude mache, dann sollen sie sich doch ein wenig austoben.

Alles, was mir wichtig ist: Ich möchte nicht dafür bemitleidet werden, Single zu sein. Ich möchte auch nicht, dass das als Phase abgetan wird oder mir ständig anhören müssen, dass der Richtige schon noch irgendwann kommt. Ich suche ihn doch gar nicht und ich habe es auch nicht eilig, ihn kennen zu lernen. Bei Weitem nicht. Wenn ich an mein erstes Jahr als Single zurückblicke, dann sehe ich eben nicht nur die schlechten Dates und die wenigen Männergeschichten, sondern die Tatsache, dass ich zum ersten Mal in meinem Erwachsenenleben WIRKLICH Zeit für mich und meine Ziele hatte. Mehr noch: Ich habe eine gewisse Verantwortung mir selbst gegenüber gespürt, „es" zu schaffen.

Eines der besten Dinge, die mir jemals in meinem Leben passiert sind, ist diese Single-Phase. Ich sage nicht, dass es immer die schönste Zeit oder die abenteuerlustigste oder die leidenschaftlichste Zeit ist. Aber ich sage: Es ist trotz allem die beste Erfahrung, die ich machen kann. Und der Grund dafür ist ganz einfach: Grundsätzlich ist eine Trennung IMMER eine Chance, sich Zeit für sich zu nehmen, zu wachsen, herauszufinden, was man vom Leben WIRKLICH will und sich einfach mal komplett auf sich selbst zu konzentrieren. Es gibt einfach nur dich selbst und deine Gedanken. Und ich gebe zu: Das ist manchmal angsteinflößend. Niemand ist gerne seinen (negativen) Gedanken hilflos ausgesetzt. Aber das beste Geschenk, das du dir selbst machen kannst, ist, diesen Gedanken einmal auf den Grund zu gehen und dich selbst so gut kennenzulernen, bis du weißt, was du willst und was du nicht (mehr) willst. Dir selbst den Halt zu geben, den man sich von einem Partner wünscht für Zeiten, in denen die ganze Welt Kopf steht, so dass einen nichts mehr erschüttern kann. Sich selbst die Träume zu erfüllen und das Leben zu erschaffen, das einen glücklich macht. Es gab Zeiten, da habe ich mich jeden Abend in den Schlaf geweint, weil mich meine Ängste zerfressen haben. Und Jonas war immer da. Er hat mich aufgefangen und dafür bin ich mehr als dankbar. Aber ich habe mich auch auf seiner Stärke ausgeruht. Ich wusste: Ich muss nicht stark sein, weil da jemand ist, der mich immer beschützt und der, egal was auch passieren mag, mich immer retten wird. Weil ich nie gelernt hatte, allein klarzukommen, konnte ich Jonas aber nie diese Energie zurückgeben. Es war keine Partnerschaft auf Augenhöhe und das war letztlich einer der vielen

Gründe, warum diese Beziehung nicht mehr gesund war. Für mich nicht, aber auch für ihn nicht. Und auch heute habe ich manchmal noch Zukunftsängste. Aber ich will im Gegensatz zu früher nicht mehr gerettet werden. Ich muss es auch nicht mehr. Ich stehe das jetzt nämlich allein durch. Da ist niemand mehr, der mich in den Arm nimmt und mir sagt, dass alles gut wird. Aber dadurch spüre ich, wie ich jeden Tag stärker werde. Und es lohnt sich. Als ich noch mit Jonas zusammen war, hat sich mein Leben wie im Stillstand angefühlt. Wie eine Zwangspause vom Leben und von dem, was da auf mich wartet. Jetzt fühlt es sich hingegen so an, als würde ich Anlauf nehmen und mich vorbereiten auf das, was da noch kommt und auf mich wartet. Ich sage gar nicht, dass mein zukünftiger Partner mich nicht auffangen darf, wenn es mir nicht gut geht oder dass man niemals schwach sein darf. Ich sage nur, dass ich gerade dabei bin zu lernen, mein eigener Fels in der Brandung zu werden, so dass ich eine leidenschaftliche und tolle Beziehung zu mir selbst führen kann, die sich im besten Fall irgendwann in meiner Beziehung zu einem Partner entsprechend widerspiegeln kann. Und dafür ist diese Zeit gerade mehr als geeignet. Außerdem: Kein Zustand im Leben hält für immer an. Du kannst morgen aufwachen und dein Leben hat sich um 180 Grad gedreht und alles ist anders. Fun Fact: Das passiert gar nicht mal so selten.

Das Ganze klingt jetzt erstmal pseudo-philosophisch und vielleicht für manche auch etwas beängstigend, aber mir hilft dieser Gedanke sogar eher noch. Gerade weil ich mir bewusst mache, dass kein Zustand – egal ob

Single oder in einer Beziehung (sorry, Scheidungsrate IzzzZzz hoch) oder glücklich, traurig, besorgt, verzweifelt – für immer bleibt, genieße ich die guten Zeiten noch mehr und weiß bei schwierigen Phasen, dass sie vorübergehen. Für mich bedeutet das aktuell konkret: Ich genieße meine Single-Zeit nun mal auch deswegen so sehr, weil ich weiß, dass sie irgendwann vielleicht („vielleicht“ und nicht „hoffentlich“!) wieder vorbei sein wird. Also koste ich alles voll aus, lerne neue Leute kennen und lasse mich spontan auf viele neue Menschen und Situationen ein. Single zu sein, bedeutet ja auch, dass ich keinerlei Verpflichtungen habe und niemandem gegenüber Rechenschaft schuldig bin. Das fängt damit an, dass es niemanden stört, wenn ich meinen leeren Joghurtbecher draußen stehen lasse, oder dass ich spontan übermorgen nach Italien fliegen könnte, wenn ich Lust habe, und endet wahrscheinlich dort, wo ich mit meinen Freundinnen noch auf eine Hausparty zu irgendwelchen Typen gehe, die wir gerade erst kennengelernt haben.

Irgendwann mal wird diese Phase vielleicht vorbei sein. Wer weiß. Also Cheers! Und trotzdem ist all das kein Geheimrezept für Glück. Weder Single noch in einer Beziehung zu sein ist besser oder schlechter. Es ist einfach so, wie es gerade ist. Völlig wertfrei. Und dann kommt es ganz darauf an, was man daraus macht und wie viel Magie man selbst in sein Leben steckt. Du kannst als Single todunglücklich zu Hause rumsitzen und warten, bis du dich eeeeeendlich mal wieder verliebst und du kannst genau so in einer Beziehung stecken, die dich nicht erfüllt. Und beide Fälle sind tückisch, denn oft merkt man gar nicht, wie das echte Leben an einem vorbeizieht. Wer die Magie nicht in sein Leben lässt, hat schon verloren und magische Momente definiert zum Glück jeder anders. Wenn ich irgendwann wieder in einer Beziehung bin, definiere ich einen magischen Moment vielleicht nochmal ganz anders als jetzt. Darüber zerbreche ich mir den Kopf, wenn es soweit ist.

THE LETTER TO MYSELF

Wenn ich einen schlechten Tag habe, dann überkommt mich meist die Lust, in meinem „Bucket Book" herumzublättern und mich an meine vielen Träumereien zu erinnern. Eine Bucket-List – oder auf Deutsch „Löffelliste" – ist nichts anderes als eine Liste, auf der man alles aufschreibt, was man machen will, „bevor man den Löffel abgibt".

Eine Liste hat mir aber nicht gereicht. Mit 18 habe ich ein ganzes Buch gebastelt und Bilder von den Ländern eingeklebt, die ich bereisen will (wie Südafrika) oder Dinge beschrieben, die ich erleben will (zum Beispiel, dass ich mal den Jakobsweg laufen möchte).

Und jedes Mal, wenn ich dieses Buch in meinen Händen halte, bin ich aufs Neue darüber erstaunt, dass sich meine Träume in all den Jahren so wenig bis gar nicht verändern. Es sind immer bestimmte Länder oder Tätigkeiten, die mich anziehen. Und jedes Mal freue ich mich, wenn ich von einer Reise zurückkomme und das Kästchen neben dem entsprechenden Land in meinem Bucket-Book abhaken kann. Aber heute fällt mir noch etwas anderes auf. Auf eine Seite habe ich einen Umschlag reingeklebt, auf dem steht: Darf erst am 22.11.2021 geöffnet werden. Ich erinnere mich, wie ich diesen Brief geschrieben habe: Voller Vertrauen in meine Zukunft und vor allem voller Vorfreude auf das, was mir bald bevorstehen würde. Das ist nun zehn Jahre her. Und den Brief durfte ich nun ganz offiziell öffnen. Ich schenke mir ein Glas Wein ein und kuschele mich auf meiner Couch in eine Decke ein. Das Buch liegt auf meinem Schoß und ich öffne den Umschlag vorsichtig. Dieses Buch ist mein Heiligtum ... Das Papier ist liniert und ich erinnere mich, wie ich damals extra einen Block für diesen Brief gekauft habe, da ich in der Schule nur kariertes nutzte, für den Brief aber unbedingt liniertes haben wollte. In meinem Bauch macht sich nicht nur Vorfreude auf den Brief breit, sondern auch eine gewisse Angst. Angst davor, mich selbst enttäuscht zu haben. Was ist, wenn ich nichts von dem geschafft habe, was ich mir mit 18 gewünscht habe? Was, wenn ich den Brief gleich lese und noch immer all meine Wünsche unerfüllt sind? Ist die 18-jährige Vany wohl stolz auf mich oder wäre sie traurig, wenn sie sieht, wie ich mein Leben heute bestreite? Auf jeden Fall würde sie den Brief nicht ungelesen wieder zurückstecken, sondern sich der Aufgabe stellen! Vorsichtig öffne ich den Umschlag und schon die ersten Zeilen berühren mich ...

The letter to myself

Sooo ... Heute ist der 28.02.2011. Und wenn du diesen Brief liest, dann müsste mindestens schon das Jahr 2021 sein (wehe, du liest ihn früher!).

Angesichts der Tatsache, dass ich mich nicht mal traue ein Adventskalendertürchen früher zu öffnen, war es klar, dass ich den Brief nicht früher öffne, sondern wirklich zehn Jahre damit gewartet habe.

Du stehst nun kurz vor deinem 30. Geburtstag (oder du bist schon 30). Ist es denn echt so schlimm, wie immer alle sagen? Erinnerst du dich an den Besuch mit deinen Freundinnen auf dem Oktoberfast, als ihr die 30-jährigen Frauen getroffen habt? Eine von ihnen hat sogar mit jemandem geknutscht und ihr habt sie alle angefeuert. Die waren so gut drauf und am Abfeiern und die haben euch erzählt, dass Sex sowieso erst ab 30 gut wird. Bist du jetzt immer noch eine, die mit ihren Freundinnen um die Häuser zieht, so wie diese Frauen?

Ich denke sofort an den süßen Brasilianer, mit dem ich vor Kurzem in einer Bar geknutscht habe. Ich denke, hier kann ich einen Haken dran machen.

Oder du lebst inzwischen ein ganz anderes Leben. Bist du vielleicht schon verheiratet? Aber was viel wichtiger ist: Bist du dir nun im Klaren über deinen Kinderwunsch oder nicht?

Auch hier: Check.

Auf jeden Fall hoffe ich gerade, dass du in der Zukunft glücklich bist. Ich hoffe auch, dass du schon ganz viele Dinge aus unserem Bucket-Book abhaken konntest. Ich hoffe, dass du dir viele deiner Wünsche erfüllen konntest und dass die meisten deiner Träume wahrgeworden sind. Ich hoffe, dass dieses ganze

Buch nicht nur eine naive Mädchen-Idee war, sondern dass du wirklich so ein Leben lebst, wie du es dir immer gewünscht hast und schon viel von der Welt gesehen hast. Und solltest du in diesem Moment, in dem du das hier liest, den Glauben daran verloren haben, dass das für dich möglich ist, dann denk daran, wie du vor zehn Jahren gedacht hast: Alles ist möglich, wenn man nur will. Hol dir Kraft aus diesem Buch, wenn du glaubst, dass alles nur Quatsch ist oder du Angst hast, es nicht zu schaffen. Andere schaffen es doch auch, ihr Leben so zu leben. Dann kannst du es auch.

Mein Ich von vor zehn Jahren sollte dringend mal ihre Privilegien gegenchecken. Aber ich denke, in diesem Punkt wäre sie sicherlich stolz auf mich. Ich bin noch nicht ganz da, wo ich sein will, aber dieses Leben ist so nah, dass ich es schon förmlich riechen, schmecken, fühlen und sehen kann. Working on it, versprochen.

Zurzeit nervt es dich richtig, dass alle Typen so scheiße sind. Ich hoffe, das ist mit 30 nicht mehr so, und dass die auch reifer geworden sind (falls du Single bist).

Haha.

Und wenn nicht: Dann ist es auch egal. Du hast es auch jetzt schon zwei Jahre ohne Mann geschafft. Dann schaffst du es jetzt auch wieder! Das wahre Glück liegt sowieso in der Welt und kann durchs Reisen entdeckt werden, okay?

Kalenderweisheiten gibt es heute auch noch umsonst on top. Von mir für mich. Das ist schön.

Falls du gerade mit jemandem zusammen bist: Ich hoffe, er ist jemand, dem du dieses Buch zeigen konntest und der dich immer dabei unterstützt, diese Träume wahrwerden zu lassen. Ich hoffe, er ist jemand, mit dem du gute Gespräche führen kannst, um die Welt reist und der sich genauso für andere Kulturen interessiert wie du. Sowas ist echt wichtig. Auf der gleichen Wellenlänge zu sein. Vor allem hoffe ich, dass er jemand ist, der dich so sehr zum Lachen bringt, dass du Bauchschmerzen bekommst. Aber ich will jetzt auch nicht zu viel sagen, denn nachher ist es gar nicht so und du bist jetzt traurig, während du das liest.

Ich schätze mal, dass mich diese Zeilen vor einem Jahr wirklich traurig gemacht hätten. Jetzt bin ich stolz darauf, mein jüngeres Ich stolz gemacht zu haben.

Ich hoffe, du kannst immer noch auf deine Freundschaften zählen, und dass sich diese nicht verändern, nur weil ihr älter werdet.

Ich wünschte, ich könnte auch hier „Check" sagen. Aber die Wahrheit ist, dass sich viele meiner Freundschaften in den letzten Jahren eben doch verändert haben. Es ist normal, dass auch eine Freundschaft sich an neue Lebensumstände anpassen muss. Sei es, dass man jobbedingt quer durch Deutschland in eine neue Stadt zieht und man Besuche in einer anderen Stadt nun fest einplanen muss (oder eben nicht) oder dass man vom „entspannten“ Vergebenenmodus seine Wochenenden als Single wieder anders gestalten will. Während man in einer Beziehung meist etwas gemütlich wird und die Wochenenden mit Kochen, Spieleabend oder Wein auf dem Balkon verbringt, steht vor allem als frischgebackener Single eine etwas andere Wochenendgestaltung auf dem Plan: Bars, Clubs oder erst Bar und dann Club. Und gemeinsames Kochen oder ein Spieleabend macht man vor allem dann, wenn man seine vergebenen Freunde mal wieder sehen will. Oder es ist doch eher die Tatsache, dass jeder immer mehr mit sich selbst beschäftigt ist: Die meisten haben einen Fulltime-Job, einen Partner, ein Hobby und vielleicht sogar schon Kinder. Es ist normal, dass man sich nicht mehr wie zu Schulzeiten jeden Tag sehen kann. Aber es fehlt mir.

Ich hoffe du bist glücklich.

Ich lese diesen Brief an diesem Abend immer und immer wieder durch. Es tut gut, mich mit meinem jüngeren Selbst auf eine Art zu verbinden. Ich bin mir sicher, dass diese Vany sehr stolz wäre auf alles, was ich bisher erreicht habe. Und insgeheim bin ich auch froh, dass ich den Brief nicht vor einem Jahr gelesen habe, denn die Antwort auf die letzte Frage wäre ein Nein gewesen.

Was würde die jüngere Vany gerade wirklich glücklich machen? Ein Flug nach Spanien?

Vielleicht ist es der Wein, der mir etwas zu Kopf gestiegen ist oder dass mich der Brief emotionaler gemacht hat, als ich anfangs dachte. Aber here we go: Barcelona – ich komme!

BARCELONA

Jedes Mal, wenn ich in Spanien lande und den Flughafen betrete, bin ich von dem Gefühl „Heimat“ nahezu überwältigt. Ein Gefühl von „hier gehöre ich hin“, als würde jemand einen Schalter in meinem nicht ganz ausbalancierten Hirn drücken und die ganzen Glückshormone, die in Deutschland manchmal blockiert sind, strömen volle Fahrt durch meinen Körper. Ich fühle wieder etwas. Und das ist seltsam, denn ... man nimmt sich ja doch immer selbst mit. Ob ich jetzt in Spanien oder Deutschland bin: Bin ich unglücklich, sollte ich das ja eigentlich überall sein. Aber sobald ich hier ankomme und das erste „¡Hola!“ höre, ist es um mich geschehen. Nun stehe ich also wieder hier, wo mein Single-Leben so richtig begann: in Barcelona.

Dieses Mal ist aber alles anders. Als ich letztes Jahr mit Lola und Marie hier war, haben wir unseren Hot-Girl-Summer gelebt. Wir waren feiern, haben gedatet, geknutscht, die Wochenenden am Strand verbracht und zu jeder Gelegenheit, die sich uns bot, Ja gesagt. Und es war einer der schönsten Sommer meines Lebens. Jetzt bin ich, nur wenige Monate später, wieder hier. Allein. Es ist nicht selten, dass ich durch die Stadt laufe und mir denke: „Wow – das sieht ja auch nüchtern und bei Tageslicht ziemlich beeindruckend aus.“ Man kann wirklich sagen: Mein zweiter Aufenthalt in Barcelona als Single ist ganz anders. Ich will fast sagen: spiritueller.

Als ich an einem Abend den Strand entlang nach Hause laufe, fällt mir an einer Säule ein Flyer auf. „Kakaozeremonie und Oracle Cards". Ein Bild einer jungen Frau, die Tarotkarten in der Hand hält und einen sympathischen Eindruck macht, lächelt mich an. Eine Handynummer steht auch dabei. Als ich das letzte Mal einer Eso-Maus vertraut habe, hat mir das auch schon geholfen, mit Jonas Schluss zu machen. Es war ein kleiner Schubs in die richtige Richtung und ich habe es nie bereut. Warum das Ganze nicht einfach in Barcelona ausprobieren? Also nehme ich meinen ganzen Mut zusammen, vertraue auf mein Bauchgefühl, rufe die Nummer an und vereinbare einen Termin bei einer Person, die hoffentlich kein Serienmörder ist. Spoiler: Ich lebe noch!

Schon einen Tag später laufe ich durch das Stadtviertel Eixample auf der Suche nach Rashimas Wohnung. Das Eixample ist das Viertel, für das Barcelona ziemlich berühmt ist, denn hier stehen die Häuser in Quadraten. Ich habe gelernt, dass Eixample das katalanische Wort für „Erweiterung" ist und gehe in Gedanken nochmal alle Facts durch, die ich so über das Viertel gehört habe. Ein Versuch, mich abzulenken. Denn wie auch beim letzten Mal bin ich ziemlich nervös. Rashima bat mich mir davor einen Wunsch aufzuschreiben, mit dem ich mich, bei ihr näher beschäftigen möchte. Der erste Wunsch, den ich aufschrieb, war etwas Berufliches. Es fällt mir leicht, mir beruflichen Erfolg zu wünschen, weil mir das letzte Jahr gezeigt hat, wie viel möglich ist, wenn ich wirklich an mich glaube und auch hart dafür arbeite.

„Du bescheißt dich selbst, liebe Vany". Der Gedanke schießt mir sofort durch den Kopf, als ich auf meinen Zettel blicke. „Ich wünsche mir den nächsten großen Auftrag von meinem Wunscharbeitgeber." Kann es sein, dass das nicht sowieso passieren wird? Ich meine, ich habe in letzter Zeit wirklich abgeliefert, das Feedback war immer gut und meine eigene Reichweite wächst auch weiterhin. Ich kann mir vorstellen, dass gute berufliche Dinge jetzt eben einfach passieren. Oder besser gesagt: Ich vertraue darauf. Und wenn ich in mich reinfühle, dann ist dieses Vertrauen ziemlich stark. Ich möchte auch keinen Wunsch verschenken. Ich heiße ja nicht Aladdin. Also versuche ich ein weiteres Mal, ehrlich mit mir zu sein: Was dürfte gerade in meinem Leben Platz finden?

Also schreibe ich auf: Ich wünsche mir jemanden, mit dem ich mal wieder eine tiefe Bindung eingehen kann. Jemanden, der mich toll und spannend findet, genauso wie ich bin. Der mit mir Abenteuer erleben will und der sich freut, mit mir Zeit zu verbringen. Den Zettel zerknülle ich und stecke ihn in meine Hosentasche, bis Rashima mich am Abend danach fragt und ich ihn in eine kleine, grüne Schale lege, die in der Mitte des Raumes auf einer Holzplatte steht. Ich setze mich im Schneidersitz auf ein großes Kissen vor die Holzplatte und beobachte wie Rashima die Tarotkarten mischt und in einem Kreis vor sich ausbreitet. Um uns herum sind Edelsteine und einige brennende Kerzen aufgestellt. Ich bin zwar in Spanien generell eine viel entspanntere Version von mir selbst, aber so ganz kann ich meinen inneren Alman auch nicht immer abstellen. Am liebsten würde ich Rashima nämlich fragen, ob sie mit ihrem Brandschutzbeauftragten schon über diese gefährliche Konstellation von Holz, Feuer und Stoff gesprochen hat. Aber ich lass es sein. Rashima scheint so glücklich über ihre Höhle, dass ich beschließe, mich auch heute wieder voll und ganz auf diese Erfahrung einzulassen. Wir reden kurz und dann bietet sie mir an, einen persönlichen Schmuckgegenstand in eine kleine Schatulle zu legen. „Damit kannst du die Energie von heute immer bei dir tragen", sagt sie.

„Klingt fancy", denke ich, und ich lege meinen Ohrring mit einem kleinen Sonnen-Anhänger in die Schatulle. Und dann geht es auch schon los. Wir schließen beide die Augen und beginnen mit einer Meditation. Sie geht wirklich sehr lange und es fällt mir schwer, mich darauf einzulassen. Immer wieder sagt sie, dass wir die Gedanken, die gerade kommen, einfach vorbeiziehen lassen sollen. Ich frage mich, ob sie wohl gerade auch an ihre Steuer denkt und dass das Finanzamt mir wohl den Vogel zeigen würde, wenn ich den Gedanken an sie einfach vorbeiziehen lassen würde. Aber ich versuche es weiter und weiter und irgendwann gelingt es mir sogar, etwas abzuschalten. Bis es plötzlich total heiß hinter mir wird und ich Panik bekomme, dass die Bude nun doch abfackelt. Also öffne ich vorsichtig das linke Auge und sehe, dass es lediglich der Heizstrahler ist, den Rashima in meine Richtung gedreht hat. Okay, nochmal Glück gehabt. Und dann geht es los mit der Tarot-Session und meinem Wunsch. Und auch, wenn ich immer mit einer gesunden Skepsis in solche Events reingehe, trifft Rashima einen wunden Punkt, mit dem, was sie sagt.

„Du bist mit dir selbst nicht wirklich im Reinen, oder?“, fragt sie.

Ich bin im ersten Moment verblüfft darüber, denn eigentlich bin ich der Meinung, dass ich das schon bin.

„Naja ... Ich habe ziemlich viel erreicht im letzten Jahr. Ich bin schon stolz auf mich“, entgegne ich. Aber Rashima ist unbeeindruckt. Sie weiß, dass es nicht darum geht, sondern darum, wie ich mich selbst wahrnehme. Oder mit anderen Worten: Selbstliebe.

Sie fragt mich, wie es für mich wäre, wenn ich mir selbst begegnen würde. Ich denke eine Weile über die Frage nach. Ich empfinde mich als offenen Menschen, der anderen gerne ein gutes Gefühl gibt und auf seine Mitmenschen eingeht. Ich denke, dass man mit mir Spaß haben kann und dass ich auch eine gute Zuhörerin bin.

„Ich denke, ich wäre gerne mit mir befreundet. Ich glaube, ich mag mich.“

„Aber würdest du dich auch in dich verlieben?“

Das Wuseln beginnt. Die Selbstzweifelkäferchen sind wieder da. Die Frage hat mich kalt erwischt, denn meine ehrliche Antwort darauf ist ein „Nein“. Die Lustige da – so sehe ich mich, die, mit der man gut reden kann und die für jeden Spaß zu haben ist. Ganz klare Sache für mich. Aber: Attraktiv? Liebenswert? Anziehend? ICH? Quatsch. Neeee. Niemals. Das sehe ich einfach nicht. Und ich sage das nicht, weil ich hier nach Komplimenten fischen möchte. Es ist das ehrliche Selbstbild, das ich von mir habe und das mir in diesem Moment in dieser schönen Wohnung im Eixample bei 89 brennenden Kerzen um mich herum bewusst wird. Und das, meine lieben Freunde, is what we call „Ausstrahlung". Wenn du mit jeder Faser deines Körpers scheinbar ausstrahlst, dass du dich gar nicht mal so sehr magst, dann spürt das auch dein Umfeld.

Ich weiß also, woran ich als Nächstes arbeiten darf. Zu lernen mich selbst so anzunehmen, wie ich bin und nicht nur meinen Charakter wertzuschätzen, sondern mich (zumindest hin und wieder) wie eine sexy Maus zu fühlen. Und dann sagt Rashima noch etwas, das mich zum Nachdenken bringt: „Du bist generell jemand, der sich gerne versteckt. Stimmt's?"

Ja, das stimmt. Ich habe mir in den letzten anderthalb Jahren hin und wieder selbst mein Herz gebrochen, in dem ich Sachen nicht gemacht habe, weil ich mich selbst nicht genug mochte. „Ich kann da nicht hingehen, weil meine Haare zurzeit komisch fallen." – „Das Date musste ich leider absagen, da meine Haut gerade eine einzige Katastrophe ist." – „Spontan nach Madrid? Geht leider nicht, dafür müsste ich noch mindestens zehn Kilo abnehmen." DAS. IST. BULLSHIT. Und das hört hier und heute auf. Es ist Mitte Januar und ich fasse einen verspäteten Vorsatz für das neue Jahr: ICH WERDE MICH NICHT MEHR VOR DEM LEBEN VERSTECKEN. Nie wieder.

HAPPILY EVER AFTER …

Man sucht das Happy End oftmals in einer romantischen Geschichte. So kennen wir es aus den ganzen Hollywood-Filmen. Und wäre mein Leben ein Film, dann hätte ich Mr. Right zum Ende dieses Buches vielleicht auch schon kennengelernt und könnte jetzt darüber schreiben, wie glücklich wir sind, dass sich Geduld immer auszahlt und dass das wahre Glück eben doch erst kommt, wenn man endlich wieder in einer glücklichen Partnerschaft ist. Aber mein Leben ist (zum Glück!) kein Film und das Happy End mit einem Mann bleibt bis hierhin aus. Und trotzdem kann ich sagen: Ich habe in meiner Single-Zeit tatsächlich die Liebe gefunden. Nur, dass ich keinen Freund habe, sondern dass ich mich in einen Ort verliebt habe. Nachdem Jonas und ich uns getrennt hatten, blieb der Liebeskummer aus. Und jetzt verlasse ich Barcelona ein weiteres Mal und es fühlt sich so an, als hätte jemand ein Stück aus meinem Herzen gerissen. Ja, ich weiß. Das klingt furchtbar kitschig. Ich spaziere ein letztes Mal am Strand entlang und das Einzige, das mich heute tröstet, ist der Gedanke daran, wie vielseitig Liebe ist. Man kann sich in Orte verlieben, in den leckeren Iced Coffee, in ein schönes Café, in ein hübsches Sommerkleid, in einen wahnsinnig leckeren Kuchen und in so vieles mehr, was das Leben zu bieten hat. Es muss nicht immer das Happy End mit einem Mann sein. So lange man seinen Leidenschaften folgt, wird man sich immer und immer wieder in sein eigenes Leben verlieben. Und ganz ehrlich? Das ist genau da, wo ich gerade sein möchte.

GANZ SCHÖN OKAY DIESES LEBEN

Die Sonnenstrahlen wecken mich, noch bevor mein Wecker einen Ton von sich geben kann. Ich öffne langsam die Augen und drehe mich auf die andere Seite. Das Erste, was ich an diesem Morgen sehe, ist der Tafelberg, der sich direkt vor meiner großen Fensterfront erstreckt und der dabei so nah ist, dass ich fast das Gefühl habe, auf ihm übernachtet zu haben. Vor ein paar Tagen habe ich hier – in Kapstadt – meinen 30. Geburtstag gefeiert.

Immer wieder in den letzten Jahren habe ich darüber nachgedacht, wie mein Leben wohl mit 30 sein würde. Und ich hatte Angst davor, dieses Alter zu erreichen und das Gefühl zu haben, gefangen zu sein in einem Konstrukt, das mir von außen auferlegt wurde. Manchmal habe ich deswegen dem Älterwerden mit Sorge entgegengeblickt. Was, wenn ich mit 30 merke, dass meine Träumereien eben nur das waren? Träumereien? Aber heute ist das anders.

Ich mache mir einen Iced Coffee, setze mich wieder auf mein Bett und genieße noch einmal die Aussicht.

„Was ist so schlecht an ‚okay'?", hatte mich die Paartherapeutin damals gefragt. Ich habe mir gewünscht, die Ups and Downs des Lebens wieder zu fühlen – und das habe ich: beim Schwimmen mit Pinguinen im Atlantik, bei unzähligen Tintos de Verano in Barcelona, beim Einzug in meine Traumwohnung, mit Menschen, die schon lange zu meinen Freunden zählen und Menschen, die in dieser Zeit zu Freunden wurden. Aber eben auch all die Downs, die ich hatte, wenn ich mich gefragt habe, was mit mir nicht stimmt oder wenn die Selbstzweifelkäferchen wieder wuselten. Und das ist ... okay. Alles in Balance ist okay. Sich selbst eine gewisse Stabilität zu geben, ist wichtig, und dann schwimmt es sich auch viel besser durch die Ups and Downs des Lebens. Das weiß ich jetzt.

„Guten Morgen, Schlafmütze! Kommst du auch gleich noch eine Runde mit im Pool schwimmen?“, schreit Lola in die Richtung meines Zimmers.

Ich schmunzle über ihren Tatendrang am frühen Morgen und freue mich gleichzeitig darauf, den Tag mit ihr in unserem Pool mit Blick auf den Lions Head zu starten.

An meinem Tiefpunkt war ich in einem Leben gefangen, das volle Fahrt voraus in eine Zukunft steuerte, die ich nicht haben wollte, in einem Wohnort, der mir nichts gab, mit zu wenig Geld auf dem Konto, um meine Miete zu bezahlen, geschweige denn meine Reiselust zu stillen. Und jetzt habe ich mir einen langjährigen Traum erfüllt und verbringe einen ganzen Monat in Südafrika. Einfach so.

Ich werde das Gefühl nicht los, dass mich mal jemand zwicken müsste. All das. Und all das in nicht einmal anderthalb Jahren. Eine Freundin hatte damals zu mir gesagt, dass das Leben Menschen belohnt, die mutige

Entscheidungen treffen. Mich von Jonas zu trennen, war wahrscheinlich das Mutigste, das ich jemals gemacht habe. Und ja, es stimmt: Das Leben belohnt mich seither jeden Tag dafür.

Und während ich nach draußen schaue, kann ich nur denken: Ganz schön okay, dieses Leben.

* * *

Meine „Ganz schön okay“-Playlist auf Spotify. Verdrück mit mir ein Tränchen oder tanz gedanklich mit deinem Crush Bachata.

Letzte Male (S. 10)
„Reicht dir das“ (Provinz)

Level Up (S. 16)
„Ich schmeiß mein Leben auf den Müll“ (Fynn Kliemann)

10 Jahre + 1 (S. 27)
„Young & Sad“ (Noah Cyrus)

Und so zerbröselt der Keks nun mal (S. 33)
„Runaway“ (Aurora)

Was ist eigentlich so schlecht an okay? (S. 41)
„Happier“ (Marshmello & Bastille)

Alles auf Anfang (S. 47)
„Vielleicht Vielleicht“ (AnnenMayKantereit)

Reue ist ein Arschloch (S. 55)
„Remember That Night?“ (Sara Kays)

Der Eremit (S. 63)
„Fragile“ (Kygo & Labrinth)

Trautes Heim, Glück allein (S. 69)
„I Wasted You“ (Flora Cash)

Freiheit (S. 81)
„Silence“ (Marshmello & Khalid)

Generation Beziehungsunfähig? (S. 91)
„Half As Good As You" (Tom Odell & Alice Merton)

Scheitern braucht Mut (S. 102)
„Already Gone" (Sleeping At Last)

Das Ende (S. 107)
„Nur zu Besuch" (Lina Mallon)

Der Anfang (S. 111)
„Ein Teil" (Cro)

Erste Male *(S. 112)*
„Anorak" – (Sarah Connor)

Dream Life loading (S. 118)
„Erase me" – (Kid Cudi)

Flucht nach New York (S. 126)
„Zimmer" – (Provinz)

Javier (S. 134)
„A-Punk" (Vampire Weekend)

Ego-Kummer (S. 141)
„Naive" (The Kooks)

Was ist dieser Funke, von dem alle reden? (S. 146)
„Ashes" (Stellar)

Hot Girl Summer (S. 151)
„I don't Wanna Wait For Summer" (Mishaal)

„Ja"-sagen really is taking you places (S. 156)
„Que Más Pues?" (J Balvin & Maria Becerra)

Das Date mit dem BWL-Justus (S. 160)
„Dinero" (Trinidad Cardona)

Barcelona (S. 165)
„Tiroteo – Remix" (Marc Segui, Rauw Alejandro & Pol Granch)

Die Schattenseiten meines Single-Lebens (S. 168)
„Si Por Mi Fuera" (Beret)

Adam (S. 172)
„Como Tu No Hay Dos“ (Buxxi)

Der Zauber eines Flirts in einer Bar (S. 176)
„La Historia“ (El Taiger & DJ Conds)

Das perfekte erste Date (S. 180)
„Mi Princesa“ (Victor Muñoz)

Die wichtigste Regel beim Daten (S. 185)
„Juramento eterno de sal“ (Álvaro de Luna)

Ruben (S. 190)
„Bésame“ (Luis Fonsi & Myke Towers)

Huidhonger (S. 194)
„Bonita“ (J Balvin, Jowell & Randy)

Lorenzo (S. 197)
„El Problema“ (Rey John)

Putivuelta (S. 201)
„Ella No Es Tuya – Remix“
(Rochy RD, Myke Towers & Nicki Nicole)

Kinder? Nein, Danke! (S. 204)
„Imitadora“ (Romeo Santos)

It’s all good (S. 209)
„Waio“ (Juan Cid)

Neu anfangen für Anfänger (S. 212)
„Boys Ain’t Shit” (Saygrace)

Solo-Silvester (S. 213)
„Myself“ (Bazzi)

Hey TV-Welt! Hier bin ich! (S. 221)
„Meine Zeit“ (Cro)

Die schmallippige Zipfelnase (S. 226)
„I’m not Pretty“ (Jessia)

Guter Single vs. schlechter Single (S. 231)
„Stargazing“ (Kygo & Justin Jesso)

The letter to myself (S. 239)
„Young & Alive“ (Bazzi)

Barcelona (S. 246)
„Nichts tut für immer weh“ (Elif)

Happily ever after (S. 252)
„Greek Tragedy“ (The Wombats)

Ganz schön okay dieses Leben (S. 254)
„Ganz schön okay“ (Casper & Kraftklub)

196 Seiten
gebunden
ISBN 978-3-88190-728-6
16,80 Euro

Mit der Kurzgeschichte „Meine Clarissa“ gewann Petra Nikolic 2010 den Literatur-Wettbewerb der Süddeutschen Zeitung. Dieser Text brachte die Autorin dazu, nach weiteren Heldinnen unserer Zeit zu suchen, nach starken Frauen mit einer Geschichte und ungewöhnlicher Aura. „Die Frauen meines Lebens“ erzählt vonacht ganz unterschiedlichen Charakteren, von geheimnisvollen Frauen, jungen Mädchen, Frauen in der Mitte und am Ende des Lebens.

Es sind Erinnerungen, die manchmal süß und manchmal bitter schmecken, Geschichten der Großmütter, die aus dem Krieg heimkehren und sich fragen, was von ihren Träumen und Sehnsüchten bleibt, Liebesgeschichten, die nur für kurze Augenblicke den Duft vom Glück bringen, Freundschaften, die sich zwischen Lebensbahnen verlieren.

LINDEMANNS

www.lindemanns-web.de

Lindemanns Bibliothek, Band 397,
herausgegeben von Thomas Lindemann.

Titelgestaltung: Philipp Wendland

ISBN 978-3-96308-158-3

www.lindemanns-web.de